Annabeth

Das Mädchen aus der Psychiatrie

AF235349

ANNABETH

DAS MÄDCHEN AUS DER PSYCHIATRIE

Bibliografische Information der Deutschen Nationalbibliothek: Die Deutsche Nationalbibliothek verzeichnet diese Publikation in der Deutschen Nationalbibliografie; detaillierte bibliografische Daten sind im Internet über dnb.dnb.de abrufbar.

Herstellung und Verlag: BoD – Books on Demand, Norderstedt

ISBN: 9783755773962

1. Kapitel

Annabeth starrte auf die Karten, die vor ihr auf dem kleinen runden Holztisch lagen. Wieder mal hatten sich ihre Freunde aus dem Zimmer geschlichen, um auf dem Dachboden des alten, einbruchsgefährdeten Gebäudes im Kerzenschein zu spielen.

Es waren merkwürdige Gestalten, die dort aufeinandertrafen und ihre Karten auf dem Tisch ablegten, während draußen das Unwetter tobte. Keiner von ihnen ließ sich davon abbringen, den nächsten Zug zu planen. Es störte sie nicht einmal, wenn das Fenster, das sich nicht komplett schließen ließ, durch den Wind immer wieder geöffnet und dann mit einem Schlag zugeknallt wurde.

Annabeth musterte jede einzelne Karte auf dem Tisch und blickte anschließend für einen kurzen Augenblick auf die Karten in ihrer Hand. Nichts an ihrer Mimik ließ darauf schließen, dass sie wieder einmal bereits im Voraus wusste, dass dieses Spiel für sie ausgehen wird.

Hector tippte unruhig mit seinem Zeigefinger auf den Tisch und kaute mit seinen halb verfaulten Zähnen auf seinem Zahnstocher herum.

»Ich würde mal behaupten, ihr könnt mich nicht mehr schlagen«, sprach Annabeth die Worte langsam und betont aus, während sie ihre Karten offen auf dem Tisch ablegte. Ein breites Grinsen stahl sich auf ihr Gesicht, und sie zog freudig den Hauptgewinn an sich. Es handelte sich zwar lediglich um eine Handvoll Bonbons, doch jede Süßigkeit war in diesem Gebäude eine seltene Delikatesse.

Während Eleonore eingeschnappt ihre Karten auf den Tisch schmiss, schwang das Fenster auf und ließ kalte Luft in den Raum. Der Windzug brachte die Kerze zum Flackern, doch niemand hatte Bedenken, dass sie deshalb ausgehen könnte. Die Flamme würde kleiner werden und sich erholen, sobald das Fenster sich wieder schließen würde. Es war immer dasselbe, und das schon seit fast drei Jahren.

»Du hast immer so viel Glück, du kannst mir gerne etwas davon abgeben«, brummte Hector und biss mit einem Satz den Zahnstocher entzwei.

»Das ist kein Glück, das ist Können!«

Annabeth grinste bis über beide Ohren. Sie liebte dieses Spiel. Es kam selten vor, dass jemand besser war als sie. Der Einzige, der es tatsächlich mit ihr aufnehmen konnte, war Hector. Die anderen spielten zwar mit, würden ihr und Hector aber niemals das Wasser reichen können.

Annabeth liebte es, sich mit den anderen auf den Dachboden zu schleichen und schaurigen Geschichten zu lauschen, die meistens Hector erzählte, und dabei ihr Lieblingskartenspiel zu spielen.

»Da stimme ich Beth zu. Ich habe von uns allen meistens die größte Glückssträhne, und trotzdem habe ich noch nie gewonnen«, sagte Ralf.

Er stupste Annabeth liebevoll mit dem Ellbogen an und grinste sie an. Mit ihren blauen Augen funkelte sie ihn an und schenkte ihm ein Lächeln.

Ralf war wie ein Vater für sie. Er hatte sich von Anfang um sie gekümmert und baute sie immer auf, wenn sie mal einen schlechten Tag hatte. Zu Beginn hatte er dies aus Mitleid mit dem damals noch kleinen Mädchen getan, doch mit der Zeit hatte sich eine intensive Freundschaft zwischen den beiden entwickelt.

»Du lernst morgen den neuen Psychiater kennen, oder?«, fragte Eleonore und richtete ihr Kopftuch, welches ihre zerzausten grauen Haare versteckte.

»Ja, allerdings erwarte ich nicht viel. Er wird das glauben, was andere ihm über mich erzählen, unabhängig davon, was *ich* ihm erzähle.«

Eleonore schaute betrübt drein, denn sie wusste, dass Annabeth recht hatte. Niemand würde diesem Mädchen Glauben schenken. Niemand wusste, was in diesem Gebäude vor sich ging. Ralf rückte näher an Annabeth heran und streichelte ihr liebevoll über den Kopf. Ihre Haare waren kurze blonde Stoppeln, die gerade so die Kopfhaut bedeckten. Bei ihrer Einlieferung in die Psychiatrie hatte man ihr den Kopf kahl rasiert und seitdem immer wieder nachrasiert, sobald ihre Haare zu lang wurden. Auf diese Weise sollte ihr verdeutlicht werden, dass sie eine Gefangene war.

»Bei dir ist aber auch alles schiefgelaufen, was nur schieflaufen kann im Leben!«, brummte Hector und steckte sich einen neuen Zahnstocher zwischen die Zähne.

»Immerhin habe ich dadurch jetzt euch«, entgegnete Annabeth.

Ihre drei Freunde waren für sie das Wichtigste auf der Welt. Sie hatte keine Familie mehr, und diese drei merkwürdigen Persönlichkeiten hatten diesen Platz eingenommen.

»Wir sind auch froh, dich zu haben«, schmunzelte Ralf. »Ich wünschte nur manchmal, dass du die Möglichkeit hättest, dein Leben zu leben. Wir haben unsere Chance vertan, aber dir sollte die Welt offenstehen.«

Hector warf Ralf einen grimmigen Blick zu.

»Wieso habe ich meine Chance vertan?«

»Du bist ein Serienmörder! Du hast mehr als zehn Menschen auf dem Gewissen!«

Ralf zog eine Augenbraue hoch und schaute zu Hector. Annabeth liebte es, wenn die beiden miteinander diskutierten. Es war ziemlich unterhaltsam, sie dabei zu beobachten.

»Es waren Frauen!«, verbesserte ihn Hector. »Was haben die dir nur für Medikamente gegeben, mein Freund? Du warst doch immer so stolz auf deine Morde.«

»Anscheinend haben sie endlich die richtige Dosis für ihn gefunden. Immerhin muss ich nicht mehr befürchten, dass er mich umbringen will«, mischte sich nun auch Eleonore in das Gespräch ein.

Ralf war schizophren. Annabeth war schon immer davon überzeugt gewesen, dass er nie gemordet hätte, wenn er nicht an dieser Krankheit leiden würde. Es hatte Zeiten gegeben, da war seine Krankheit selbst in der Anstalt so schlimm gewesen, dass er einmal davon überzeugt gewesen war, er müsse Eleonore töten, um Ruhe zu finden. Glücklicherweise hatte Hector ihn gerade noch davon abhalten können. Die Pfleger, die von den Insassen hauptsächlich nur Wärter genannt wurden, hatten nichts unternommen, als Ralf sich auf Eleonore geschmissen hatte, um sie zu erwürgen. Sie hatten einfach nur zugeschaut. Nicht, weil sie nicht wussten, was zu tun war, sondern weil sie nicht helfen wollten.

»Ich habe mich oft genug dafür bei dir entschuldigt«, schnaufte Ralf. »Mir ging es damals halt nicht gut.«
Eleonore gab einen schnippischen Ton von sich und verschränkte die Hände vor der Brust. Sie richtete ihre Nase nach oben und blickte in Richtung des Fensters. Das Kerzenlicht beleuchtete ihre rechte Gesichtshälfte, wodurch die Narbe an ihrer Wange deutlich zu erkennen war, die sie ihrem Mann zu verdanken hatte.

»Du hast wohl vergessen, dass du auch nicht gerade unschuldig bist«, brummte Hector sie genervt an.
Er hasste es, wenn Eleonore eingeschnappt war.

Eleonore war eine Frau von Anstand und strahlte stets eine gewisse Perfektion aus, doch tief in ihrem Inneren hauste ein ungebändigtes Wesen. Ihr äußeres Erscheinungsbild täuschte. Sie hatte kaltblütig ihren Mann ermordet, um an das Geld seiner Lebensversicherung zu kommen. Als dann allmählich der Verdacht auf sie gefallen war, hatte sie noch vier weitere Menschen getötet, um von sich abzulenken, doch die Polizei war ihr irgendwann auf die Schliche gekommen. Es war nicht unbedingt klug von ihr gewesen, bei allen Morden dieselbe Tatwaffe zu verwenden, mit denen sie ihren Opfern die Kehle aufschlitzte.

»Lasst es doch jetzt gut sein«, versuchte Annabeth zu beschwichtigen und schaute ihre Freunde eindringlich an.

»Sie hat recht!«, gab Ralf zu. »Außerdem müssen wir langsam zurück in unsere Zellen.«

Ein tiefes Schnaufen wanderte durch den Raum. Immer wieder aufs Neue war es eine Überwindung, sich zurück in die Zimmer und somit in Gefangenschaft zu begeben. Der Dachboden vermittelte ihnen ein Gefühl von Freiheit, auch wenn es nicht von Dauer war.

Die kleine knarrende Tür des Dachbodens, die am Ende einer brüchigen Treppe lag, war immer abgeschlossen, doch glücklicherweise besaß Hector einen Schlüssel.

Er hatte bisher niemandem verraten, wie er es geschafft hatte, einem Wärter den Schlüssel zu entwenden. Normalerweise war er ein Prahler, doch was diese Angelegenheit anging, blieben seine Lippen verschlossen.

»Du meinst wohl zurück in die Gefangenschaft«, brummte Annabeth und blies die Kerze auf dem Tisch aus.

Da von draußen ein wenig Helligkeit in den Raum gelangte, konnten sie auch ohne Kerzenlicht zumindest Umrisse erkennen.

»Wir sehen uns morgen alle wieder! Und du musst uns dann unbedingt vom neuen Psychiater berichten!«, sagte Ralf und erhob sich von seinem Hocker.

»Ja, mache ich, aber Hector muss uns dann auch eine seiner Geschichten erzählen!«
Sie erhoben sich von ihren Plätzen und begaben sich zu der kleinen Tür am Ende des Dachbodens. Hector drückte den Türgriff nach unten und warf Annabeth über die Schulter einen Blick zu.

»Das werde ich, und zwar die Beste von allen!«
Niemand sah das breite Grinsen, das in diesem Moment in Annabeths Gesicht auftauchte, nachdem Hector diese Worte ausgesprochen hatte.

Leise öffnete Hector die Tür und setzte den ersten Fuß auf die Treppe, die bei jedem Schritt knarzte. Einer nach dem anderen lief so leise wie möglich die alte, schmale Treppe aus Kiefernholz nach unten und duckte sich, um nicht mit dem Kopf gegen die viel zu niedrige Decke zu stoßen.

Umso weiter man die Treppe nach unten lief, desto höher wurde der Abstand zur Decke. Die Stufen endeten kurz vor einer weiteren Tür aus dickem und robustem Holz.

Hector öffnete auch diese Tür ganz leise und lugte vorsichtig durch den Spalt. Alle hielten den Atem an, um sämtliche Geräusche hören zu können, die sie umgaben. Sie konnten nicht den Dachboden verlassen, ohne sich zu vergewissern, dass die Luft rein war.

Schließlich hob Hector die Hand, das Zeichen für Entwarnung, und öffnete vorsichtig die Tür.

Nun lag der große, weiß gefliste Gang der Psychiatrie vor ihnen. Er wurde lediglich durch das schwache Mondlicht beleuchtet, das durch die Fenster am Ende des Ganges in das Gebäude gelangte.

Links und rechts an den Wänden befanden sich etliche Türen mit kleinen runden Fenstern auf Kopfhöhe. Von außen waren Holzklappen an die Fenster geschraubt worden, sodass man sie nach Belieben zur Seite ziehen konnte, um in das Innere des dahinterliegenden Raumes schauen zu können. Mehrmals in der Nacht nutzten die Wärter diese Funktion, um zu überprüfen, dass die Insassen artig in ihren Betten lagen und schliefen. Annabeth hatte daher, wie die anderen, ihre Decke zusammengerollt und das Kissen so positioniert, dass der Anschein erweckt wurde, sie schliefe tief und fest.

Leise schlichen sie auf den Gang. Ralf drückte die Tür mit einem kurzen, lauten Ruck zu. Anschließend holte Hector seinen Schlüssel hervor und schloss ab.

Die Freunde schwiegen einen kurzen Moment und konzentrierten sich auf ihr Gehör. Der Boden bot den Vorteil, dass alle Schritte auf ihm laut hörbar waren. Es war fast unmöglich, mit Schuhen unbemerkt den Gang passieren zu können, und so hörten sie selbst die weit entfernten Schritte des Wärters.

Sie selbst trugen keine Schuhe. Bis auf Ralf, der Socken trug, waren alle barfuß unterwegs. Ralf hasste es, barfuß durch die Psychiatrie zu schleichen, da er sich so erst recht wie ein Geisteskranker vorkam.

Annabeth lief zu einer mittig gelegenen Tür auf der linken Seite des Ganges mit der Nummer 212. In ihrem Freundeskreis war sie die Einzige, die in diesem Gang untergebracht war. Die Zellen der anderen befanden sich in einem anderen Teil des Gebäudes.

Hector reichte dem Mädchen den Schlüssel und schaute Finger knackend dabei zu, wie sie ihre Zelle aufschloss.

»Bis morgen«, flüsterte Annabeth und ging in ihr Zimmer.

»Schlaf gut, Beth.«

Hector zog die Tür zu und schloss von außen sorgfältig ab, damit niemand Verdacht schöpfen konnte.

Da stand sie nun. Wieder allein in ihrer Zelle mit den eiskalten weißen Wänden. Durch ein schmales hohes Fenster, vor dem ein Gitter angebracht war, schimmerte auch hier die Helligkeit von draußen herein.

Das Mädchen atmete laut auf und ging auf das größte Möbelstück im Raum zu. Ihr Bett!

Die Matratze sah durchgelegen aus, und am unteren Ende waren schon die Federn zu erkennen, die sich durch den Stoff bohrten. Eine weiße Decke und ein federweiches Kissen lagen auf dem einfachen Möbelstück.

Annabeth hob die Decke hoch und kuschelte sich darunter. Sie hatte bis zu diesem Moment gar nicht gemerkt, dass sie am ganzen Körper vor Kälte zitterte. Ihre Füße fühlten sich an, als wären sie zu Eisklötzen geworden. Annabeth schloss ihre Augen und drückte ihren Kopf so tief in das Kissen, dass sie gerade noch so Luft durch die Nase einatmen konnte. Sie liebte es, ihren Kopf in das Kissen zu drücken und sich dabei vorzustellen, es wäre nicht das Kopfkissen einer Insassin in einer Nervenklinikheilanstalt, sondern das einer Abenteurerin. Einer Abenteurerin, die mit dem Rucksack durch die Welt reiste und als einzigen Luxusgegenstand ein weiches Kissen dabeihatte, während sie unter dem Sternenhimmel auf harten Steinen schlief.

Annabeth blieb ruhig liegen und lauschte dem Gewitter. Der Wind blies heftig gegen das Gebäude. Manchmal hatte sie das Gefühl, als könnte der Wind durch Wände gehen und sanft ihre Haut streicheln. Allein dieser Gedanke löste Gänsehaut auf ihrer Haut aus.

Bis auf das Gewitter war es eine ruhige Nacht, niemand meinte, sinnlos herumbrüllen oder sich kreischend gegen Wände und Türen schmeißen zu müssen.

Das Mädchen blinzelte und drehte sich um. Ihr Blick war starr auf die weiße Wand gegenüber gerichtet. Mit einem Bleistift, der unter ihrer Matratze versteckt war, hatte sie eine Zeit lang jeden Tag einen Strich an die Wand gemalt. Nach drei Jahren befanden sich allerdings schon so viele Striche dort, dass sie mit dieser Tradition nicht fortfuhr. Wenn man die Striche genauer betrachtete, konnte man feststellen, dass einige von ihnen dicker waren als andere.

Die dicken Striche standen für schwere und nervenzerreißende Tage, die dünnen hingegen für einen Tag, an dem sie etwas Schönes erlebt hatte. Doch leider hielten sich die schönen Momente in Grenzen.

Annabeth begann müde die Striche zu zählen. Ihre Augen wurden immer schmaler und ihre Stimme immer leiser. Schließlich fielen ihre Augen zu.

Am nächsten Morgen war sie schon wach, als ein Wärter die Zelle aufschloss und ein anderer ihr das Frühstück auf einem Tablett ins Zimmer brachte. Der Mann stellte das

Essen auf einem kleinen Tisch in der Ecke des Raumes ab und begab sich wieder in Richtung Ausgang.

»Wir holen dich nach dem Frühstück ab und bringen dich zu Herrn Mutz. Anschließend darfst du für zwei Stunden in den Aufenthaltsraum«, teilte der Wärter mit, bevor er die Tür wieder schloss.

Annabeth rückte vor bis an die Bettkante und starrte auf den Tisch, der mit Schrauben am Boden befestigt war. Man wollte damit das Risiko minimieren, ihn zu Suizidzwecken zu missbrauchen. Aus diesem Grund gab es auch keinen Stuhl. Der Tisch war von der Höhe so ausgerichtet worden, dass man sich vor ihn hinknien konnte. In diesem Gebäude waren selbst die einfachsten Gegenstände Mangelware.

Annabeth erhob sich aus ihrem Bett und lief zu dem Tisch. Mit ihren Knien ging sie zu Boden und beugte sich mit ihrem Kopf über das Essen, um es genauer betrachten zu können: ein Plastikbecher mit Orangensaft, eine Scheibe Brot mit Käse und ein Apfel.

Doch vor allem lagen etliche Medikamente in unterschiedlichen Farben in einer Ecke des Tabletts.

Das Mädchen war eine der wenigen Patienten, die bei der Tabletteneinnahme nicht mehr kontrolliert wurde. Man vertraute ihr, dass sie die Medikamente und Vitamine ordentlich einnahm. Jeder wusste, dass Annabeth keine Gefahr darstellte. Welche wichtigen Medikamente sollte man ihr also schon geben? Die meisten der Medikamente hatten einfach nur die Funktion, sie müde zu machen und ruhigzustellen.

Bevor Annabeth zu frühstücken begann, nahm sie die Tabletten in die Hand und stopfte sie sich in den Mund. Mit einem großen Schluck Orangensaft spülte sie diese anschließend hinunter.

Annabeth hielt nicht viel von den Tabletten, doch sie wusste, welche Strafen auf sie zukommen würden, falls sie sich weigern sollte, sie zu nehmen. Sie war schon oft genug für Kleinigkeiten bestraft worden. Es waren Bestrafungen, die den Willen eines Menschen brechen sollten, oder solche, die Grenzen aufzeigten.

Das Mädchen aß artig ihr Brot auf und legte den Apfel als Vorrat in die Kommode. Der kleine Schrank war, wie der Tisch, am Boden festgeschraubt. In regelmäßigen Abständen wurde er kontrolliert, damit niemand auf die Idee kam, verbotene Gegenstände darin zu verstecken. In den obersten beiden Schubladen befanden sich nur Klamotten von Annabeth.

Der Großteil der Klamotten war ihr viel zu groß, da es sich dabei um Kleidung von Verstorbenen handelte. Jedes Mal, wenn in der Klinik jemand verstarb, sei es durch Selbstmord oder aufgrund von anderen Ursachen, blieben die Habseligkeiten im Gebäude. Der Tod, der eigentlich eine traurige Angelegenheit ist, wurde in diesem Gebäude gefeiert. Es war immer ein großes Spektakel, wenn ein Zimmer geräumt wurde und man sich darum prügeln musste, etwas Brauchbares zu ergattern. Die Wärter griffen bei den Kämpfen nie ein, sondern machten sich eher einen Spaß daraus, das Ganze zu beobachten.

Hector hatte sogar mal jemandem einen Finger abgeschnitten, um an ein neues Oberteil für Annabeth zu kommen.

In der untersten Schublade hatte Annabeth einige Texte und Zeichnungen aufbewahrt. Was für andere Menschen nur merkwürdige Figuren und Texte ohne Bedeutung waren, war für Annabeth ihr größtes Hab und Gut.

Sie drückte auf einem Stück Papier ihre Gefühle, Erlebnisse und Träume aus. Manchmal schrieb sie auch über ihre Freunde. Wenn sie schrieb, konnte sie alles um sich herum ausblenden. Sie war dann einfach nur ein Mädchen. Nicht mehr und nicht weniger.

Annabeth streifte sich das weiße Nachthemd vom Körper und schlüpfte in eine große Jeans, deren Herunterrutschen nur von einem Gürtel verhindert wurde. Ihren immer weiblicher werdenden Oberkörper bedeckte sie mit einem großen weißen Shirt. Ralf hatte ihr dazu geraten, möglichst viel Haut zu bedecken, damit keiner der Angestellten auf dumme Gedanken kam. Dennoch kam es immer öfter vor, dass irgendein »Aufpasser« sie beim Umziehen beobachtete. Vor allem abends, wenn es ruhiger wurde im Gebäude. Annabeth zog sich daher in Rekordgeschwindigkeit um und drehte sich mit dem Rücken zur Tür, um möglichen Spannern keine Möglichkeit zu geben, zu viel von ihrem Körper zu erhaschen.

Kaum hatte sie das Oberteil angezogen, öffnete sich die Tür. Annabeth hatte keinen Zweifel daran, dass der Wärter sie auch dieses Mal durch das Guckloch beobachtet hatte.

Sie konnte seine Blicke auf ihrem Rücken spüren. Es konnte zudem kein Zufall sein, dass er den dritten Tag in Folge genau dann die Tür öffnete, wenn sie gerade mit dem Anziehen fertig war.

»Wo ist Josef?«, fragte Annabeth und schaute an dem Wärter vorbei in den Gang.

Normalerweise wurde sie zum Psychiater immer von zwei Wärtern begleitet.

»Er unterhält sich schon einmal mit Herrn Mutz, damit er weiß, worauf er bei dir zu achten hat!«

»Du meinst, dass er ihm gerade ein Märchen auftischt«, entgegnete Annabeth. »Er erzählt ihm bestimmt, dass ich an einer seltenen Krankheit leide, die mich jünger aussehen lässt, als ich eigentlich bin. Eine komische Krankheit, die ihr euch ausgedacht habt, damit ich in euren Akten als Volljährige geführt werden kann.«

Der Wärter kam in das Zimmer gestürmt, packte Annabeth und drückte sie gegen die Wand. Mit seinen Händen umklammerte er ihren Hals. Mit vor Wut rot angelaufenem Gesicht drückte er immer fester zu.

Annabeth schnappte nach Luft und versuchte mit ihren Beinen nach ihm zu treten, doch er war stärker als sie. Ihre Tritte waren für einen Mann seiner Größe und Statur kaum zu spüren. Das Mädchen streckte ihren Hals nach oben und begann zu keuchen. Ihre Kehle schnürte sich zu und seine Fingernägel bohrten sich immer tiefer in ihre Haut. Sie konnte spüren, wie ihr Körper allmählich verkrampfte und ihr Herz raste. Kurz bevor ihr schwarz vor Augen wurde, ließ er sie los.

»Du wirst dieses Spielchen mitspielen! Wenn du auch nur ein Wort zu viel redest, werde ich mit dir Sachen anstellen, die du dir nicht ansatzweise vorstellen kannst.«

Mit Tränen in den Augen nickte Annabeth.

»Wir sind gut zu dir! Wir hätten deine Akte auch einfach vernichten können, anstatt dir von einem Psychiater helfen zu lassen, vergiss das nicht.«

Eine Träne verließ ihren Augenwinkel und lief ihre Wange hinunter. Sie stand immer noch unter Schock und zitterte am ganzen Körper. Ihre Beine waren fast so weich wie Pudding. Es kostete sie eine Menge Kraft, nicht zusammenzubrechen.

»Zieh einen Rollkragenpullover an, damit man die blauen Flecken an deinem Hals nicht sieht!«

Annabeth konnte seine Finger immer noch auf ihrer Haut spüren. Sie hatten rote und blaue Spuren hinterlassen und würden mit Sicherheit noch eine Zeit lang zu sehen sein. Sie hasste diesen Mann! Sie hasste diesen Ort! Und noch mehr hasste sie das, was er mit ihr machte! Sie schluckte die Spucke in ihrem Hals hinunter, wischte sich die Tränen von den Wangen und folgte seiner Anweisung.

Sie war schwach, genauso schwach wie damals bei ihrem Bruder. Er war krank und besessen von dem Gedanken, zu töten.

Erst war es der Hase des Nachbarn, der mit aufgeschlitztem Bauch im Stall lag. Dann war es der Familienhund, der mit herausgezogenem Darm in seinem Körbchen lag, und schließlich waren es ihre Eltern, die seiner Grausamkeit zum Opfer fielen.

Er hatte beide im Streit ermordet und Annabeth angedroht, sie auch zu töten, falls sie nicht den Mord an ihren Eltern gesteht. Aus Angst vor ihm war sie dieser Anweisung gefolgt.

Er war bei jeder Befragung dabei gewesen, um sich selbst davon zu überzeugen, dass sie niemandem die Wahrheit erzählte. Annabeth hatte es also im Grunde nur ihrer Schwäche und Angst zu verdanken, dass sie letztendlich hier gelandet war. Die Zeit, in der sie ihrem Bruder die Schuld an allem gab, war allerdings vorbei. Sie war mittlerweile an einem Punkt angelangt, an dem sie sich selbst dafür verantwortlich machte.

Annabeth stülpte den Pullover über ihren Kopf und richtete den Rollkragen an ihrem Hals.

»Sehr gut! Und jetzt lass uns gehen«, meinte der Wärter und jagte Annabeth aus ihrem Zimmer.

Als sie an ihm vorbeilief, packte er sie noch einmal fest am Oberarm und zog sie näher an sich heran.

»Ich werde alles erfahren, was du ihm erzählen wirst! Vergiss das nicht!«

Eingeschüchtert nickte sie. Es würde sich wohl nie etwas in ihrem Leben ändern.

Mit geduckter Haltung lief sie durch das große Gebäude. Niemand schenkte ihr Aufmerksamkeit, niemand beachtete sie. Die anderen Angestellten wanden meistens den Blick von ihr ab, da sie alle wussten, was hier vor sich ging, und sich schämten, dass ein junges Mädchen zum Opfer solcher Taten wurde.

Annabeth setzte vorsichtig einen Fuß vor den anderen und zählte in Gedanken ihre Schritte. Sie hätte den Weg zum Psychiater auch blind gefunden, sie war ihn schon so oft gelaufen, dass es fast ein Spaziergang für sie war. Es ging an den Waschräumen vorbei, über einen großen Gang mit bunten Fensterscheiben, bis in den anderen Flügel des Gebäudes.

Das Haus war so groß, dass es nahezu einem Labyrinth glich. Annabeth war in fast jedem Teil des Gebäudes schon einmal gewesen. Am meisten Angst hatte sie jedoch vor dem Keller.

War man nicht artig und leistete nicht allen Anweisungen Folge, wurde man dort in eine Zelle gesperrt. Dann führten sie Experimente durch, die angeblich zur Heilung beitragen sollten. Wenn man allerdings die Anzahl der Menschen betrachtete, die bei diesen Versuchen ihr Leben ließen, konnte nicht unbedingt die Rede von Heilung sein. Die Patientenakten wurden dann meistens angepasst, indem eine andere Todesursache vermerkt wurde. Am Ende landeten die Leichen auf einem Friedhof, der sich hinter dem Gebäude befand. Niemand interessierte sich für die Menschen in dieser Anstalt. Sie wurden behandelt wie Tiere, und wurden auch wie solche bestattet.

»Wieso bist du hier?«, fragte der Wärter mit einem tiefen Ton, als sie am Ende des großen dunklen Ganges die Tür zum Büro des Psychiaters schon fast erreicht hatten.

»Ich habe meine Eltern umgebracht«, murmelte Annabeth.

»Und wieso bist du dann hier und nicht im Gefängnis?«
Er lief neben ihr her wie ein Henker neben seinem nächsten Opfer. Für Annabeth fühlte es sich so an, als würde er sie tatsächlich zum Galgen führen.

»Das Gericht hat mich hierher verwiesen, damit ich Hilfe bekomme.«
Der Wärter nickte. Er war mit ihren auswendig gelernten Antworten offenbar zufrieden.

»Und wieso hast du so kurze Haare?«
Annabeth blieb kurz stehen und warf ihm einen hasserfüllten Blick zu. Sie hasste ihn! Sie fühlte sich gedemütigt. Er war es gewesen, der ihr beim letzten Mal den Kopf rasiert hatte! Er wollte sie unterdrücken, genauso wie alle anderen hier. Für jeden Patienten hatten die Angestellten sich eine andere Art und Weise überlegt, um zu demonstrieren, dass man als Insasse nur eine kleine Maus war und sie die Katzen.

»Ich hatte darum gebeten, sie so kurz zu haben, da ich etwas Neues ausprobieren wollte«, knurrte Annabeth durch ihre zusammengepressten Zähne.

»Das geht ja wohl noch etwas glaubwürdiger!«
Die Tür zum Büro des Psychiaters ging auf und der andere Wärter kam heraus. Er blickte Annabeth mit einem strengen Blick an, bevor er sich noch einmal zu Herrn Mutz umdrehte und sich überaus höflich von ihm verabschiedete.

»Vielen Dank für Ihre Hinweise«, sagte der Psychiater.
Der Wärter nickte ihm zu und ging an Annabeth vorbei. Sein arroganter Gang löste Gänsehaut an ihrem ganzen Körper aus. Kurz bevor Annabeth das Zimmer betrat, dreh-

te er sich noch einmal zu ihr um und fragte spöttisch: »Ist dir etwa so kalt, dass du einen Pullover brauchst?«

Annabeth ballte die Fäuste. Sie durfte jetzt nicht die Fassung verlieren. Es würde nichts bringen, jetzt durchzudrehen! Herr Mutz würde dann erst recht annehmen, dass sie geisteskrank war.

Sie zwang sich, tief ein- und auszuatmen. Sie versuchte, sich zu beruhigen und so selbstbewusst wie möglich das Zimmer zu betreten. In Gedanken dachte sie sich an einen anderen Ort. Irgendwo, wo sie weder lügen noch versuchen musste, sich zu beherrschen.

Mit strengen Blicken im Nacken betrat sie das Zimmer, und von nun an musste sie vorgeben, jemand anderes zu sein.

»Du bist also Annabeth?«, fragte Herr Mutz und rückte sich seine schwarze Nickelbrille zurecht.

Er war von schmaler, fast dürrer Gestalt. Ein blau-grün kariertes Hemd bedeckte seinen zierlichen Oberkörper. Das Gesicht des Mannes sah eingefallen aus und war mit Falten überzogen, die ihn um einiges älter aussehen ließen, als er vermutlich war.

Während Annabeth zu dem hölzernen Stuhl lief, der direkt vor seinem gewaltigen Eichenschreibtisch stand, schaute sie sich in dem Raum um.

Vor nicht allzu langer Zeit hatte es hier noch ganz anders ausgesehen. In diesem Teil des Gebäudes war die damalige Kinderpsychiatrie untergebracht gewesen, der Annabeth vorher zugewiesen war. An den Wänden dieses Raumes hingen vor langer Zeit einmal bunte Bilder, die ein wenig

Farbe und Leben in das Gebäude brachten. Doch nun standen an den Wänden hohe dunkle Regale, die so vollgestellt waren mit Büchern, dass sie beinahe unter der Last zusammenzubrechen drohten.

Annabeth konnte mit jedem Schritt das Lachen der Kinder hören, das diesen Raum vor Jahren einmal erfüllt hatte. Sie hatte einst auch dazugehört.

»Ich weiß nicht, was Sie sich von diesem Gespräch erhoffen. Herr Weltrich hat Ihnen mit Sicherheit schon alles über mich erzählt«, sagte Annabeth und setzte sich auf den Holzstuhl.

Der Mann musterte sie von oben bis unten. Ihre Haut war so blass, dass man jede Ader hindurchschimmern sehen konnte. Auch mit ihrer zierlichen Gestalt hatte er nicht gerechnet.

Annabeth wusste, dass er versuchte, die Informationen, die er über sie bekommen hatte, mit ihrem äußeren Erscheinungsbild zu vereinen. So war es bei fast jedem Menschen, der ihre Geschichte kannte. In ihren Köpfen wussten sie, dass etwas nicht passte, dass sie zu schwach und klein war, um zwei ausgewachsene Menschen umzubringen, doch sie alle wollten die Wahrheit nicht sehen. Sie versuchten, wie Herr Mutz, das Bild in ihrem Kopf zusammenzufügen und in ihr die Mörderin zu sehen, die sie angeblich war.

»Ich möchte Ihre Lebensgeschichte aber auch von Ihrer Seite aus hören. Es gab mit Sicherheit einen Grund, weshalb Sie diese Morde begangen haben. Wenn wir gemeinsam Fortschritte machen, sind Sie vielleicht schnell wieder hier raus.«

Seine Stimme klang aufrichtig.

Er hatte tatsächlich keine Ahnung, wie es hier lief. Wer einmal hier drinnen etwas mitbekam, was man nicht mitbekommen sollte, oder missbraucht wurde, kam lebendig nicht mehr aus diesem Gebäude heraus.

Annabeth schaute aus dem Fenster und dachte an die Welt außerhalb dieses Gebäudes. Sie hatte mittlerweile fast vergessen, wie es war, dort draußen zu leben. Zwar war sie noch nicht so lange hier drinnen gefangen, wie Herr Mutz dachte, doch es waren mittlerweile immerhin schon fast drei Jahre.

»Ich weiß mittlerweile gar nicht mehr genau, wie die Welt dort draußen überhaupt ist«, murmelte Annabeth. »Es gibt dort draußen auch niemanden, der sich auf mich freuen könnte.«

Der Mann schluckte und schlug seine Beine in die andere Richtung übereinander.

»Sie haben doch mit Sicherheit noch irgendwelche Verwandten, oder?«

»Jedenfalls keine, die sich für mich interessieren würden«, murmelte Annabeth.

Sie dachte dabei hauptsächlich an ihren Bruder. Seitdem sie hier gefangen war, hatte sie nichts mehr von ihm gehört. Sie hatte keine Ahnung was ihr Bruder machte. Auf der Polizeiwache hatte er den erschrockenen, eingeschüchterten Jungen gespielt, der von den Taten seiner Schwester entsetzt war. Mit Sicherheit kam er in irgendeiner Pflegefamilie unter und fühlte sich in keinster Weise schuldig an der ganzen Sache. Er war ein Psychopath und ein guter Schauspieler. Annabeth konnte sich leider nicht vorstellen, dass er sich jemals ändern würde.

»Haben Sie denn versucht, in Kontakt mit ihnen zu treten?«, hakte der Psychiater nach.

»Nein, ich hatte mit ihnen nie wirklich ein gutes Verhältnis. Meine Eltern wollten von ihren Familien nie etwas wissen, weshalb viele vielleicht nicht einmal wissen, dass es mich gibt.«

Annabeth zuckte mit den Schultern. Sie wollte im Grunde auch nichts von ihren Verwandten wissen. Niemand hatte sich nach dem Mord an ihren Eltern gemeldet. Ihr Bruder war ihr nächster Verwandter, und sie war froh, dass sie ihn nicht mehr sehen musste. Sie hasste ihn, und das würde sich auch niemals ändern. Annabeth war froh, dass Herr Mutz nicht auf ihn zu sprechen kam.

»Aber es gibt doch mit Sicherheit jemanden, der Ihnen etwas bedeutet?«

Herr Mutz schlug sein Notizbuch auf und griff nach seinem Kugelschreiber. Er war bereit, Annabeths Worte aufzuschreiben. Annabeth ließ sich allerdings Zeit mit ihrer Antwort. Sie dachte nach. Sie dachte an ihre Freunde, und schließlich stahl sich ein Lächeln auf ihre Lippen.

»Meine Freunde. Ich würde alles für sie tun. Sie sind mittlerweile die wichtigsten Menschen in meinem Leben.«

Sie sprach die Worte so liebevoll aus, dass keine Zweifel an ihren Gefühlen aufkommen würden.

»Dann erzählen Sie mir etwas von Ihren Freunden«, forderte Herr Mutz sie auf.

Annabeth nickte. Über ihre Freunde hatte sie viel zu berichten.

»Sie sind immer für mich da, wenn ich sie brauche. Ich weiß, dass ich mich auf sie verlassen kann, und ich kann mit ihnen auch über alles reden. Sie haben in vielen Bereichen andere Ansichten als ich, doch letztendlich haben wir immer eine Menge Spaß zusammen. Sie bringen mir vieles bei, vor allem Ralf. Wenn wir im Aufenthaltsraum sitzen, unterrichtet er mich manchmal. Er war Biologieprofessor, bevor er schizophren wurde. Ich bin mir ziemlich sicher, dass er seinen Job richtig gut gemacht hat.«

Herr Mutz hatte eifrig mitgeschrieben und sich Notizen gemacht. Nachdem ihm allerdings bewusst geworden war, dass sie über andere Insassen berichtete, begann er langsamer zu schreiben.

»Haben Sie auch Freunde außerhalb dieser Anstalt?«

Annabeth dachte nach. Ja, sie hatte einmal Freunde gehabt. Nachdem allerdings jeder dachte, dass sie ihre Eltern ermordet hatte, wollte niemand mehr etwas mit ihr zu tun haben.

»Nein«, murmelte Annabeth leicht betrübt und schüttelte den Kopf. »Ich habe Ihnen doch gesagt, dass ich da draußen niemanden habe.«

Herr Mutz nickte verständnisvoll. Er legte den Kugelschreiber zur Seite und betrachtete Annabeth eingehend. Der Gedanke, dass ein so junger Mensch außer geisteskranken Freunden niemanden im Leben hatte, stimmte ihn traurig.

»Dann erzählen Sie mir doch noch etwas von Ihren Freunden. Was mögen Sie an ihnen?«

Annabeth legte ihren Kopf leicht schräg. Sie wollte unbedingt auf seine Frage antworten, doch es wunderte sie, dass er ihr andere Fragen stellte, als sie gedacht hatte. Sie hatte sich auf so viele Fragen und Themen vorbereitet, auf die er bisher noch gar nicht eingegangen war.

»Weshalb wollen Sie das wissen? Sie haben mich noch gar nicht gefragt, wieso ich meine Eltern ermordet habe oder warum ich so kurze Haare habe?«

»Wollen Sie denn, dass ich Ihnen diese Fragen stelle?«

Der Psychiater rückte erneut seine Brille zurecht und warf Annabeth einen neugierigen Blick zu.

»Nein«, murmelte sie. »Ich rede darüber nicht gerne.«

»Dann erzählen Sie mir doch lieber etwas von Ihren Freunden!«

Dem Mädchen war bewusst, was der Mann mit seiner Frage bezwecken wollte. Er wollte ein gutes Verhältnis aufbauen, ihr Vertrauen gewinnen und erst dann mit der eigentlichen Therapie beginnen. Er versuchte eine Rolle als Freund einzunehmen, um ein besseres Gespräch mit ihr führen zu können. Annabeth hatte keine Bedenken, einfache Fragen wie die über ihre Freunde zu beantworten – sie wusste, wann Vorsicht geboten war.

»Ralf ist so eine Art Beschützer für mich. Ihm ist es besonders wichtig, wie es mir geht, und ich weiß, dass er es ehrlich meint. Eleonore ist mehr wie eine Mutter.« Sie konnte ein Lachen nicht unterdrücken, als sie an Eleonore dachte. »Sie ist extrem überfürsorglich, verpeilt und achtet sehr auf ihr äußeres Erscheinungsbild. Und dann gibt es noch Hector, ihn kann man nicht wirklich mit Worten beschreiben. Er macht den Eindruck eines älteren, gefrusteten Mannes, dem selten ein Lächeln über die Lippen huscht. Ich weiß auch, dass man bei ihm sehr vorsichtig sein muss mit den Aussagen, die man macht, da er ziemlich schnell gereizt sein kann, doch im Grunde hat er einen guten Kern. Er zeigt es zwar nicht immer, aber ich weiß, dass er mich mag und dass ich ihm viel bedeute.«

Annabeth faltete ihre Hände in ihrem Schoß zusammen und blickte auf ihre Finger herab. Ihre Fingernägel rissen ständig ein, da es ihr an ausreichenden Vitaminen mangelte. Die Dosis, die sie jeden Morgen bekam, konnte unmöglich alles abdecken. Was ihr jedoch besonders auffiel, war, wie dünn ihre Hände waren. Jeder Finger sah aus, als bestände er nur aus Haut und Knochen.

»Sie legen viel Wert auf Details, kann das sein?«

»Wie meinen Sie das?«

Annabeth blickte von ihren Händen auf zu Herrn Mutz. Der Psychiater spielte mit dem Kugelschreiber in seiner rechten Hand, indem er ihn durch seine einzelnen Fingerglieder gleiten ließ. Er beobachtete sie und schien sich ernsthafte Gedanken über sie zu machen.

»Sie haben viele Adjektive benutzt, um Ihre Freunde zu beschreiben. Als Sie in das Zimmer gekommen sind, haben Sie mich auch gleich gemustert. Ein solches Verhalten lässt mich folgendes schlussfolgern: Entweder haben Sie einen

Kontrollzwang und wollen überall den Überblick behalten oder Sie sind misstrauisch. Wenn Letzteres stimmt, dann kann ich mir nicht vorstellen, dass Sie tatsächlich ein so schlechter Mensch sind, wie mir berichtet wurde.«

Annabeth versuchte emotionslos zu bleiben. Herr Mutz war anscheinend genauso gut darin wie sie, Menschen zu beobachten und einzuschätzen. Annabeth musste in Zukunft vorsichtiger sein, wie sie sich ihm gegenüber verhielt. Der Psychiater durfte nicht merken, was hier vor sich ging, sonst würde es in ihre Akte eingetragen und sie anschließend bestraft werden.

»Wieso gibt es keine dritte Möglichkeit? Im Endeffekt habe ich hier drinnen einfach nur viel Zeit, um ein Auge für Details zu bekommen. Wenn man den ganzen Tag die Decke anstarrt, achtet man irgendwann auf jede einzelne Unebenheit.«

Der Psychiater nickte und legte seinen Stift zur Seite.

»Ich habe heute schon einen guten Eindruck von Ihnen bekommen. Wir sehen uns dann in ein paar Tagen wieder«, meinte er und nickte Annabeth aufmunternd zu.

Annabeth wusste nicht, wie sie sein Verhalten interpretieren sollte. Ein mulmiges Gefühl breitete sich in ihrem Bauch aus. Sie hatte Angst, irgendetwas Falsches gesagt zu haben. Jede falsche Aussage konnte sie hier drinnen in Schwierigkeiten bringen.

»Dann bis zum nächsten Mal«, murmelte sie und erhob sich von ihrem Stuhl.

Langsam trottete sie aus dem Büro. Als sie die Tür öffnete, um in den Gang zu laufen, sah sie den Wärter, der sie zuvor bereits hierhergeführt hatte, auf der anderen Seite des Ganges wartend stehen. Mit zusammengepressten Lippen verließ sie das Büro des Psychiaters und schloss die Tür hinter sich. Kaum hatte sie die Türklinke losgelassen, stand der Wärter neben ihr und schaute sie mit strengen Blicken an.

»Ahnt er etwas?«

Das Mädchen schüttelt heftig den Kopf. Sie hatte keine Ahnung, ob er etwas ahnte, doch sie durfte sich definitiv nichts anmerken lassen.

»Ich unterhalte mich später noch einmal mit ihm, da werde ich dann erfahren, was du ihm gesagt hast.«

»Ich habe ihm nichts verraten, das irgendjemanden hier in Schwierigkeiten bringen könnte«, murmelte sie leise vor sich her.

Annabeth traute sich nicht, dem Mann in die Augen zu schauen, zu groß war ihre Angst vor ihm. Es hätte vorhin nicht viel gefehlt und er hätte sie erwürgt.

»Du kannst übrigens gleich in den Aufenthaltsraum gehen«, knurrte er, packte sie unsanft am Arm und zog sie durch das Gebäude.

Annabeth spannte ihre Muskeln an, damit sein starker Griff ihr nicht allzu wehtun konnte. Hastigen Schrittes versuchte sie mit seinen Schritten mitzuhalten. Es war ein langer Weg bis zu dem Aufenthaltsraum, da dieser auf der anderen Seite des Gebäudes lag. Dort versammelten sich die unterschiedlichsten Patienten zu verschiedenen Tageszeiten. Annabeth war meistens zeitgleich mit Ralf dort. Sie spielten dort gerne Schach gegeneinander oder er brachte ihr ein paar Sachen bei. Sie musste hier drinnen nicht zur Schule gehen und war daher ziemlich rückständig, was ihr Wissen anbelangte. Dank Ralf konnte sie ihre Bildungslücken immerhin ein wenig schließen. Er verbesserte auch öfters die Texte, die sie schrieb. Ihre Rechtschreibung war zu Beginn, als sie neu hier gewesen war, nicht gerade die Beste gewesen, doch Ralf war es zu verdanken, dass sie mittlerweile immer weniger Fehler machte. Er war derjenige, der sie auch immer wieder dazu ermutigte, nicht aufzugeben. Ralf redete an trüben Tagen immer auf Annabeth ein, dass sie es irgendwann mal zu etwas Großem bringen wird. Doch Annabeth bezweifelte, dass sie dieses Gebäude jemals wieder verlassen würde.

Sie näherten sich dem Aufenthaltsraum. Eine Frau stand mit dem Gesicht zur Wand und starrte den weißen Putz an. Annabeth hatte sie schon öfter gesehen, und jedes Mal stand sie an derselben Stelle mit dem Gesicht zur Wand gerichtet. Sie sagte nichts, sie konnte stundenlang einfach nur dastehen.

Immer mehr Patienten kamen zum Vorschein, je näher Annabeth dem Raum kam, der mit seiner gewaltigen Größe und den hohen Wänden eher einem Saal glich. Annabeth war sich ziemlich sicher, dass in diesem Zimmer vor Hunderten von Jahren einmal etliche Bälle stattgefunden haben mussten.

Annabeth ließ ihren Blick durch den Raum schweifen. Etliche Patienten saßen zusammengesunken auf ihren Stühlen und wippten sich in Selbstmitleid und Verzweiflung. Nicht jeder Insasse hatte das Privileg, im Aufenthaltsraum sein zu dürfen – nur wer sich zu benehmen wusste und keine konkrete Gefahr für andere darstellte, durfte sich hier aufhalten. Hector war daher leider nicht allzu oft hier.

Am anderen Ende des Raumes konnte das Mädchen Ralf an einem Tisch sitzen sehen, auf dem Schachfiguren standen. Der Wärter lockerte den Griff um Annabeths Arm und blickte auf die Uhr.

»In zwei Stunden werde ich dich wieder abholen«, brummte er und ließ sie los.

In jeder Ecke des Raumes stand Personal, welches die Situation im Blick hatte. Schüchtern lief Annabeth durch den Saal zu Ralf. Etliche Patienten saßen allein an einem Tisch und führten Selbstgespräche, andere spielten Schach gegen sich selbst oder zeichneten Bilder.

Annabeth hatte offenbar eine gute Tageszeit erwischt, denn es war hier nicht immer so ruhig wie heute. Ein paar wenige auffällige Patienten reichten aus, und ein unvorstellbares Chaos konnte ausbrechen. Allein Hectors Anblick konnte manche Insassen zum pausenlosen Schreien bringen. Sie fanden seine Erscheinung und Gestalt Furcht einflößend. Den meisten hier war bekannt, dass Hector etliche Menschen, hauptsächlich Frauen, auf seinem Gewissen hatte.

Als Annabeth bei Ralf angekommen war, setzte sie sich auf den freien Platz ihm gegenüber und legte ihre Hände auf den Tisch. Ralf blickte Annabeth an, und sofort war ihm klar, dass sie etwas bedrückte. Als sein Blick etwas tiefer wanderte, konnte er die blauen Flecken unter ihrem Rollkragenpullover entdecken, der offenbar ein wenig verrutscht war. Er riss die Augen auf und begutachtete die blauen Druckstellen. Als Annabeth seine Blicke bemerkte, zog sie den Stoff des Pullovers augenblicklich weiter nach oben.

»Was ist passiert?«, erkundigte sich Ralf geschockt. Annabeth zuckte mit den Schultern. »Nichts Besonderes, ich habe meine Meinung nur zu deutlich geäußert. Das nächste Mal werde ich am besten einfach meinen Mund halten.«

Ralf legte seine Stirn in Falten und taxierte jeden Angestellten in diesem Raum. Er wollte nicht, dass irgendjemand dieses Gespräch belauschen konnte.

»Lass dich davon nicht unterkriegen, Beth«, murmelte er zu ihr herüber, sodass niemand außer Annabeth ihn hören konnte. »Dein Verstand ist das Einzige, was du noch hast, lass ihn dir nicht nehmen. Am Ende siehst du sonst noch genauso aus wie die anderen hier! Solange du dich wehrst, haben sie nicht gewonnen.«

Ralf blickte zu den stillen Gestalten neben ihnen, die einfach schweigend auf ihren Plätzen saßen und apathisch vor sich hin starrten. Einige von ihnen waren mal auffällige Personen gewesen, genauso aufmüpfig wie Hector. Mit altmodischen Elektroschocktherapien wurden sie im Keller dieses Gebäudes ruhiggestellt und in lebende Leichen verwandelt. Sie existierten noch körperlich, doch ihr Verstand und ihre Persönlichkeit waren verschwunden.

»Ich habe wirklich gedacht, dass er mich töten wird. So ein Risiko will ich nicht noch einmal eingehen«, flüsterte das Mädchen leise und schob den Bauern über das Schachfeld.

Sie wollte nicht wirklich über diesen Vorfall reden. Die beste Methode war es, einfach alles zu vergessen, und so zu tun, als sei nichts geschehen.

»Sie wollen dich brechen. Du darfst ihnen diesen Gefallen nicht tun!«

Während Ralf die Worte aussprach, bewegte auch er eine Figur auf dem Brett. Sie versuchten so unauffällig wie möglich zu sein.

»Glaubst du nicht, dass ich nicht schon längst gebrochen bin?«, murmelte Annabeth und brachte den Turm ins Spiel, mit dem sie ein paar Felder vorrückte.

Ihre Stimme klang weich und zittrig. An manchen Tagen hatte sie wirklich das Gefühl, gebrochen zu sein. Sie saß dann still in ihrem Zimmer, wie die anderen Insassen auf ihren Stühlen, und träumte sich an einen anderen Ort.

»Hätte sich der Pfleger damals nicht an mir vergangen, dann wäre ich mit den anderen Kindern in die andere Anstalt überwiesen worden. Ich habe zugelassen, dass sie mich hier eingesperrt und meinen Tod vorgetäuscht haben, damit niemand in der anderen Psychiatrie meine blauen Flecken bemerken konnte. Ich war so gebrochen, dass ich mich nicht gewehrt habe. Ich habe es zugelassen.«

Ihre Stimme klang plötzlich schwer und traurig. Sie redete nicht gerne über dieses Thema. Ihre Vergangenheit war so schmerzhaft, dass sie sich nichts sehnlicher wünschte, als gäbe es eine Möglichkeit, alles Geschehene zu vergessen. Mit ihren alten Psychiatern hatte sie immer über unwichtige Themen gesprochen, nie jedoch waren die Dinge zur Sprache gekommen, die tatsächlich ihre Seele belasteten. Sie durfte weder über ihre Unschuld reden noch über die Taten der Angestellten. Die Straftat, die damals an ihr ausgeübt wurde, war vertuscht worden. Sie hatten mit Geldern alle notwendigen Personen bestochen, um ihren Tod vorzutäuschen zu können. Sie war damals das perfekte Opfer gewesen, niemand interessierte sich dafür, ob sie am Leben war oder tot. Niemand wollte ihre Leiche sehen, die gefälschten Berichte hatten ausgereicht. Seitdem war sie eine Gefangene, die offiziell gar nicht mehr am Leben war.

»Beth, gib dir nicht die Schuld an den Fehlern anderer. Du hättest nichts ändern können.«

»Der Pfleger hätte jedes einzelne Mädchen damals haben können und hat sich mich ausgesucht! Er hat sich wahrscheinlich gedacht, dass er es mit mir schon machen kann.« Ralf schlug mit der Faust auf den Tisch. Der Knall sorgte sofort dafür, dass sich alle Angestellten zu ihm umdrehten und ihn misstrauisch beäugten, doch das war ihm egal. Seine Wut galt Annabeth.

»Hör jetzt auf! Du bist stärker als jeder andere Mensch, den ich hier drinnen kennengelernt habe. Es ist bei dir halt alles blöd gelaufen, aber such die Schuld jetzt nicht bei dir. Du bist stark!«

Diese Worte brachten Annabeth zum Nachdenken. Ralf hatte recht: Sie war noch nicht ganz so gebrochen, wie andere es wahrscheinlich wären, wenn sie durchgemacht hätten, was sie durchgemacht hatte. Sie hatte immer noch ihre Hoffnung und ihre Vorstellungskraft. Sie war vielleicht nicht mehr dasselbe Mädchen wie am Anfang, doch dafür wusste sie umso besser, wer sie nun war, welche Ängste und – vor allem – welche Ziele sie hatte. Dennoch konnte sie nicht leugnen, dass ihre Seele an manchen Tagen von der Dunkelheit ihrer Vergangenheit überfallen wurde.

»Du hast recht. Lass uns einfach weiterspielen und nicht mehr darüber reden«, murmelte sie und wartete darauf, dass Ralf seinen nächsten Zug machte.

Annabeth atmete sanft ein und aus, um wieder Kraft zu tanken. Dieser Tag hätte mit Sicherheit nur einen dünnen Strich an ihrer Wand bekommen. Hätte Ralf sie nicht wieder auf den Boden der Tatsachen zurückgeholt, dann hätte Annabeth den restlichen Tag wahrscheinlich in Gedanken versunken irgendwo in einer Ecke verbracht.

Annabeth bewegte ihre Schachfigur und spielte eine Runde nach der nächsten gegen Ralf. Sie wechselten sich mit dem Gewinnen ab, obwohl Ralf der bessere Spieler von beiden war. Das Mädchen rutschte ihre Königin über das Spielbrett und lugte zu der Uhr am anderen Ende des Raumes. Es würde nicht mehr lange dauern, bis sie wieder zurück in ihr Zimmer geschickt werden würde. Immerhin hatte sie die Zeit sinnvoll mit Ralf verbracht.

»Wir haben nicht mehr viel Zeit, ich werde gleich wieder abgeholt«, stellte sie fest und beobachtete Ralfs Spielzug. Nachdenklich schaute sie auf das Schachfeld und überdachte ihren nächsten Zug. Mit ihrer linken Hand stützte sie ihren Kopf ab und rutschte mit ihrer anderen Hand die Königin weiter über die Felder.

»Wir sehen uns heute Abend wieder!«

Ralf schmunzelte und bewegte seine nächste Spielfigur.

Im nächsten Moment war das Knarren der großen Eingangstür zu vernehmen. Der Saal wurde geöffnet und eine verängstigte Eleonore wurde zusammen mit anderen Patienten hereingebracht.

Mit angespannten Schultern und geneigtem Kopf lief Eleonore wie ein kleines Kind Schritt für Schritt voran. Als sie an einem freien Stuhl angekommen war, ließen die Wärter sie los und kümmerten sich nicht weiter um sie. Eleonore setzte sich stumm hin und zog ihre Beine nach oben. Mit ihren Armen umklammerte sie ihre Beine und legte ihren Kopf auf die Knie. Leicht verstört begann sie, vor und zurück zu wippen. Trotz der Entfernung konnte Annabeth erkennen, dass ihr ganzer Körper zitterte. Besorgt blickte Annabeth zu Ralf.

»Was haben die mit ihr gemacht?«

Entsetzt und besorgt zugleich stand Annabeth von ihrem Stuhl auf und stürmte zu Eleonore. Geistesabwesend saß sie da und zuckte, und in regelmäßigen Abständen fuhr sie erschrocken zusammen. Annabeth kniete sich vor ihr hin und legte ihre Hände auf Eleonores Beinen ab.

»Ich bin da«, flüsterte sie leise. »Es ist alles gut.«

Eleonores Haare waren zerzaust und standen in alle Richtungen ab, ihr Gesicht sah müde und erschöpft aus. Sie schaute zu Annabeth, doch es wirkte, als sähe sie sie gar nicht richtig an, sondern blickte durch sie hindurch. Ihre Augen waren starr und leer.

»Spiegel, Spiegel, überall Spiegel«, jammerte sie.

Annabeth trat näher an sie heran. »Es ist alles gut, Eleonore. Hier sind keine Spiegel.«

Im nächsten Moment konnte Annabeth eine Hand auf ihrer Schulter spüren. Ralf stand direkt hinter ihr und bat sie aufzustehen. Ralfs Blick war gefasst. Er wusste nur zu gut, was hier vor sich ging. Er hatte Eleonore anscheinend schon einmal in diesem Zustand erlebt.

»Was ist mit ihr los?«, fragte Annabeth besorgt.

»Sie braucht noch ein wenig Zeit, aber spätestens heute Abend wird sie wieder die Alte sein«, murmelte er und beobachtete Eleonore.

Ihre Blicke gingen durch die beiden hindurch. Ihre Augen waren aufgerissen und ängstlich.

»Du weißt doch, wie sehr Eleonore auf ihr Äußeres Wert legt, oder? Um sie zu bestrafen, haben die Angestellten vor ein paar Jahren angefangen, ihr zu verbieten, sich herzurichten, und sie gezwungen, in den Spiegel zu schauen und ihr wahres Ich zu betrachten. Allerdings hat die Narbe an ihrer Wange Erinnerungen hervorgerufen, mit denen sie nicht zurechtkam. Hat Eleonore dir je erzählt, wieso ihr Mann sie so stark gekratzt hat?«

Annabeth schüttelte den Kopf.

»Er hat versucht, sich zu wehren, als Eleonore ihn tötete. Jedes Mal, wenn sie nun in den Spiegel schaut, sieht sie die Narbe auf ihrer Wange und muss an die letzten verzweifelten Schreie ihres Mannes denken. In letzter Zeit ist es sogar so schlimm geworden, dass sie sich einbildet, ihn im Spiegel zu sehen. Sie hat deswegen eine richtige Phobie gegen Spiegel entwickelt.«

Annabeth warf Eleonore einen besorgten Blick zu. Sie hatte noch nie nachvollziehen können, was Eleonore getan hatte, doch sie konnte sich gut vorstellen, dass Eleonore deswegen Gewissensbisse hatte. Annabeth hatte eine Zeit lang auch in jedem männlichen Gesicht ihren Bruder erkennen können. Es war verrückt, welche Streiche das Unterbewusstsein einem Menschen spielen konnte.

»Kann man ihr denn keine Medikamente geben, so wie dir?«

Ralf schüttelte den Kopf, streichelte Annabeth liebevoll am Oberarm und schaute noch einmal zu Eleonore. Sie sah in diesem Zustand um einiges älter aus als normalerweise. Es war verwunderlich, wie stark eine belastete Seele sich im äußeren Erscheinungsbild eines Menschen widerspiegeln konnte.

»Man könnte, man möchte aber nicht. Bei Eleonores Therapie ist es so wie bei deiner: eher Schein als Sein. Sie haben sie in letzter Zeit öfters in einen Raum mit Spiegeln gesetzt, nur um ihre Reaktion zu beobachten.«

Annabeth blickte trüb drein. Es war eine andere Art der Folter, die man Eleonore unterzog. Allerdings betrachtete Annabeth immer alles von zwei Seiten. Eleonore war eine Mörderin, und es wäre schlimm, wenn sie wegen ihrer Taten keine Gewissensbisse hätte. Eleonore zeigte natürlich nicht gerne nach außen, dass auch sie manchmal schwach war, doch Annabeth war sich sicher, dass jeder Mensch irgendwo eine Schwachstelle hatte, selbst Hector.

»Ich glaube, du wirst abgeholt«, flüsterte Ralf Annabeth zu und blickte in Richtung der Tür.

Im Türrahmen stand der Wärter, der das Mädchen wieder abholen kam.

»Bis heute Abend«, murmelte sie und lief dem Wärter entgegen.

Immer wieder drehte sie sich zu Eleonore um, doch diese saß nach wie vor einfach nur starr auf ihrem Platz.

2. Kapitel

Annabeth wurde zurück in ihr Zimmer geführt. Der Wärter sprach kein einziges Wort mit ihr. Das Mädchen wusste nicht, ob das ein gutes oder schlechtes Zeichen war. Letztendlich war sie froh, dass er nichts sagte, denn ihre Gedanken galten nach wie vor Eleonore.

Erst als sie ihr Zimmer erreicht hatte und der Wärter seinen Schlüssel hervorzog, begann er sich zu räuspern. Das hatte nichts Gutes zu bedeuten. Wahrscheinlich war er nur so ruhig gewesen, weil er nicht wollte, dass jemand etwas mitbekam. Der Wärter schloss das Zimmer auf, schubste Annabeth hinein und schaute sie grimmig an.

»Du hast heute Glück gehabt, noch ahnt dein Psychiater nichts!«

Kaum hatte er diese Worte ausgesprochen, fiel Annabeth ein Stein vom Herzen. Sie hatte sich schon auf eine Standpauke und Prügel eingestellt.

»Also darf ich noch einmal zu ihm?«, erkundigte sie sich und ging ein paar Schritte nach hinten zu ihrer Kommode. Der Mann begann leicht zu knurren und zog die Tür ein Stück weiter zu.

»Ja, allerdings erst in ein paar Tagen, du darfst nicht zu viel Aufmerksamkeit bekommen.«

Kaum hatte er die Worte ausgesprochen, verließ er den Raum, knallte die Tür hinter sich zu und schloss ab. Annabeth hatte nun noch einige Stunden vor sich, bis sie ihre Freunde sehen würde. Später würde sie noch einmal etwas zu essen bekommen, doch ansonsten würde sich heute niemand mehr um sie kümmern.

Sie zog die unterste Schublade ihrer Kommode auf und holte ein leeres Stück Papier heraus. Anschließend griff sie nach dem Bleistift unter ihrer Matratze und begann zu schreiben. Sie war vertieft in die Worte, die sie aufs Papier zauberte.

Annabeth schrieb über ihren Psychiater, über sein Verhalten und seine Ausstrahlung. Sie hatte Freude daran, ihre Eindrücke niederzuschreiben und die einzelnen Worte in eine schöne Geschichte zu verpacken. Sie hatte diesen Mann letztendlich genauso gut durchschaut, wie er dachte, sie durchschaut zu haben.

Irgendwann widmete sie sich Eleonore. Manchmal war es wie eine Art Therapie für sie, Momente niederzuschreiben, die sie kaum begreifen oder verarbeiten konnte. Sie beschrieb diese Augenblicke dann nie aus ihrer Perspektive, sondern versuchte möglichst objektiv zu bleiben.

Annabeth war so in ihre Schreiberei vertieft, dass sie nicht mitbekam, wie ihr gestörter Zimmernachbar lauthals zu brüllen begann.

»Brenn, Mädchen, brenn!«, schrie er immer und immer wieder.

Diese Worte waren für Annabeth in den letzten Jahren genauso selbstverständlich geworden wie eine Kirchenuhr, die zu jeder vollen Stunde zu läuten begann. Das Mädchen konnte mittlerweile sogar den Knall ignorieren, wenn ihr Zimmernachbar in einem seiner Anfälle seine Fäuste oder seinen Kopf mit voller Wucht gegen die Wand schlug. Es interessierte inzwischen nicht einmal mehr die Wärter. Seine Zelle war von oben bis unten mit Blut beschmiert.

Er nutzte sein eigenes Blut sogar manchmal dazu, um die Namen seiner durchs Feuer umgekommenen Opfer aufzuschreiben. Er war in diesem Gebäude nur unter den Begriff »Feuerteufel« bekannt. Annabeth hatte ihm auch schon viele Zeilen auf ihrem Papier gewidmet, vor allem in den schlaflosen Nächten, die sie seinetwegen zu Beginn öfters gehabt hatte.

Als Annabeth mit ihren Zeilen fertig war, legte sie das beschriebene Papier zu den anderen in die unterste Schublade und begutachtete all ihre Zettel, die sich im Verlauf der letzten Jahre dort angesammelt hatten. Einige von diesen Schriften würde sie nie wieder anrühren oder durchlesen, denn sie würden sie an zu schlimme Zeiten erinnern, über die sie nicht einmal mehr nachdenken möchte.

Annabeth lag schließlich wach im Bett und starrte die Decke an. Es war stockdunkel in ihrem Zimmer, lediglich das Licht des Mondes ließ sie einige Umrisse erkennen. Einige Stunden zuvor war sie einmal kurz eingeschlafen, doch nun musste sie wach bleiben. Es würde nicht mehr lange dauern, bis Hector und die anderen sie holen kommen würden.

Mittlerweile hatten sie ein Gespür dafür bekommen, wann es am sichersten war, aus ihren Zimmern zu schleichen. Die Wärter setzten sich in der Regel kurz nach Mitternacht im Personalraum zusammen und tranken ein Bier. Ab diesem Zeitpunkt wurden die Gänge nur jede halbe Stunde kontrolliert. Annabeth und ihre Freunde hatten daher genügend Zeit, um ihre Zimmer unbemerkt zu verlassen und sich auf den Dachboden zu schleichen, es war alles genaustens getaktet.

Als Annabeth auf dem Gang Geräusche wahrnahm, setzte sie sich aufrecht ins Bett und lauschte angestrengt. Es war ein leichtes Tippeln. Gespannt starrte Annabeth in Richtung ihrer Tür. Eigentlich konnte es sich nur um ihre Freunde handeln. Als dreimal leise gegen ihre Tür geklopft wurde, wusste sie, dass es soweit war.

Sie erhob sich aus dem Bett und schob ihre Bettdecke gekonnt so zusammen, dass es den Anschein erweckte, es läge jemand darin und schliefe. Anschließend huschte das Mädchen zu der Tür, die zeitgleich aufgeschlossen wurde. Mit einem breiten Grinsen im Gesicht öffnete ihr Hector die Tür. Freude strahlend schaute sie ihn an und lief an ihm vorbei in den Gang.

»Die anderen sind schon auf dem Dachboden«, flüsterte er leise.

Er schloss die Tür zu Annabeths Zimmer wieder ab und sie schlichen auf Zehenspitzen durch den dunklen Gang zur Dachbodentür. Annabeth prüfte, ob die Luft rein war, während Hector auch diese Tür öffnete. Mit einem breiten Grinsen im Gesicht ging Annabeth schließlich die dahinterliegende Treppe hinauf. Egal wie schlecht ihr Tag war, spätestens wenn sie den muffigen Geruch des Dachbodens roch, wurde er wieder etwas besser.

Kaum hatte sie die letzte Stufe passiert, schauten auch schon Ralf und Eleonore zu ihr herüber. Annabeth lief zu ihnen und behielt dabei Eleonore ganz genau im Blick. Sie sah im ersten Moment aus wie immer. Ihre Blicke galten wieder Annabeth und waren nicht mehr starr durch sie hindurch oder auf den Boden gerichtet. Ein warmes, herzliches Lächeln breitete sich auf ihren Lippen aus, als sich Annabeth auf ihren Stammplatz setzte. Annabeth schmunzelte und blickte etwas zu lange auf Eleonores Narbe, dessen Hintergrundgeschichte in Gedanken durch ihren Kopf wanderte.

»Was ist los, Mädchen?«, fragte Eleonore sie schließlich.

»Geht es dir gut?«

Annabeth schaute sie besorgt an.

»Warum sollte es mir nicht gut gehen? Meine Haare sitzen heute nicht so schön wie sonst, aber im Grunde kann ich mich nicht beschweren.«

Ihre Stimme klang wie immer. Vor allem der überzeugende, arrogante Ton in ihrer Stimme war deutlich herauszuhören. Es gab keine Zweifel, dass sie nicht die Wahrheit sagte. Ralf beugte sich zu Annabeth herüber.

»Sie erinnert sich an nichts mehr«, flüsterte er ihr in einem unbemerkten Augenblick zu.

Überrascht drehte sich Annabeth zu ihm um.

»An gar nichts mehr?«

Er nickte.

»Sprich sie also am besten gar nicht erst darauf an.« Annabeth warf erneut einen Blick auf Eleonore, die sich gerade mit Hector unterhielt. Sie fragte sich, ob Eleonore sich tatsächlich an nichts mehr erinnern konnte oder schlichtweg nicht darüber reden wollte. Annabeth selbst gab auch öfters vor, sich an gewisse Dinge nicht mehr zu erinnern, damit sie nicht darüber sprechen musste.

Hector holte aus einem Schrank im Eck des Dachbodens eine Schachtel Streichhölzer hervor und brachte kurz darauf eines zum Entzünden. Vorsichtig machte er die Kerze auf dem Tisch damit an, um etwas Licht in den Raum zu bringen.

Kaum hatte die erste Flamme aufgeflackert, schaute Hector geschockt Annabeth an. Sein Blick war starr und mit aufgerissenen Augen auf sie gerichtet. Es dauerte nicht lange, bis Eleonore denselben entsetzten Gesichtsausdruck aufsetzte.

»Was ist mit dir passiert?«, platzte es schließlich aus Hector heraus. Annabeth war zunächst leicht überrascht über seine Reaktion, bis ihr einfiel, dass man dank ihres Nachthemdes wieder freien Blick auf ihren blau verfärbten Hals hatte. Peinlich berührt bedeckte sie mit einer Hand ihren Hals, um die Flecken zu verdecken. Ihr Blick wanderte zu der Kerze und sie zuckte mit den Schultern.

»Ich habe einen der Wärter mit meiner Aussage ein wenig ... provoziert«, murmelte sie.

Hector setzte sich fassungslos auf seinen Stuhl und schlug mit seinen Händen auf seine Oberschenkel ein. Langsam breitete sich ein immer größer werdendes Grinsen auf seinen Lippen aus. Irritiert von seiner Reaktion ließ Annabeth ihre Hand langsam vom Hals herabgleiten.

»Ich bin so stolz auf dich, Beth! Lass dir nicht immer alles gefallen! Man muss sich auch mal wehren.«
Überrascht von seiner Aussage warf Eleonore ihm einen empörten Blick zu.

»Hector! Man hat Beth gewürgt! Deine Reaktion ist komplett unangemessen.«
Hector schüttelte heftig seinen Kopf und musste sich beherrschen, um Eleonore nicht ins Wort zu fahren. Mit einem lauten Schlag stützte er sich mit seinen Armen auf dem Tisch ab.

»Ihr Hals ist ein Zeichen von Triumph! Sie hat mit ihren Worten gegen ihre Unterdrückung angekämpft. Jeder Rebell trägt Narben bei seinem Kampf davon.«
Hectors Stimme war von Stolz und Optimismus erfüllt. Er war ein typischer Rebell und nutzte jede Gelegenheit, die ihm sich bot, um seine Meinung zu äußern oder einer Wache eins überzuziehen. Meistens wurde er dann mit Isolation im Keller bestraft. An ihm wurden schon so einige menschenunwürdige Experimente durchgeführt, die Narben auf seinem Körper hinterlassen hatten.

Eleonore verdrehte genervt die Augen und wusste, dass es sich nicht rentierte, dagegen zu argumentieren.

»Meine Frauen waren auch Rebellen«, schmunzelte er.

Ralf und Annabeth schnauften laut auf, denn ihnen wurde sofort klar, worauf er anspielte. Das Grinsen in seinem Gesicht war in diesem Zusammenhang noch mehr fehl am Platz als seine eigentliche Aussage. Doch er war gestört, daran konnte man anscheinend nichts mehr ändern.

»Hector, du hast sie getötet! Natürlich haben die Frauen versucht, sich zu wehren«, bemerkte Annabeth mit strengem Ton.

Sie konnte es nicht leiden, wenn er so war. Würde er ihr nicht so viel bedeuten und nicht immer so nett zu ihr sein, würde sie ihn womöglich sogar hassen. Das Mädchen hatte die letzten Jahre über versucht, ihn irgendwie zu verstehen. Doch jedes Mal, wenn sie dachte, dass sie ihn verstand, machte er Aussagen, die ihr Bild von ihm wieder ins Wanken brachten.

»Ich kann dafür nichts. Es ist wie eine Sucht. Man möchte nicht zur Flasche greifen, aber macht es trotzdem. Außerdem: Habt ihr schon einmal Herz gegessen? Es schmeckt so gut! Vor allem das von Frauen hat einen besonderen Geschmack.«

Stille machte sich auf dem Dachboden breit. Die Kerze flackerte vor sich hin und legte dunkle Schatten auf die eine Seite der Gesichter. Vor allem Hectors Gesicht bekam durch das wenige Licht einen unheimlichen Ausdruck. Annabeth blickte ihn an und wusste, dass er einfach nur ein geisteskranker Kannibale war. Nachdem er die Frauen getötet hatte, schnitt er ihnen die Herzen heraus und aß sie in gekochtem Zustand auf. So viele Frauen hatten durch seine Hände den Tod gefunden.

»Ihr seid so prüde«, nuschelte er, als er die verständnislosen Blicke auf seiner Haut spürte. »Ich bin einfach nur ein Jäger! Manche Menschen essen gerne Schwein, andere Wild, und bei mir ist es halt etwas ganz anderes.«

Er rutschte auf seinem Stuhl weiter nach hinten und schob sich einen Zahnstocher, den er auf dem Tisch gefunden hatte, zwischen die Zähne.

»Hector, ich habe dich lieb, aber du darfst niemals wieder auf die Welt da draußen losgelassen werden«, meinte Annabeth. »Bei dir hat es definitiv einen Grund, warum du weggesperrt wurdest.«

Ralf begann zu lachen. Er lachte so stark und laut, dass er sich sogar den Bauch halten musste. Es dauerte nicht lange, bis auch Hector in das Lachen mit einstieg. Die beiden Männer fielen fast von ihren Stühlen vor Freude. Irgendwann begann Ralf mit der Hand auf den Tisch zu schlagen, um sich dann langsam wieder zu beruhigen, doch es brachte nur wenig. Erst als er Annabeths fragwürdigen Blick bemerkte, bekam er sich wieder unter Kontrolle.

»Du bist einfach der Hammer, Beth«, sagte er voller Freude. »Hat sich schon einmal eine Frau getraut, dir so deutlich die Wahrheit ins Gesicht zu sagen?«

Ralf blickte zu Hector und hielt sich mit der rechten Hand seinen Bauch.

»Jedenfalls keine, die überlebt hat!«

Hector versuchte, Annabeth einen grimmigen Blick zuzuwerfen, doch das Schmunzeln auf seinen Lippen wurde er nicht los.

»Irgendjemand muss ja mal die Wahrheit aussprechen«, verteidigte sich Annabeth, die das Gefühl hatte, als wäre ihre Aussage ins Lächerliche gezogen worden.

Leicht beleidigt aufgrund der Reaktionen ihrer Freunde verschränkte sie ihre Arme vor der Brust und blickte ernst in die Runde.

»Das böse Gesicht steht dir nicht, Beth! Du kannst uns nicht böse sein!«, bemerkte Ralf.

Kaum hatte er die Worte ausgesprochen, löste Annabeth ihre aufrechte Rückenhaltung und ihre verschränkten Arme wieder. Ralf hatte recht, Annabeth konnte ihnen nicht wirklich böse sein. Egal was sie sagten oder machten, sie waren wie eine zweite Familie für sie. Niemals könnte sie ihnen böse sein, dafür hatte sie ihnen viel zu viel zu verdanken.

»Ich wünschte, ich könnte es!«, sagte sie und griff nach den Karten auf dem Tisch.

Mit geschickten Handgriffen mischte sie die Karten. Als sie der Meinung war, dass sie die Karten gut genug durchgemischt hatte, teilte sie sie auf.

»Ach Beth, falls irgendwann mal der Tag kommen sollte, an dem du mich wirklich mal hassen solltest, dann möchte ich, dass du mich tötest!«, knurrte Hector plötzlich. »Ich empfände es als Ehre, wenn du der Grund dafür wärst, dass ich diese Welt verlasse. Ich möchte nicht in diesen Gemäuern als alter kränklicher Mann sterben.«

Annabeth legte ihre Stirn in Falten und schaute ihn irritiert an.

»Wieso soll nur sie dich töten, wenn sie dich hasst?«, fragte Eleonore mit ihrer hochnäsigen arroganten Stimme, während sie mit ihren Händen wild zu gestikulieren begann. »Darf ich dich auch töten? Du treibst mich oft genug in den Wahnsinn!«

Hector griff nach den Karten auf dem Tisch, zog sie auseinander und begutachtete sie. Es dauerte lange, bis er seine Hand wieder senkte und seinen Freunden erneut seine Aufmerksamkeit schenkte.

»Wenn ich durch Beths Hände sterbe, dann habe ich eine gute Aussicht darauf, doch in den Himmel zu kommen! Sie ist nämlich ein Engel auf Erden! Aber unsere Beth würde so etwas nie machen, solange sie mich lieb hat.« Er warf Eleonore einen finsteren Blick zu. »Wenn du mich mal tötest, dann lande ich definitiv in der Hölle! Du Ehemann ermordende, alte Frau.«

Eleonore griff schnippisch nach ihren Karten und zog eingeschnappt die Nase hoch.

»Ich würde mir gar nicht meine Hände an dir schmutzig machen wollen!«

Kaum hatte Eleonore ihre Worte ausgesprochen, legte Ralf eine Karte ab, um das Thema auf etwas anderes zu lenken. Die beiden hätten ansonsten noch stundenlang miteinander diskutiert, das wusste er aus guter Erfahrung. Ihrer aller Persönlichkeiten waren von Grund auf so verschieden, dass es fast an ein Wunder grenzte, dass sie – zumindest größtenteils – gut miteinander klarkamen. Es gab natürlich Themen, die nicht angesprochen werden durften, Tabuthemen, doch in der Regel waren sie eine fröhliche Runde.

Die Diskussion schien fast vergessen, als einer nach dem anderen seine Karten auf dem Tisch ablegte. Sie alle waren darauf konzentriert, die Runde für sich zu gewinnen, doch wie immer entschied es sich am Ende zwischen Hector und Annabeth. Die anderen beobachteten weiterhin gespannt die Spielzüge.

»Ich habe das vorhin wirklich ernst gemeint«, murmelte Hector und bohrte mit seinem Zahnstocher in seinen Zähnen herum, nachdem er eine Karte auf dem Tisch abgelegt hatte. »Du bist wirklich ein Engel auf Erden.«

Ein breites Grinsen tauchte auf Annabeths Lippen auf. Ihre Wangen verfärbten sich leicht rötlich. Sie legte ihre letzte Karte auf den Tisch und ihr Lächeln wurde immer breiter.

»Ein Engel, der besser Karten spielen kann als der Teufel höchstpersönlich. Gewonnen.«

Hector legte seine Stirn in Falten, schmiss seine restlichen Karten auf den Tisch und lehnte sich weiter nach hinten. Mürrisch betrachtete er die Karten und schüttelte schließlich den Kopf.

»Ich weiß nicht, wie du das jedes Mal schaffst«, knurrte er und kratzte sich nachdenklich am Kopf.

»Das weiß niemand«, meldete sich Ralf zu Wort.

Stolz rückte Annabeth mit ihrem Stuhl weiter nach hinten und faltete ihre Hände in ihrem Schoß zusammen. Sie streckte ihre Füße so weit nach vorne aus, dass sie mit ihren Zehen gegen den Tisch stieß.

»Wann gehen wir zurück?«, erkundigte sie sich. »Spielen wir noch eine Runde?«

Hectors Blick wanderte zum Fenster. Draußen war es bewölkt, und der Himmel hatte all seine Schleusen geöffnet. Das Fenster brachte ab und zu einen Hauch der frischen Regenluft hinein, die leicht nach Gras roch. Doch trotz der grauen Wolken, die sich über den Himmel zogen, war bereits erkennbar, dass es nicht mehr lange dunkel bleiben würde. Bis zum Sonnenaufgang würde es zwar noch ein wenig dauern, doch auch die Dämmerung konnte schon Probleme mit sich bringen.

»Nicht mehr lange. Es ist bald Schichtwechsel bei den Wärtern. Wenn wir Pech haben, haben sie mit dem Trinken aufgehört und kontrollieren schon häufiger die Gänge.« Ein Seufzen wanderte durch den Raum. Es war verrückt, wie schnell die Zeit hier oben verging. Für Annabeth hatte es sich so angefühlt, als hätte sie sich erst vor wenigen Minuten auf ihren Stuhl gesetzt.

»Dann sollten wir keine Zeit verlieren!«, bemerkte Ralf. »Jede Minute, die wir zu lange warten, kann uns zum Verhängnis werden.« Schweren Herzens blies Annabeth die Kerze auf dem Tisch aus. In Gedanken dachte sie nur daran, dass es nicht mehr lange dauern würde, bis sie wieder hier oben zusammenkamen und die Kerze erneut anzünden konnten.

»Alles gut, Beth?«, erkundigte sich Ralf, der Annabeth laut aufatmen gehört hatte.

»Ja, alles gut. Ich versteh nur nicht, wieso die Zeit mit euch immer so schnell vergeht.«

»Ach Beth«, schmunzelte Ralf und legte ihr beruhigend eine Hand auf die Schulter.

Hector und Eleonore waren bereits zur Tür gelaufen und hatten versucht, sie so leise wie möglich zu öffnen.

Auf Zehenspitzen schlich einer nach dem anderen die Treppe nach unten. Mucksmäuschenstill lauschten sie den Geräuschen um sich herum. Es war so leise im Gebäude, dass sogar das Tippeln der Maus auf dem Dachboden zu hören war. Annabeth war so konzentriert, dass sie ihren gleichmäßigen Herzschlag in ihrer Brust hören konnte.

»Die Luft ist rein«, flüsterte sie schließlich.

Hector nickte und öffnete die Tür einen schmalen Spaltbreit. Er warf einen vorsichtigen Blick in den Flur und konnte weit und breit keine Gefahr erkennen. Gleich nach dieser Feststellung stieß er die Tür noch weiter auf und gab seinen Freunden das Zeichen, auf den Gang zu laufen. Anschließend schloss er die Tür zum Dachboden wieder und ging mit Annabeth zu ihrem Zimmer.

»Lass dich nicht unterkriegen, Beth«, flüsterte er ihr zu, während er die Tür zu ihrem Zimmer aufschloss und öffnete.

»Ich versuche es«, murmelte sie und betrat ihr Zimmer.

»Schlaf gut«, sagte Hector so leise wie möglich und zog die Tür wieder zu.

Mit einem Ziehen in der Brust nahm Annabeth das Knacken ihres Schlosses wahr, das bedeutete, dass sie wieder in ihrem Zimmer eingesperrt war. Laut seufzend lief sie in Richtung ihres Bettes, blieb aber vor ihrem Schrank stehen.

Sie bückte sich und zog die unterste Schublade heraus. Sie wollte noch nicht schlafen! Sie wollte sich auf etwas anderes konzentrieren als auf die Tatsache, wieder allein zu sein. In Gedanken versunken kniete sie sich auf den Boden und begann in all den Zetteln zu stöbern.

Sie holte einen nach dem anderen hervor und betrachtete sie. Trotz der Dunkelheit konnte sie die Wörter darauf erkennen. Auf einem der Zettel war ein Mädchen mit brennenden Kleidern zu sehen. Annabeth hatte es in Anlehnung an die Worte ihres Zimmernachbarn gemalt. Allein beim Anblick des Bildes konnte sie seine Stimme hören, die »Brenn, Mädchen brenn« rief. Ein kalter Schauer lief Annabeth den Rücken hinunter und sie legte das Bild sofort wieder zurück in die Schublade.

Gerade als sie das Schubfach wieder zuschieben wollte, konnte sie Schritte auf dem Gang wahrnehmen. Annabeth hielt kurz die Luft an, um sich noch besser auf das Geräusch konzentrieren zu können. Die Schritte waren plump und stammten sicherlich von einem der Wärter. Leise stand sie auf und wollte eigentlich zu ihrem Bett laufen, als sie ein Klopfen an ihrer Tür wahrnahm. Irritiert blieb sie stehen. Sie konnte hören, wie ein Schlüssel in die Tür gesteckt und leise umgedreht wurde. Ihr Herz begann wie wild zu rasen. Die Wärter schlossen normalerweise nicht die Tür auf, sie beobachteten sie nur durch die Luke. War vielleicht einer ihrer Freunde noch einmal zurückgekommen?

»Hector?«, flüsterte Annabeth leise und irritiert, als die Tür geöffnet wurde.

Neugierig starrte sie auf die Tür, die mit einem Satz aufgestoßen wurde. Ihr Herz schlug immer schneller. Adrenalin schoss durch ihre Adern und pure Angst breitete sich in ihrem Körper aus. Vorsichtig ging Annabeth ein paar Schritte zurück und blickte erstarrt auf den dunklen Umriss des Mannes in der Tür. Angsterfüllt ballte Annabeth ihre Hände zu Fäusten und spürte, wie ihre Beine zu zittern begannen. Sie atmete immer schneller, während ihr Körper wie gelähmt zu sein schien.

»Du bist ja noch wach, Kleines«, lallte der Wärter und ging auf wackeligen Beinen auf sie zu.

»Ja, aber das ist auch nicht verboten«, stotterte Annabeth und machte noch ein paar Schritte zurück. Als sie im Augenwinkel ihr Bett sah, lief sie augenblicklich in Richtung der Wand. Sie wollte den Mann nicht auf falsche Gedanken bringen! Sie wünschte sich in diesem Moment, überhaupt kein Bett zu haben. Annabeth schluckte den Kloß in ihrem Hals hinunter und versuchte, stark zu wirken. Sie gab sich Mühe, so selbstbewusst wie möglich da zu stehen, damit man ihr die Angst nicht anmerkte.

»Nein, das ist nicht verboten«, spuckte der Mann die Worte in seinem betrunkenen Zustand aus. »Es ist aber verboten, aufmüpfig gegenüber einem Pfleger zu sein!«

»Ich wurde dafür schon bestraft und werde das nächste Mal meine Meinung für mich behalten«, gab Annabeth kleinlaut zurück. Ihre Stimme bebte vor Angst. Immer mehr Tränen stiegen ihr mit jedem Schritt, den er näher auf sie zukam, in die Augen.

»Ich glaube dir das aber nicht!« Kaum hatte er die Worte ausgesprochen, da löste er auch schon den Gürtel an seiner Hose. Annabeth zitterte am ganzen Körper. In ihrem Kopf ging sie sämtliche Möglichkeiten durch, wie sie glimpflich aus dieser Sache herauskommen konnte, doch sie gelangte immer wieder zu demselben Ergebnis: Sie konnte diesem Mann nicht entkommen!

Er öffnete seine Hose und ging weiter auf Annabeth zu.

»Gehen Sie weg von mir«, jammerte das Mädchen. »Gehen Sie weg!«

Ihr ganzer Körper bebte. Sie wollte schreien, doch ihre Stimme versagte. Die Tränen sorgten dafür, dass ihre Sicht verschwamm.

»Ich gehe nirgends hin! Und du auch nicht!«

Kaum hatte der Mann den Satz ausgesprochen, stürmte er auf sie zu und drückte sie voller Wucht gegen die Wand.

Sie knallte mit ihrem Kopf so stark gegen die Wand, dass ein heftiger Schmerz durch ihren Schädel wanderte. Annabeth begann nur noch mehr zu weinen. Sie hatte solche Angst vor den kommenden Minuten, dass sie gar nicht spürte, wie Blut aus der Wunde an ihrem Kopf trat. Stechende Kopfschmerzen zogen sich über ihre Stirn, doch sie stand immer noch mit seiner Hand auf der Brust an die Wand gedrückt da.

Mit jedem seiner Atemzüge konnte sie den abartigen Geruch von Whiskey wahrnehmen. Sie verspürte einen Würgereiz. Der Mann zog seine Hose immer weiter nach unten, und Annabeth versuchte verzweifelt, sich zu wehren. Sie trat mit den Füßen nach ihm und versuchte, ihn mit den Händen von sich wegzuschieben. Immer mehr Tränen liefen dabei ihre Wangen hinunter.

Sie wollte nicht aufgeben! Sie wollte nicht von der Angst gelähmt sein und das alles wehrlos über sich ergehen lassen.

Schließlich fand sie ihre Stimme wieder. Mit jedem Versuch konnte sie immer lauter schreien. Doch innerlich wusste sie, dass niemand kommen würde, um ihr zu helfen. Die einzigen, die sie hören konnten, waren die anderen Gefangenen, und die konnten ihre Zellen nicht verlassen.

Als der Mann die Haut an Annabeths Bein berührte, um ihr Nachthemd nach oben zu schieben, verursachte seine eigentlich sanfte Berührung Schmerzen auf ihrer Haut. Es entstand ein stechender Schmerz, der sich immer weiter nach oben zog.

»Zapple nicht so«, motzte der Mann sie an und drückte sie nur noch fester gegen die Wand.
Annabeth weinte und schrie aus Leibeskräften. Seine Hände berührten immer mehr Stellen auf ihrer Haut. Sie hatte verloren, sie war machtlos. Weinend schloss Annabeth ihre Augen und versuchte sich an einen anderen Ort zu denken. Sie wollte in Gedanken ihren Körper verlassen und von irgendeinem Strand träumen, der so schön war, dass sie die reale Grausamkeit vergessen konnte.

»Lass sie los!«, brüllte plötzlich eine wütende Stimme.
Hoffnungsvoll öffnete Annabeth ihre Augen und blickte an dem Mann vorbei in Hectors Gesicht. In einer Mischung aus Aufregung und Freude schlug ihr Herz augenblicklich schneller.

»Ich sagte: Lass sie los!«, brüllte Hector erneut.

Als der Wärter sich irritiert umdrehte und keine Anstalten machte, von Annabeth abzuweichen, ballte Hector seine Fäuste.

»Hau ab«, lallte der Mann und richtete seinen Blick zurück auf Annabeth.

Im nächsten Moment lief Hector auf ihn zu, zerrte ihn von Annabeth weg und schubste ihn gegen die Wand. Hector war geladen mit Energie und Wut. Er wollte all seinen Hass gegenüber den Wärtern loswerden. Nichts konnte ihn mehr aufhalten.

Annabeth stand so unter Schock, dass sie nichts unternahm und nicht dazwischen ging. Weinend schaute sie dabei zu, wie Hector den Kopf des Mannes immer und immer wieder gegen die Wand schlug. Sie hatte noch nie so viel Hass in Hectors Gesichtsausdruck gesehen wie in diesem Augenblick. Die Zimmerwand war über und über bedeckt mit dem Blut des Wärters.

Irgendwann schaffte es Annabeth schließlich, ein paar Schritte nach vorne zu gehen, und fand ihr Stimme wieder: »Hör auf, Hector.«

Wie auf Kommando ließ Hector den Mann los, der sofort in sich zusammensackte. Sein schwerer Körper schlug auf dem Boden auf. Die Augen des Mannes waren starr auf Annabeth gerichtet, doch jegliches Leben war daraus verschwunden. Es dauerte nicht lange, bis sich um seinen Kopf herum eine Blutlache auf dem Boden verteilte. Er war tot. Annabeth schnappte nach Luft. Einerseits hatte der Mann es verdient, aber andererseits fühlte sie sich schuldig. Sie hätte ihn retten können! Annabeth zitterte am ganzen Körper und schaute weinend zu Hector.

»Danke«, murmelte sie schließlich. »Aber was machen wir jetzt?«

Hector stieg mit blutverschmierten Händen über die Leiche des Mannes, nahm Annabeth in den Arm und streichelte ihr liebevoll über den Kopf. Hector wusste, dass sie jetzt die körperliche Nähe eines Freundes brauchte, um sich zu beruhigen. Er drückte sie fester an sich und konnte den lauten Schlag ihres Herzens spüren.

»Wieso bist du zurückgekommen?«, wimmerte das Mädchen und drückte ihren Kopf fester an seinen Oberkörper.

»Ich habe gespürt, dass du meine Hilfe brauchst«, murmelte Hector und drückte sie ein Stück von sich weg. Er blickte ihr tief in die Augen und wischte mit seiner blutverschmierten rechten Hand ihre Tränen weg.

»Du musst hier weg«, meinte er schließlich. »Die Wärter werden denken, dass du ihn getötet hast!«

Geschockt und irritiert von seiner Aussage hielt Annabeth die Luft an und hörte augenblicklich auf zu weinen. Sie war noch nicht so weit, darüber nachzudenken. Sie musste doch erst mal mit ihrem Leben klarkommen!

»Wie meinst du das?«

Hector legte seine Hände auf ihre Schulter und schaute sie ernst an.

»Die Wärter werden dich foltern und töten, wenn du hierbleibst. Ich habe mir schon öfter Gedanken darüber gemacht, ob es möglich ist, über das Dachbodenfenster abzuhauen. Für mich ist das Fenster zu schmal und zu klein, aber du schaffst es, da durch zu klettern, Beth! Das Fenster ist deine Freikarte.«

Er ließ sie los und griff nach ihrer Bettdecke. Dann zog er einmal kräftig am Spannbettlaken und hielt auch dieses in der Hand.

»Wir müssen hier weg!«

Mit seiner freien Hand packte er Annabeth am Arm und zerrte sie an dem Wärter vorbei. Mit wackeligen Beinen betrachtete das Mädchen die Leiche des Mannes. Er war wirklich und wahrhaftig tot! Wenige Minuten zuvor noch hatte er ihr wehtun wollen, und nun war sein Körper genauso starr und leer wie der ihrer Eltern.

Annabeths Blick fuhr höher, in Richtung der Wand. Alles war voller Blut. Selbst ihr Nachthemd hatte durch den harten Aufschlag des Körpers Blutspritzer abbekommen. Das Zimmer sah nicht mehr aus wie ihres. Es war überall zu viel Blut! All die Striche, die sie über die Jahre an die Wand gemalt hatte, waren nun mit Blut bedeckt.

Weinend betrachtete Annabeth das Chaos und folgte Hector ohne Widerworte.

Sie war wie in Trance. Es fühlte sich für sie an wie ein Traum, als Hector sie mit auf den Dachboden zerrte und aus den Kisten, die dort standen, noch weitere Decken hervorzog.

Annabeth stand wie angewurzelt in der Ecke des Dachbodens und beobachtete Hector stumm dabei, wie er die Laken aneinanderband und so fest wie möglich zu verknoten versuchte. In ihrem Kopf herrschte nichts als Chaos. Sie fühlte sich genauso überfordert wie damals bei ihren Eltern. Sie war für Situationen wie diese einfach nicht geschaffen! Innerlich fühlte sie sich leer und einsam, sie wollte weinen, doch sie hatte keine Tränen mehr.

»Annabeth, es wird alles gut!«, beruhigte Hector sie, der zu spüren schien, was in ihrem Inneren vor sich ging, und trat zu ihr.

Das Mädchen starrte auf die Laken am Boden. Ihr Blick war genauso starr wie der von Eleonore im Aufenthaltsraum. Sie war so in Gedanken versunken, dass sie alles um sich herum ausblendete.

Erst als Hector nach ihrer Hand griff und sich vor ihr hinkniete, kam wieder etwas Leben in ihren Körper zurück.

»Ich habe einen Plan! Wenn du dich an diesen Plan hältst, dann kannst du ein normales Leben führen, Beth! Hörst du?«

Er drückte ihre Hände und schaute ihr tief in die Augen. Schließlich nickte Annabeth. Er hatte die Blase, in der sie sich befand, fast zum Platzen gebracht. Eine einzelne Träne lief ihre Wange hinunter. Sie versuchte, sich zu sammeln, und alles, was passiert war, in ihrem Kopf zu ordnen und zu verarbeiten!

»Wie ist der Plan?«, stammelte sie schließlich.

»Du wirst aus dem Fenster klettern und abhauen. Du drehst dich nicht um! Du rennst so schnell und so weit weg, wie du kannst. Wenn du irgendwann auf einen Menschen triffst, dann lass dich auf die Polizeiwache bringen.« Hector räusperte sich. Er hatte alles minutiös durchdacht.

»Und ab diesem Zeitpunkt hast du die Möglichkeit, dich neu zu erfinden! Du täuschst eine Amnesie vor, was wegen deiner Kopfverletzung ziemlich glaubhaft ist. Du suchst dir einen neuen Namen aus und fängst dann ein neues Leben an! Du bist bald nicht mehr Annabeth, hörst du?«

Seine Stimme klang ernst. Seine Zuversicht ließ einen kalten Schauer über Annabeths Rücken wandern. Es gab kein Zurück mehr.

»Und wenn sie merken, dass ich von hier geflohen bin?« Das Mädchen schaute Hector mit glasigen Augen an.

»Das werden sie nicht! Du bist in ihren Akten als verstorben eingetragen. Niemand wird dich daher als vermisst melden. Sie haben dich jahrelang zu Unrecht eingesperrt, da werden sie nicht so dumm sein und nach dir suchen lassen.«

Nachdenklich nickte Annabeth. Wäre sie in einer anderen Situation gewesen, hätte sie dieser Plan wahrscheinlich sogar fasziniert. Es gab nichts daran auszusetzen. Irgendetwas in ihrem Inneren sagte ihr sogar, dass Hector sich diesen Plan schon vor längerer Zeit ausgedacht und nur auf den richtigen Moment gewartet hatte. Er hatte zwar behauptet, dass er die Flucht nur für sich durchgespielt hatte, doch das glaubte sie ihm nicht. Zu schnell hatte er Antworten auf all ihre Fragen.

»Uns läuft die Zeit davon, du musst los!«

Hector stand wieder auf und holte die zusammengebundenen Decken. Er zog noch einmal alles kräftig nach, bevor er den Anfang an einem Haken neben dem Fenster festband. Mit einem Satz warf er das andere Ende aus dem Fenster. Mit wackeligen Beinen lief Annabeth zu ihm und drückte ihn fest an sich.

»Ich will nicht gehen«, wimmerte sie. »Ich möchte bei euch bleiben.«

»Ich weiß. Du musst aber gehen!«

Hector drückte ihr einen dicken Kuss auf die Stirn und reichte ihr anschließend den Strang. Annabeth griff weinend nach den Decken. Schweren Herzens kletterte sie schließlich aus dem Fenster und warf Hector ängstliche Blicke zu. Wäre er nicht gewesen, hätte sie sich nie getraut, auch nur einen Fuß aus dem Fenster zu setzen. Sie fühlte sich wie eine Marionette, gesteuert von Hector. Sie tat, was er von ihr verlangte.

Als ihr einziger Halt schließlich die Decken waren, an denen sie sich festklammerte, suchte sie vorsichtig mit ihren Füßen nach einer Mulde in der Wand, wo sie sich abstützen konnte.

Sie spannte ihre Muskeln an und hielt sich so fest wie möglich an dem Strang fest. Der Regen peitschte gegen ihren Körper und löste zusammen mit dem kalten Wind eine Gänsehaut auf ihrem Körper aus. Ihr ganzer Körper zitterte, doch sie durfte jetzt nicht schwach werden. Die Regentropfen wurden immer mehr und vermischten sich schließlich mit den Tränen auf ihrer Wange und liefen ihr Gesicht hinunter. Immer wieder blinzelte sie hektisch, um den Tränenschleier vor ihren Augen loszuwerden. Ihr Herz raste mit jedem Versuch, ein Stückchen weiter nach unten zu klettern.

»Ich schaffe das nicht!«, schrie Annabeth.

Sie hatte bereits ein kleines Stück geschafft. Der Regen hatte innerhalb kürzester Zeit schon die gesamten Decken durchnässt. Mit jedem Handgriff merkte Annabeth, wie durch die Feuchtigkeit alles immer rutschiger wurde. Sie zog ihre Beine von der Wand weg und umklammerte den Stoff, an dem in diesem Moment ihr Leben hing. Jeder Windstoß drückte sie unsanft gegen die Wand. Vor lauter Panik entstanden Schweißperlen auf ihrer Stirn.

»Du schaffst alles, wenn du willst! Ich glaub an dich!«, rief Hector ihr ermutigend zu.

Annabeth schluchzte. Hilflos klammerte sie an den Decken und traute sich kaum, einen Blink nach unten zu werfen.

»Ich will es nicht schaffen«, gab sie schließlich zu.

»Ich will aber, dass du es schaffst!«

Hector sah die Traurigkeit in ihrem Blick, und plötzlich wurde ihm bewusst, wovor sie wirklich Angst hatte. Ihre Angst hatte von Anfang an nicht nur dem Klettern gegolten. Ihr war es sogar relativ egal, was mit ihrem Körper passieren würde, wenn sie nach unten stürzte. Sie hatte Panik davor, ihre Freunde zu verlassen.

»Du musst gehen, Annabeth! Wenn Ralf und Eleonore hier wären, dann würden sie dir dasselbe sagen. Wir lieben dich! Und wenn man etwas liebt, dann muss man es gehen lassen. Du hast die Möglichkeit, ein neues Leben zu beginnen, und das haben wir uns alle schon immer für dich gewünscht«, sagte er mit liebevoller Stimme. »Bitte geh.«

Kaum hatte Hector die Worte ausgesprochen, spannte Annabeth erneut ihre Muskeln an. Sie nickte und rutschte Stück für Stück weiter nach unten. Der Nässe hatte sie es zu verdanken, dass sie schneller vorankam als gedacht. Als sie irgendwann doch einen Blick nach unten wagte, musste sie feststellen, dass die Kletterhilfe nur bis zum ersten Stock reichte. Ihr Herz schlug immer schneller. Sie musste springen.

Mit zitternden Händen rutschte sie bis ganz nach unten und klammerte sich an den Tüchern fest. Ihr Blick wanderte nach oben zum Fenster, wo Hector auf sie herabschaute.

»Ich bin noch nicht bereit zu gehen!«, schrie sie zu ihm hoch.

Weitere Tränen liefen ihre Wangen hinunter und vermischten sich mit den Regentropfen. Ein stechender Schmerz zog sich durch ihr Herz.

»Du wirst nie bereit sein, Beth.«

So kaltherzig Hector auch manchmal sein konnte, in diesem Moment machte sich auch in seiner Brust ein unangenehmes Ziehen bemerkbar. Er mochte dieses Mädchen und wollte sie beschützen. Nur mit Mühe konnte er seine Tränen zurückhalten.

»Aber du musst jetzt springen.«

Seine Stimme klang jetzt nicht ansatzweise so stark und selbstbewusst wie sonst.

»Ich habe euch lieb.«

Annabeths Stimme wurde immer leiser. Das letzte Wort formte sie fast stumm mit ihren Lippen.

»Wir dich auch«, erwiderte Hector. »Wir werden immer bei dir sein, vergiss das nicht!«

Annabeth begann erneut zu schluchzen. Sie presste ihre Augen zusammen und holte tief Luft. Im nächsten Moment ließ sie los und fiel fast zwei Meter in die Tiefe. Sie landete unsanft auf ihren Füßen, fiel nach vorne um und kniete in der durchnässten Wiese. Ihre Knochen und ihr Kopf schmerzten, doch sie musste stark bleiben.

Mit Schmerzen in ihren Knien stand sie auf. Ihr Nachthemd war von der Wiese grün und braun verfärbt, doch der Regen wusch den Dreck langsam wieder weg.

Annabeth wagte einen kurzen Blick nach oben zu Hector, bevor sie sich wegdrehte und davonlief. Mit jedem Schritt wurde das Ziehen in ihrer Brust stärker, doch sie durfte sich nicht noch einmal umdrehen. Sie wusste, dass sie es sich anders überlegen würde, wenn sie jetzt noch einmal zurückblickte.

Also presste sie die Zähne zusammen und rannte davon, so schnell ihre Beine sie trugen. So oft schon hatte sie von einer Flucht geträumt, doch sich nun von dem Gebäude zu entfernen, bei Dunkelheit und Regen, löste eine ungeheure Angst in ihr aus. Sie rutschte ein paarmal auf den durchnässten Boden aus, doch sie rappelte sich sofort wieder auf und bahnte sich weiter ihren Weg durch die Dunkelheit. Während eine innere Stimme in ihr schrie und zurückkehren wollte, tauchte irgendwann auch ein anderes Gefühl in ihr auf, das sie schon seit langer Zeit nicht mehr gespürt hatte. Sie fühlte sich frei, stark und unaufhaltsam.

10 Jahre später

3. Kapitel

Mit einer Zeitung unter den Arm geklemmt lief Annabeth durch die Stadt und trank hastig einen Schluck von ihrem Kaffee, den sie sich unterwegs bei einem Bäcker besorgt hatte. Mit schlanker Figur und langen blonden Haaren, die zu einem Zopf zusammengebunden waren, sah sie aus wie jeder andere erwachsene Mensch in dieser perfekt anmutenden Gesellschaft. Annabeth hatte sich angepasst und ihre Vergangenheit hinter sich gelassen. Als aufstrebende Journalistin war sie unterwegs zu ihrem Arbeitsplatz.

Indem sie durch Zufall mehrere Verbrechen gelöst und anschließend über ihre Recherchen geschrieben hatte, bekam sie ziemlich viel Aufmerksamkeit und hatte so den Sprung von unbedeutenden Zeitschriften zu der bekanntesten Zeitung der Stadt geschafft. Mit ihrer grauen, eng anliegenden Hose und ihrem schlichten weißen T-Shirt, das von einem schwarzen Blazer verdeckt wurde, war sie kaum wiederzuerkennen. Das Mädchen von damals war zu einer selbstbewussten starken Frau herangewachsen.

Annabeths Blicke wanderten von links nach rechts, bevor sie schnellen Schrittes die stark befahrene Straße überquerte.

Keiner dieser Menschen hier wusste auch nur annähernd etwas über ihre Vergangenheit. Aufgrund ihrer vorgetäuschten Amnesie und der Tatsache, dass niemand sie vermisste, hatte sie sich nach einigen Monaten einen neuen Namen aussuchen dürfen. So hatte sie die Möglichkeit bekommen, sich neu zu erfinden, sich eine neue Identität zuzulegen, so, wie Hector es vorausgesagt hatte.

Sie war nun Mira Schwarz. Eine Frau, deren Eltern angeblich bei einem Autounfall ums Leben gekommen waren und die deshalb bei Pflegeeltern aufgewachsen war. Annabeth hatte das Beste aus ihrer damaligen Situation gemacht und führte nun das Leben, das sie sich immer gewünscht hatte. Es verging allerdings kein Tag, an dem sie ihre Freunde und den Dachboden nicht vermisste.

Annabeth steuerte auf eins der Hochhäuser zu, die sich um sie herum erstreckten. Sie passierte die große gläserne Drehtür des Bürogebäudes und stand nun mitten in der Eingangshalle, deren Decke sich über zwei Stockwerke erstreckte. Durch große Fensterfronten flutete Sonnenlicht das Gebäude. Der Boden bestand aus grauem Marmor, der vor Sauberkeit nur so glänzte. Es gab gleich am Anfang der Halle einen Sitzbereich mit schwarzen Lederstühlen und dazu passenden, weißen runden Tischen. Ebenfalls hatten zwei Empfangsdamen hinter einer großen Rezeption ihren Platz. Annabeth nickte ihnen beim Vorbeigehen zu. Sie steuerte direkt auf den Fahrstuhl zu, dessen Tür sich in diesem Moment schloss. Ein großer, bärtiger Mann hielt seine Hand vor den Türsensor, damit Annabeth es noch hineinschaffte.

»Danke«, murmelte sie und betätigte den Fahrstuhlknopf für das dritte Stockwerk.

»Wie kommst du eigentlich mit deinem Bericht über den neuen Gesetzesentwurf der Bundesregierung voran?« Annabeth schaute den Mann an und verdrehte leicht die Augen.

»Schleppend. Ich weiß nicht, wieso ausgerechnet ich dar-über schreiben soll. Ich kann mich nur schwer mit diesem Thema auseinandersetzen.«

Sie setzte ihren Kaffeebecher an ihren Lippen an und nipp-te daran, um einen kleinen Schluck von der viel zu heißen Flüssigkeit zu erhaschen.

»Bis wann ist Abgabetermin?«, fragte der Mann mit seiner sonoren Stimme.

Er arbeitete für dieselbe Zeitung wie Annabeth, allerdings in einer anderen Abteilung, weshalb sich sein Büro in einem anderen Stockwerk befand.

»Heute Nachmittag.«

Der Fahrstuhl hielt an und die Türen öffneten sich, auf der Anzeige in der Kabine leuchtete die Zahl 3 auf.

Annabeth verließ den Fahrstuhl, schaute den Mann noch einmal an und sagte schulterzuckend: »Wünsch mir Glück, dass ich es bis dahin fertig habe!«

Der Mann nickte ihr zu, bevor die Türen sich wieder schlossen und der Aufzug weiterfuhr.

Direkt vor Annabeth erstreckte sich ein großer, offener Raum, in dem etliche Schreibtische aneinandergereiht standen. Halbhohe Trennwände zwischen den einzelnen Arbeitsplätzen grenzten die Mitarbeiter voneinander ab. Eine Wandseite des Stockwerkes war mit einer Fensterfront ausgestattet, die einen umwerfenden Ausblick auf die Stadt bot. Am Ende des Raumes, wo Annabeth ihren Platz hatte, befanden sich ein Konferenzzimmer und das Büro ihrer Chefin. Annabeths Schreibtisch stand dort direkt neben dem Fenster.

Annabeth steuerte geradewegs auf ihren Schreibtisch zu und wünschte ihren Arbeitskollegen einen guten Morgen. Ihr Lachen war schön und ansteckend, es wirkte aufrichtig. Vielleicht war es das zum Teil auch, doch ganz so glücklich und zufrieden, wie sie schien, war sie nicht immer. Die Vergangenheit hatte in ihrem Leben ein Loch hinterlassen, das sie bisher nicht zu füllen vermochte.

»Hey, Mira, hast du den Krimi gestern Abend im Fernsehen gesehen? Der, in dem der Polizist der Mörder war?«
Eine kleine, etwas pummelige Frau mit braunem kurzem Haar, einer schwarzen Nickelbrille auf der Nase und einer kitschigen bunten Perlenkette um den Hals saß auf ihrem Schreibtischstuhl und grinste Annabeth an. Die Frau, Mona, hatte den Schreibtisch direkt gegenüber von ihr. Annabeth stellte den Kaffee auf ihrem Tisch ab und setzte sich in ihren blauen Drehstuhl.

»Klar habe ich den gesehen. Mir war von vornherein aber schon klar, dass es der Polizist war!«
Mona rollte mit ihrem Stuhl weiter nach links, damit sie an den beiden Monitoren, die sich in ihrem Blickwinkel befanden, vorbei zu Annabeth schauen konnte.

»Bei dir sind aber auch immer die Polizisten die Bösen!« Sie legte ihre Stirn in Falten und schaute Annabeth mit einem leicht vorwurfsvollen Blick an. Annabeth mochte Mona, trotz ihrer manchmal schrillen Kleidung. Ihren aufgeschlossenen Charakter bewunderte sie. An ihrem ersten Arbeitstag in dieser Redaktion hatte Mona sie gleich willkommen geheißen und überall herumgeführt. Wahrscheinlich war sie sogar die einzige richtige Freundin, die Annabeth hier hatte.

»Polizisten sind auch immer die Bösen! Ich kam mit ihnen noch nie klar, und das wird sich auch nicht ändern.«

»Vielleicht solltest du einfach mal deine Vorurteile ablegen.«

Annabeth schaute sie mit hochgezogenen Augenbrauen an und nahm noch mal einen kräftigen Schluck von ihrem Kaffee.

»Diesen Vorschlag finde ich sehr gut, Frau Schmitt!« Annabeths Chefin war neben sie getreten. »Ich möchte in spätestens zwei Stunden Ihren Bericht auf meinem Schreibtisch sehen! Ich müsste danach auch noch mal ein Gespräch mit Ihnen unter vier Augen führen!«

Annabeth konnte es nicht leiden, wenn ihre Chefin sich von hinten an sie heranschlich und mit solchen Aussagen überraschte.

»Ja, in zwei Stunden werde ich fertig sein. Allerdings muss ich gestehen, dass ich etwas Schwierigkeiten mit diesem Thema hatte.«

»Das weiß ich! Deswegen muss ich Sie später sprechen. Ich habe eine Idee, wo ich Sie in Zukunft gerne einsetzen würde.«

Sie ging wieder zurück in ihr Büro. Annabeth legte ihre Stirn in Falten und zog ihre Augenbrauen hoch, während sie sich zu Mona wandte.

»Sollte ich mir jetzt Sorgen machen?«

Monas Blicke wanderten zur Bürotür der Chefin, die soeben schwungvoll geschlossen wurde.

»Nicht all ihre Ideen sind schlecht. Vielleicht heißt es auch etwas Gutes.«

»Ihr Gesichtsausdruck hatte aber nicht gerade einen positiven Ausdruck! Und wenn sie betont, dass sie jemanden unter vier Augen sprechen möchte, heißt das bei ihr nie etwas Gutes!«

Mona nickte. Ihr fiel kein passendes Argument ein, mit dem sie dagegenhalten konnte.

»Dann kannst du wohl nur hoffen, dass ihre Idee nicht so schlecht sein wird.«

Annabeth nickte und trank ihren Kaffee mit einem großen Schluck leer. Sie fuhr ihren Computer hoch und konzentrierte sich die darauffolgenden zwei Stunden vollkommen auf ihren Bericht. Ab und zu lugte sie aus dem Fenster, um in Gedanken einen neuen Satzbau zu konstruieren, bevor sie weiterschrieb. Ihre Finger glitten über die Tastatur, als wären sie die Tasten eines Klaviers. Nichts konnte Annabeth aus ihrer Konzentration herausbringen, sie war vollkommen auf den Bildschirm vor ihr fokussiert. Mona hatte des Öfteren versucht, ein Gespräch mit ihr aufzubauen, doch Annabeth bekam das gar nicht richtig mit. Sie befand sich in einer Blase, in der nur sie und die Worte in ihrem Kopf existierten. Obwohl sie Schwierigkeiten mit ihrem Bericht gehabt hatte, lehnte sie sich schließlich zufrieden nach hinten in den Stuhl, während sie mit ihrem kleinen Finger die letzte Taste drückte. Mit einem lauten Schnaufen streckte sie sich und druckte anschließend den Text aus.

»Du bist anscheinend gut vorangekommen«, stellte Mona fest.

»Ja, sehr gut! Ich hätte nicht gedacht, dass ich es pünktlich fertig bekomme«, grinste Annabeth und zog den fertigen Bericht aus dem Drucker heraus.

»Dann begebe ich mich mal in die Höhle des Löwen«, lachte sie und erhob sich von ihrem Stuhl.

Sie wollte das Gespräch mit ihrer Chefin so schnell wie möglich hinter sich bringen. Ihre Chefin war eine besondere Frau, die so manche spezielle Einfälle und Ideen hatte.

»Viel Glück«, flüsterte ihr Mona hinterher.

Annabeth presste ihre Lippen zusammen und zog die Augenbrauen hoch. Glück konnte sie definitiv gebrauchen. Sie war anders gestrickt als ihre Vorgesetzte, weshalb sie häufiger mit ihren Meinungen aneinandergerieten. Vor allem Annabeths Vergangenheit trug zu einer anderen Sichtweise in vielen Bereichen bei.

Aufrechten Hauptes klopfte Annabeth gegen die Bürotür und betrat kurz darauf das Zimmer. Frau Ritz saß mit überschlagenen Beinen auf ihrem Lederdrehstuhl und stützte ihre Arme auf dem gläsernen Tisch ab.

»Sie sind fertig?«, fragte sie mit einer leichten Arroganz in der Stimme und blickte Annabeth auffordernd an.

»Genau. Ich habe Ihnen eine Kopie ausgedruckt und würde den Text später gleich an die Druckerei senden.«

Kaum hatte Annabeth ihren Satz beendet, legte sie das beidseitig bedruckte Papier vor ihrer Chefin auf den Tisch. Diese interessierte sich allerdings sichtlich wenig für Annabeths Worte und schob das Papier zur Seite.

»Nehmen Sie bitte Platz!«

Unter auffordernden Blicken setzte sich Annabeth auf den Stuhl gegenüber. Normalerweise bevorzugte auch sie es, ihre Beine zu überschlagen, doch sie wollte so schnell wie möglich dieses Büro wieder verlassen. Sie wollte daher gar nicht erst den Eindruck erwecken, länger als nötig auf diesem Stuhl sitzen bleiben zu wollen.

»Ich möchte Ihnen die Möglichkeit geben, Ihre eigene Rubrik in unserer Wochenendausgabe zu bekommen. Jeden Samstag würden wir an derselben Stelle über eine halbe oder ganze Seite Ihren Text drucken lassen. Was sagen Sie dazu?«

Annabeth zog verwundert eine Augenbraue hoch. Die Worte klangen fast zu gut, um wahr zu sein. Ihre Chefin musste trotz fehlender Lobworte ihre Arbeit schätzen, da solche Angebote von ihr nur selten ausgesprochen wurden. Irgendetwas konnte nicht stimmen. Irgendwo musste ein Haken sein!

»Über was soll ich berichten?«, fragte Annabeth nach.

Frau Ritz zog sich näher an den Glastisch heran und legte ihre Arme erneut auf der Oberfläche ab. Sie faltete ihre Hände und blickte Annabeth tief in die Augen.

»Über die Arbeit unserer lobenswerten Polizei!«
Kaum hatte sie diese Worte ausgesprochen, war ein Schnaufen aus Annabeths Richtung zu hören. Auch wenn die Polizei damals nichts mit Annabeths Gefangenschaft zu tun gehabt hatte, war sie dennoch nicht gut auf sie zu sprechen. Sie war Teil des Systems, das ihrer Meinung nach nicht wirklich funktionierte. Sie hätten ihr damals helfen können, wenn sie mit offenen Augen und Ohren durchs Leben gegangen wären.

»Ich möchte, dass Sie die Polizisten in unserer Stadt bei ihrer Arbeit begleiten und darüber berichten. Ihre Reportagen über das Aufdecken von Straftaten sind Ihre besten Arbeiten gewesen und ich möchte Sie dahingehend fördern. Sie können die Polizeiarbeit bei Raubüberfällen und auch bei Mordfällen begleiten. Ich habe bereits mit dem Polizeipräsidenten gesprochen, und er würde eine Zusammenarbeit befürworten. Das Ansehen der Polizei ist nicht immer in einem guten Licht, und Sie könnten es wieder zurechtrücken.«
Annabeth dachte keine Sekunde länger über die Worte ihrer Chefin nach und erhob sich sofort von ihrem Stuhl.

»Vielen Dank für dieses unglaubliche Angebot, allerdings muss ich ablehnen. Ich verbringe meinen Tag nicht gerne auf einem Polizeirevier.«
Annabeth hatte schon genug Zeit ihres Lebens auf der Wache verbracht. Jedes Mal, wenn sie an einer Polizeistation

vorbeilief, dachte sie automatisch an damals. Sie dachte an eine Zeit, die sie eigentlich vergessen wollte. Nicht nur wegen der Klinik und den Geschehnissen danach, sondern weil es sie an den Tod ihrer Eltern erinnerte.

»Sie wollen dieses Angebot tatsächlich ablehnen? Ich werde Ihnen kein zweites Mal eine solche Chance geben!« Überrascht von Annabeths Entscheidung erhob sich Frau Ritz aus ihrem Bürostuhl. »Ich gebe Ihnen gerne noch einen Tag Bedenkzeit! Sie haben die Möglichkeit, Ihre Arbeitszeiten selbst festzulegen und unabhängig von uns allen zu arbeiten. Ist Ihnen das bewusst?«

Annabeth schluckte die Spucke in ihrem Hals hinunter und atmete tief durch. Die Chance, die sich ihr bot, war tatsächlich unglaublich. Sie war sich allerdings ziemlich sicher, dass sie ihre Meinung dennoch nicht ändern würde.

»Das ist mir bewusst«, meinte Annabeth.

Ihre Stimmlage ließ keinen Zweifel daran, dass sie ihre Entscheidung bereits gefällt hatte.

»Ich gebe Ihnen den Rest des Tages frei! Nehmen Sie sich Zeit und überdenken Sie bitte Ihre Entscheidung«, bat Frau Ritz.

Annabeth hatte nicht mit einem solchen Entgegenkommen gerechnet. Ihr war allerdings bewusst, dass bereits andere Magazine auf sie aufmerksam geworden waren. Vielleicht war ihre Chefin auch nur deshalb so nett und großzügig mit ihren Entscheidungen, weil sie Annabeth in Zukunft weiterhin an ihrer Seite zu wissen wünschte.

»Gut, wenn Sie das wollen«, murmelte Annabeth und ging zur Tür. Mit einem höflichen Nicken verabschiedete sie sich und verließ das Büro.

Mit rasendem Herzen ging Annabeth zu ihrem Bürostuhl zurück. Mona grinste sie neugierig an. Annabeth lehnte sich nach hinten und drehte sich zu der Fensterfronst um, damit sie ihren Blick über die Stadt schweifen lassen konnte.

»Erzähl schon! Was wollte sie?«, platzte es aus Mona heraus.

Annabeth zuckte mit den Schultern und drehte sich in Zeitlupe zu ihrer Kollegin um.

»Ich bekomm meine eigene Rubrik, wenn ich über Polizeiarbeit berichte«, informierte sie.

»Aber das ist doch toll!«, schrie Mona euphorisch. »Das ist... unglaublich!«

»Nein, ich habe abgelehnt«, sagte Annabeth kühl. »Du weißt, was ich von Polizisten halte. Und du weißt auch, dass sie mich an den Tod meiner Eltern erinnern.«

Sie hatte Mona zwar nur die Lüge aufgetischt, dass ihre Eltern bei einem Autounfall ums Leben gekommen waren, doch auch bei dieser Version hatte Annabeth am Ende einen Abend auf dem Polizeirevier verbracht.

»Aber das ist eine unglaubliche Chance, Mira, die kannst du dir nicht entgehen lassen!«

Annabeth zuckte mit den Schultern und erhob sich von ihrem Stuhl.

»Ich brauche jetzt jedenfalls erst einmal frische Luft!«

Mit diesen Worten begab sie sich zum Aufzug.

»Wo gehst du hin?«, fragte Mona etwas lauter, um von Annabeth noch gehört zu werden.

»Du weißt, wohin«, antwortete Annabeth.

Es gab nicht viele Orte, wo Annabeth sich gerne aufhielt und ihren Gedanken freien Lauf lassen konnte. Sie mochte es, Menschen an öffentlichen Plätzen zu beobachten, ihr Aussehen zu beschreiben und ihren Charakter aufgrund ihres Verhaltens zu erraten. Annabeth betrat den Aufzug und lief schnurstracks zum Hauptbahnhof. Sie verbrachte dort viel Zeit, um ihrem Hobby nachzugehen.

Sie saß dann am Bahnhof, mit einem Notizbuch in der Hand und in Gedanken versunken. In der Vergangenheit hatte sie ein gutes Gespür für ihre Mitmenschen entwickelt. Sie wusste, welche Personen Taschendiebe waren, welche zu ihren Opfern wurden, wem sie einen Mord zutrauen würde und wer eine reine Seele besaß. Jeder Mensch verriet sich durch seine Art zu reden, durch seine Körperhaltung und seinen Gang.

Annabeth saß auf derselben Bank wie jedes Mal, hatte ihr Notizbuch vor sich auf den Beinen liegen und einen Kugelschreiber zwischen den Fingern. Sie ließ ihren Blick durch die Menge schweifen und suchte etwas, an dem sie sich festkrallen konnte. Sie überlegte, wer von all diesen Menschen, die durch den Bahnhof schwirrten, einem ihrer Freunde ähnlich sein könnte. Doch niemand hätte einen von ihnen auch nur ansatzweise ersetzen können.

Manchmal hoffte sie, aus einem der vielen Züge, die täglich hier einfuhren, Ralf aussteigen zu sehen. Es gab in letzter Zeit Tage, da bildete sie sich ein, Eleonore und Hector in den Menschenmengen gesehen zu haben. Es waren nur kurze Augenblicke, in denen sie sich sicher war, ihre Gesichter erkannt zu haben, doch im nächsten Moment waren sie wieder verschwunden.

Als Annabeth einen Mann mit einem großen Rosenstrauß in der Hand entdeckte, machte sie sich Notizen über ihn. Sie dachte sich eine Geschichte um ihn herum aus. Sie beschrieb seinen gediegenen Gang und sein perfekt gekämmtes glänzendes Haar, bei dem keine Strähne in die falsche Richtung abstand. Sie schrieb so eifrig, dass sie gar nicht mitbekam, was um sie herum geschah.

„Ist der Platz neben Ihnen noch frei?"

Ein junger, dynamischer Mann in blauer Polizeiuniform stand vor ihr. Seine grünen Augen funkelten Annabeth regelrecht an. Annabeth nickte kurz und blickte gleich darauf wieder auf ihr Notizbuch.

Der Polizist setzte sich neben sie und richtete seinen Oberkörper in Annabeths Richtung, doch diese schenkte ihm weiterhin keine Aufmerksamkeit und schrieb stattdessen weiter in ihr Buch.

»Darf ich Sie bei Ihrer Arbeit kurz unterbrechen?«

Er fuhr sich mit seiner rechten Hand durch sein pechschwarzes kurzes Haar.

Annabeth schlug ihr Buch ruckartig zu, damit er keinen Blick erhaschen konnte.

»Ich habe schon viel von Ihnen gelesen. Ich mag Ihre Schreibweise, aber noch besser finde ich Ihr Auge für Details, wenn Sie recherchieren. Ihre Chefin hat unser Polizeirevier gebeten, Sie an unserer Arbeit teilhaben zu lassen, damit sie eine Rubrik über das Aufklären von Mord- und Raubfällen herausbringen kann. Ihre Vorgesetzte teilte uns vorhin allerdings mit, dass Sie von dieser Idee nicht so begeistert sind. Sie hat mir verraten, wo ich Sie antreffen kann, damit ich Sie persönlich von dieser Idee überzeugen kann. Glücklicherweise hat Ihre Vorgesetzte Sie sehr gut beschrieben, sonst hätte ich Sie bei dieser Menschenmenge noch lange gesucht.«

Annabeth musterte ihn von Kopf bis Fuß. Er machte einen engagierten und interessierten Eindruck. Aus seinem Aussehen und seiner Haltung schloss Annabeth, dass er mit Sicherheit ein Frauenschwarm war, davon aber selten Gebrauch machte. Noch überzeugter war sie allerdings von der Tatsache, dass ihre Chefin mit Sicherheit Mona über ihren Aufenthaltsort ausgefragt hatte. Niemand sonst hätte gewusst, dass sie sich hier aufhielt.

»Wie hat meine Chefin mich denn beschrieben?«, fragte Annabeth neugierig und zog eine Augenbraue hoch.

Der Polizist räusperte sich und setzte ein Lächeln auf.

»Sie meinte, dass ich nach einer blondhaarigen Frau Ausschau halten soll, die vermutlich auf einer Bank sitzt und ein Notizbuch in der Hand hat.«

Annabeth wusste nicht wirklich was sie von dieser Aussage halten sollte. Ihre Chefin kannte sie anscheinend besser, als sie dachte.

»Geben Sie mir nun die Möglichkeit, Sie von dieser Idee zu überzeugen?«

»Ich halte nicht viel von euch Polizisten. Warum sollte ich also mit euch zusammenarbeiten?«

»Polizisten sind auch nur Menschen, denen Fehler unterlaufen!«

»Ich habe bereits drei Verbrechen aufgeklärt und darüber geschrieben, drei Verbrechen, bei denen ihr die Falschen eingesperrt habt oder gar nicht wusstet, dass ein Verbrechen vorlag. Euch geht es nicht immer um die Wahrheit, sondern darum, einen Schuldigen zu haben, egal ob dieser zu der Tat überhaupt fähig war oder nicht!«

Der Mann blickte ihr direkt in die Augen, bevor er antwortete.

»Und genau deshalb profitieren wir auch von Ihnen. Sie werden in die Fälle miteinbezogen. Sie müssen uns nicht nur bei der Arbeit beobachten, Sie dürfen uns kritisieren und beraten.«

Annabeth schwieg. Sie legte ihre Stirn in Falten, wie jedes Mal, wenn sie nachdachte. Ihre Blicke wanderten zum Boden und in Gedanken ging sie alle Vor- und Nachteile durch. Schließlich blickte sie erneut den Mann an und nickte.

»Einverstanden. Allerdings werde ich nur über die Wahrheit schreiben, das heißt, ich werde genau das aufschreiben, was ich beobachte, ob es Ihnen gefällt oder nicht!«

»Ich merke jetzt schon, dass es mit Sicherheit eine interessante Zusammenarbeit wird«, sagte er lachend und entblößte eine perfekte weiße Zahnreihe.

Misstrauisch setzte Annabeth ebenfalls ein Schmunzeln auf. In ihrem Augenwinkel entdeckte sie in der Ferne einen Jungen mit rotem Kapuzenpulli, der mit ein paar Schritten Abstand hinter einer älteren Dame lief.

»Während Sie mich mit Ihrem Meister-Proper-Lächeln anschauen, wird der Junge mit dem roten Pulli dahinten gleich der Dame ihr Portemonnaie aus der Tasche entwenden, und ich wette mit Ihnen um 5 €, dass sie es nicht bemerken wird.«

Während der Polizist sich umdrehte, legte der Junge einen Schritt zu und lief so dicht an der Frau vorbei, dass es nahezu unmöglich war, zu bemerken, wie seine Hand innerhalb von Sekunden in der Tasche der Frau verschwand und ihren Geldbeutel herauszog. Beim Weitergehen ließ er ihn schnell in der vorderen Tasche seines Pullovers verschwinden. Ein Schmunzeln tauchte auf Annabeths Lippen auf. Sie war gut. Und das wusste sie! Niemand konnte ihr etwas vormachen.

Der Polizist schaute sie für einen kurzen Augenblick mit erstauntem Blick an, bevor er sich von ihr abwandte und dem Dieb entgegenrannte. Der Junge bemerkte ihn, drehte sich abrupt um und lief in die entgegengesetzte Richtung davon. Er rempelte bei seinem Fluchtversuch mehrere Menschen an und rammte ihnen bei dem Versuch, an ihnen vorbeizukommen, seine Ellbogen in die Rippen. Er war flink unterwegs, doch der Polizist war schneller.

»Bleib stehen, du Dieb!«

Seine Stimme hallte durch den ganzen Bahnhof. Die Reisenden drehten sich um und suchten denjenigen, dem diese Aufforderung galt. Der Junge blieb einen kurzen Augenblick lang stehen und drehte sich um. Als er weiterrennen wollte, stolperte er über eine abgestellte Sporttasche und landete mit dem Bauch auf dem Boden. Der Geldbeutel fiel während des Sturzes aus seiner Tasche und lag direkt neben ihm. Bevor der Dieb es schaffte, mit seiner rechten Hand danach zu greifen, aufzustehen und weiterzurennen, hatte der Polizist ihn schon längst erreicht. Er hob das Portemonnaie vom Boden auf und steckte es in die Jackentasche seiner Uniform, anschließend packte er den Jungen an seinem Pullover und zog ihn unsanft hoch.

»Da habe ich dich!«, hauchte er.

Der Junge versuchte sich zu wehren, doch der Polizist griff nach seinen Händen und überkreuzte sie hinter seinem Rücken.

»Ich nehme dich jetzt mit auf die Wache! Aber davor gibst du der Frau noch die Geldbörse zurück und entschuldigst dich.«

Annabeth sah die beiden nur noch aus der Ferne, doch sie konnte sich denken, was sich dort abspielte. Sie schrieb noch einen Satz in ihr Notizbuch, bevor sie nach ihrer braunen Umhängetasche griff, die sie neben der Bank auf dem Boden abgestellt hatte, und ihr Notizbuch hineinsteckte. Sie zog sich ihren Zopf fest und hängte sich die Tasche um den Hals. Annabeth machte sich auf den Weg zu einem der großen Torbogenausgänge, die hinaus zu den Bussen führte.

»Warte Sie mal kurz, Frau Schwarz!«, hörte Annabeth eine Stimme hinter sich.

Als sie sich umdrehte, stand nicht weit von ihr entfernt der Polizist mit dem Jungen. Der Mann lief zu Annabeth und zog den Dieb mit sich.

»Danke für den Hinweis.«

Er stand nun direkt vor ihr und lächelte sie an.

»Unser kleiner Dieb hier hat der Frau den Geldbeutel zurückgebracht. Sie verzichtet zum Glück auf eine Anzeige, aber ich werde ihn trotzdem mitnehmen und seine Eltern informieren.«

Annabeth nickte, wusste aber nicht, was sie darauf erwidern sollte.

»Also sehen wir uns wieder?«

»Ja«, murmelte sie und lächelte ihn vorsichtig an.

Sie wusste immer noch nicht, was sie von dieser Idee halten sollte. Während ihr Kopf immer noch der Überzeugung war, dass es sich um eine schlechte Idee handelte, war ihr Bauch bereits vom Gegenteil überzeugt. Sie konnte jetzt nur abwarten und sehen, wie es sich entwickeln würde.

»Verraten Sie mir noch Ihren Vornamen? Ich möchte wissen, wer für den Schlamassel, der bald beginnt, verantwortlich sein wird.«

Ihr vorsichtiges Lächeln wurde zu einem strahlenden Lachen. Annabeth wusste nicht, dass sie selbst zu den Menschen gehörte, die Gefühle anderer Menschen beeinflussen konnten. Ihr Lachen war ansteckend und ihre immer mit Bedacht gewählten Worte ließen sie ziemlich sympathisch wirken. Sie machte den Eindruck einer lieben, wunderschönen Frau, die für andere Menschen wie ein offenes Buch war. Ohne dunkle Vergangenheit und ohne Geheimnisse.

»Mira«, antwortete sie.

»Mein Name ist Jack Trimberg, aber Sie können mich auch nur Jack nennen.«

»Na dann, auf eine gute Zusammenarbeit, Jack«, sie lachte ihn an und drehte sich um.

Während sie den Bahnhof durch die große Tür verließ, schaute ihr Jack hinterher. Er war fasziniert von ihrer Persönlichkeit und ihrer Ausstrahlung. Er konnte kaum seine Vorfreude auf die kommenden Tage und die Zusammenarbeit mit dieser Frau verbergen.

Der Weg vom Bahnhof nach Hause war lang. Annabeth hätte mit der Straßenbahn fahren können, doch stattdessen genoss sie lieber die frische Luft und schlenderte durch die Straßen. Viele der Menschen auf dem Weg, vor allem die Besitzer von kleinen Obstständen, kannten sie und grüßten sie jedes Mal, wenn sie vorbeikam. Annabeth hatte sich mit vielen von ihnen schon unterhalten und sich die verrücktesten Obstsorten andrehen lassen, von denen sie zuvor noch nie etwas gehört hatte.

Sobald sie sich ein paar Meter vom Bahnhof entfernt hatte, nahmen der Verkehrstrubel und der damit verbundene Lärm ab. Sie hasste die Busse, Taxis und Straßenbahnen, die vor dem Gebäude auf den Straßen verkehrten. Ständig wurde gehupt oder man roch das Gummi der verbrannten Reifen, wenn ein Autofahrer mal wieder zu kurzfristig auf die Bremsen ging, weil er die rote Ampel zu spät gesehen hatte. Doch in der kleinen Straße, in die sie gerade abbog, war von all diesen unangenehmen Geräuschen und Gerüchen kaum noch etwas zu merken. Annabeths Hand lag sanft auf ihrer Umhängetasche, als würde sie versuchen, sie zu schützen. Die Häuser auf der rechten und linken Straßenseite erweckten einen heruntergekommenen Eindruck. Die Glasfenster der Türen waren zum Teil eingeworfen und die Löcher mit braunem Klebeband überklebt worden. Es war keine schöne Gegend, um hier zu leben. Fast jede dritte Hauswand war mit einem knallbunten Graffiti verziert. Jedes von ihnen machte aber immer eine klare Botschaft deutlich, entweder gegen Reiche, Politiker oder Polizisten.

Die Fensterläden der meisten Häuser waren aus Holz, in welchem mit Sicherheit schon ein Holzwurm hauste. Die Gegend war eigentlich überhaupt nicht sicher für eine junge Frau wie Annabeth. Dennoch lief sie selbstbewusst voran. Sie kannte diese Straße gut genug, um zu wissen, welche Gefahren von ihr ausgehen konnten.

Nicht weit von Annabeth entfernt saßen ein paar Jungs mit breiten Hosen und schwarzen Kapuzenpullis auf einer Bank. Der Mülleimer neben der Bank war überfüllt mit leeren Bierdosen und Plastiktüten. Einer der Jungs zog an einem Joint, atmete dabei tief ein und ließ sich ziemlich viel Zeit, bis er die Luft wieder ausstieß.

»Hey, Mira, willst du auch mal ziehen?«
Er schaute sie an, reichte den Joint aber schon an einen seiner Kumpels weiter.

»Nein, danke. Ihr wisst, was ich von dem Zeug halte!«, gab sie schnippisch zurück und lief an ihnen vorbei.

Einige Jahre zuvor hatte sie mal einen Artikel über Kinder aus verschiedenen Lebenssituationen geschrieben, und dazu hatte sie auch die Jungen interviewt und deren Verhalten analysiert. Dieser Artikel war so gut gelungen, dass er in einer bekannten Fachzeitschrift veröffentlicht wurde. Ralf wäre mit Sicherheit unglaublich stolz auf sie gewesen.

Annabeth winkte den Jungs zum Abschied hastig zu und lief weiter die Straße entlang.

Der Weg zu ihrer Wohnung zog sich noch eine Weile, sodass es fast schon dunkel war, als sie endlich das Hochhaus erreichte. Es war ein hässlicher Klotz, in dem sie wohnte, genauso groß wie die anderen Hochhäuser um ihn herum. Eigentlich hatte sie sich schon mehrere Male vorgenommen, von hier fortzuziehen, doch irgendetwas hielt sie in dieser hässlichen Wohngegend. Vielleicht lag es an den Menschen, die in einfachen Verhältnissen neben ihr wohnten und sie so an die Patienten in der Heilanstalt erinnerten. Jedes Mal, wenn sie durch das Gebäude lief, dachte sie an damals zurück. Sie hatte es beinahe geschafft, diese Zeit hinter sich zu lassen, doch in manchen Momenten fühlte sie sich wieder wie das kleine Mädchen von damals.

An ihrer Wohnung angekommen, schloss Annabeth die Tür auf und trat ein. Ihre Wohnung bestand gerade einmal aus einem Schlafzimmer, einem kleinen Bad und einem weiteren großen Raum, in welchem sich Küche und Wohnzimmer befanden.

Annabeth drückte auf den untersten Schalter neben der Tür, und ein schwacher Lichtschein erhellte den Raum. Annabeths Wohnung war ziemlich kahl, die Wände waren alle weiß gestrichen und kein einziges Foto verzierte sie. Es schien alles genauso schlicht zu sein wie damals in ihrem Zimmer in der Anstalt. Lediglich die rechte Wand im Gang zu ihrem Schlafzimmer machte die Wohnung heimischer, denn sie war von oben bis unten mit Zeitungsartikeln tapeziert. Sie war für Annabeth eine Art Ruhmwand. Jahrelang hatte sie jeden ihrer Artikel gesammelt. Fast jedes Wort, das auf den Zeitungsausschnitten stand, hatte sie geschrieben. Sie war jedes Mal stolz, wenn sie auf der Couch lag und die Wand betrachtete, denn sie demonstrierte den Weg, den sie bis hierher beschritten hatte.

Für Annabeth war diese Wand ihr größter und wertvollster Besitz. Mit materiellen Dingen hatte sie noch nie etwas anfangen können, doch diese Wand spiegelte ihr Leben wider. Jedes Mal, wenn sie sich fragte, ob ihre Freunde und Eltern stolz auf sie wären, blickte sie zu der Wand und kannte die Antwort. Vor allem Ralfs stolzen Gesichtsausdruck konnte sie dann klar und deutlich vor ihrem geistigen Auge sehen. Sie lebte genau das Leben, das er sich für sie immer gewünscht hatte.

Annabeth musste häufig an ihn denken, wenn sie die Wand betrachtete. Auch wenn sie sich immer wieder einredete, nun erwachsen zu sein und ihre Vergangenheit hinter sich gelassen zu haben, waren es Kleinigkeiten wie diese Wand, die das Gegenteil bewiesen. Annabeth kam nicht wirklich damit zurecht, zweimal aus einem vertrauten Umfeld gerissen worden zu sein. Tief in ihrem Inneren befand sich ein Loch, das ihren Freunden galt und das nie wirklich gefüllt werden konnte. Während sie damals immerzu daran gedacht hatte, wie ein Leben außerhalb der dicken Gebäudemauern wäre, dachte sie an ruhigen Abenden auf der Couch nun darüber nach, was gewesen wäre, wenn sie geblieben wäre. Wie ihr Leben sich entwickelt hätte, wenn der Wärter sich nicht in ihr Zimmer geschlichen hätte, wenn er nicht gestorben wäre. Sie wusste, sie konnte die Zeit nicht zurückdrehen und alles ungeschehen machen, doch in ihrem Kopf tauchte sie gerne in dieses Alternativleben ab. Es gab ihr ein Gefühl von Heimat.

Annabeth lag auf der Couch, als plötzlich ihr Handy klingelte. Leicht erschrocken zog sie es aus ihrer Hosentasche heraus und starrte auf den hell leuchtenden Bildschirm. Mit einem tiefen Schnaufen nahm sie den Anruf ihrer Chefin an.

»Hier Schwarz«, meldete sie sich.

»Gut, dass Sie gleich dran gegangen sind. Ich habe einen Anruf vom Polizeipräsidenten erhalten, der mir mitgeteilt hat, dass Sie sich anscheinend doch dazu entschieden haben, Berichte über die Polizeiarbeit zu schreiben.« Die Freude in ihrer Stimme war kaum zu überhören. Annabeth war so müde und erschöpft, dass die schrille Stimme ihrer Chefin einen fiesen Kopfschmerz auslöste.

»Das stimmt, ich wollte Ihnen meine Entscheidung aber lieber morgen persönlich mitteilen«, sagte Annabeth und versuchte sich so geräuschlos wie möglich auf der Couch aufzurichten.

»Das ist ja jetzt zum Glück nicht mehr notwendig. So haben Sie immerhin einen Tag mehr Zeit, um bis Samstag Ihren ersten Bericht zustande zu bekommen.«

Annabeth legte ihre Stirn in Falten und ging in Gedanken den exakten Wortlaut ihrer Chefin noch einmal durch.

»Wie meinen Sie das? Bis Samstag?«, fragte sie irritiert nach.

Hastig drückte sie auf die Lautstärketaste ihres Handys. Sie wollte die Antwort von Frau Ritz deutlich hören.

»Ich habe mit Herrn Schäfer vereinbart, dass Sie schon morgen anfangen können. Den Bericht, den Ihre Kollegin derzeit vorbereitet hat, für die Wochenendausgabe, habe ich gleich auf Eis gelegt, damit wir eine Seite in der Zeitung für Sie frei haben. Dann können Sie gleich mal darüber berichten, wie Ihnen Ihr neues Aufgabenumfeld gefällt.«

Annabeth schluckte. Sie fühlte sich überrumpelt von den Entscheidungen ihrer Chefin. Nachdenklich begann sie sich mit ihrer freien Hand an der Stirn zu kratzen.

»Wow, schon morgen«, stammelte sie schließlich. »Das geht aber ziemlich schnell.«

»Wir möchten schließlich auch keine Zeit verlieren!«

»Und was ist mit den anderen Berichten, die ich derzeit schreibe? Wie lange soll ich denn die Polizisten am Tag begleiten?«, erkundigte sie sich.

Sie hatte noch so viel mehr Fragen, doch das waren die ersten, die ihr in den Sinn kamen.

»Die Berichte schreibt ein Kollege für Sie. Sie sollen sich nun voll und ganz auf Ihre neue Aufgabe konzentrieren. Wie Sie Ihren Tagesablauf in Zukunft planen, liegt ganz bei Ihnen, solange dabei ein guter Artikel herausspringt. Ich hoffe, Sie können mich bereits am Wochenende davon überzeugen, dass die Hoffnung, die ich in Sie setze, berechtigt ist!«

Ihre Chefin verabschiedete sich von ihr und beendete das Telefonat. Fassungslos saß Annabeth auf ihrer Couch und starrte die Wand an.

»Na super«, murmelte sie schließlich vor sich hin und bereute es, an diesem Tag auf der Arbeit erschienen zu sein.

4. Kapitel

Am nächsten Morgen lief Annabeth durch die Stadt in Richtung des Polizeireviers. Während der vergangenen Nacht hatte sie sich auf das Schlimmste vorbereitet. Sie hatte sich darauf eingestellt, dass die Zusammenarbeit nicht funktionierte und ihre Chefin mit ihren ehrlich geschriebenen Worten wahrscheinlich nicht einverstanden sein würde. Sie wollte unter keinen Umständen voller Erwartungen das Revier betreten und dann am Ende enttäuscht werden. Sobald Annabeth allerdings an das Gespräch mit dem jungen Polizisten zurückdachte, stahl sich unbewusst ein Grinsen auf ihr Gesicht.

Annabeth atmete tief ein, als sie in der Ferne die Wache entdeckte. Ihre Chefin hatte eine so hohe Erwartung an sie und die Zusammenarbeit mit den Beamten, dass allein der Gedanke daran bei Annabeth ein mulmiges Bauchgefühl auslöste.

Unruhig zupfte Annabeth ihre Bluse zurecht und zog ihren Zopf nach. Aufrechten Ganges und mit selbstbewusster Ausstrahlung lief sie schnurstracks auf das Gebäude zu. In ihrem Kopf versuchte sie alle negativen Erinnerungen an

Polizisten loszuwerden, während sie die Treppen zur Eingangstür hochlief.

Sie öffnete die Tür. Das letzte Mal als sie ein solches Gebäude betreten hatte, hatte sie noch kurze stoppelige Haare, blaue Flecken und verdreckte Füße gehabt. Sie musste sich darauf einstellen, dass dieses Thema irgendwann zur Sprache gebracht werden würde.

Du bist nicht mehr das Mädchen von damals, du hast keinen Grund, dich unwohl zu fühlen, redete sie sich in Gedanken ein und ging zu dem Fenster in der Wand, das eine Art Rezeption darstellte.

Der Eingangsbereich war lediglich ein kleiner Raum, von dem aus zwei Türen in das Gebäudeinnere führten. Zwischen den Türen saß ein Beamter hinter der Glasscheibe in einem weiteren kleinen Raum. Der Beamte verfolgte penibel jeden ihrer Schritte.

»Hallo, ich bin Mira Schwarz«, stellte sich Annabeth vor und ging näher an das Fenster heran. »Ich komme von der Regionalzeitung ‚ZeitPost‘ und soll eine Reportage über die Polizeiarbeit schreiben. Meine Chefin hat bereits mit Ihrem Vorgesetzten telefoniert.«

Der Beamte richtete seinen Blick auf den Computerbildschirm und bewegte die Maus. Schließlich nickte er und sah Annabeth wieder an.

»Genau, er hat hier eine Nachricht hinterlassen. Er hätte Sie gerne persönlich empfangen, allerdings hat er heute einen wichtigen Besprechungstermin. Zwei meiner Kollegen aus dem Morddezernat sind allerdings ebenfalls informiert und werden sich um Sie kümmern.«

Der Beamte erhob sich aus seinem Stuhl und verließ das Zimmer. Im nächsten Moment öffnete sich die Tür auf der rechten Seite.

»Sie können mir folgen, ich führe Sie zu ihnen.«
Annabeth griff nach ihrer Handtasche, in der sich ihr Notizbuch befand, und folgte ihm. Sie hatte hinter der Tür mit einem langen schmalen weißen Gang gerechnet, doch stattdessen erstreckte sich ein großer lichtdurchfluteter Raum. Einige Tische und Stühle standen in der Nähe von Fenstern. Nicht weit von ihnen entfernt befand sich ein Kaffeeautomat. Ein dezentes Lächeln wanderte über Annabeths Lippen.

Na, immerhin gibt es hier Kaffee, dachte sie.

Der Polizist führte sie weiter durch das Gebäude, das aus etlichen Gängen und Räumen bestand. Die meisten Wände waren in einem kahlen Weißton gestrichen, was Annabeth an ihre Zeit in der Klinik erinnerte. Doch im Gegensatz zu dem alten Gebäude war die Polizeistation um einiges moderner gestaltet.

Dennoch war sie froh, hier nur zu Gast zu sein, da das kaltweiße Licht der LED-Lampen eine innere Unruhe in ihr auslöste. Sie wollte sich nicht vorstellen, wie sich Verdächtige fühlen mussten, wenn sie durch diese kahlen Gänge geführt wurden.

Im hinteren Teil des Gebäudes befand sich ein Aufzug, der sie in den zweiten Stock brachte.

»Wie lange sind Sie schon für die ZeitPost tätig?«
Mit verschränkten Händen vor der Brust und aufrechter Haltung schaute der Polizist Annabeth an.

»Knapp zwei Jahre«, gab Annabeth zurück und beobachtete die Aufzugtür, die sich langsam wieder öffnete.

Sie verließen den Aufzug, und Annabeth fand sich in einem
großen, offenen Raum wieder. Mit Glasscheiben waren einzelne Räume abgetrennt, aber vollständig einsehbar. In jedem dieser Räume befanden sich zwei Schreibtische mit
Computern, an denen jeweils zwei Beamte Platz hatten.
Alles sah auch hier ziemlich modern aus. Die Wände waren
allerdings hellgrau gestrichen und der Boden war aus dun-
kelgrauem Parkett.

Der Beamte führte sie nach rechts in einen Raum, in dem
wieder mehrere Bürotische, aber auch große Pinnwände
standen. Etliche Namen und Bilder waren mit Stecknadeln
daran befestigt worden. Als Annabeth ihren Blick weiter
durch den Raum wandern ließ, entdeckte sie sofort zwei
Beamte, die auf sie zukamen. Einer von ihnen war Jack, der
sie mit einem breiten Grinsen anlächelte.

»Willkommen im Morddezernat, Mira«, begrüßte er sie. Es
überraschte Annabeth, dass er sie gleich mit ihrem Vornamen ansprach. »Ich hätte nicht gedacht, dass wir uns so
schnell wiedersehen würden.«

»Ihr kennt euch?«, fragte der Beamte neben Annabeth
leicht verwirrt.

»Ja, wir haben uns gestern am Bahnhof kennengelernt«,
schmunzelte Jack.

»Na dann werde ich wieder nach unten gehen. Auf Wiedersehen, Frau Schwarz«, verabschiedete sich der Beamte,
der Annabeth bis hierher begleitet hatte, und ging wieder
in Richtung des Aufzuges.

»Ich hoffe, es ist kein peinliches Schweigen entstanden, als er dich hierhergeführt hat. Rudolf ist nämlich nicht gerade ein Mann der vielen Worte«, sagte Jack grinsend.

Annabeth betrachtete Jack. Sie hatte nicht damit gerechnet, ihn so schnell wieder zu treffen beziehungsweise ausgerechnet ihn gleich begleiten zu dürfen. All die negativen Gedanken in ihrem Kopf verschwanden augenblicklich und wurden durch positive ersetzt.

»Das ist übrigens mein Kollege Hugo Eckart«, stellte Jack ihr seinen Kollegen vor, der schon darauf gewartet hatte, auch in das Gespräch einbezogen zu werden.

Er war ein bisschen größer als Jack und hatte blonde Haare. Mit seinen grauen Augen musterte er Annabeth von oben bis unten. Sie konnte jeden seiner Blicke auf ihrer Haut spüren, doch es störte sie nicht. Im Grunde hatte sie ihn auch schon genauestens ins Visier genommen.

»Jack hat nicht erwähnt, wie ausgesprochen hübsch du bist. Er sagte nur, dass du ihn gleich auf einen Diebstahl aufmerksam gemacht hast«, meinte Hugo und blickte mit hochgezogener Augenbraue zu Jack.

Trotz seiner tiefen Stimme und seinen eindeutigen Worten machte er einen netten Eindruck auf Annabeth. Ihr Gespür für Menschen war mittlerweile so gut, dass sie keinerlei Bedenken ihm gegenüber hatte. Er schien ein aufgeschlossener und aufrechter Mann zu sein. Die Tatsache, dass er sie duzte, machte ihn sogar noch sympathischer.

»Wie haben eigentlich die Eltern des Jungen reagiert, als ihr sie kontaktiert habt?«, erkundigte sich Annabeth gleich. Jack zuckte mit den Schultern.

»Leider nicht so, wie man es sich erhofft. Der Vater ist tot, die Mutter ist Alkoholikerin. Es ist ihr relativ schnuppe, was mit dem Jungen passiert und ob er in Schwierigkeiten steckt. Das Jugendamt wurde nun eingeschaltet und wird sich jetzt weiter um den Fall kümmern.«

»Wir können nur hoffen, dass er noch die Kurve kriegt«, bemerkte Hugo und machte sich auf den Weg zurück zu seinem Schreibtisch.

Jack tat es ihm gleich und begab sich ebenfalls wieder zu seinem Platz. Annabeth folgte ihm. Die Schreibtische der beiden Polizisten standen direkt gegenüber.

»Ich glaube schon. Ein schlechtes Umfeld kann einen beeinflussen, aber man selbst entscheidet, wie man Leben möchte«, sagte Annabeth.

Nach allem, was sie durchgemacht hatte, war aus ihr letztlich auch eine Person geworden, auf die man stolz sein konnte.

Direkt neben den Schreibtischen der beiden Polizisten befand sich eine große Pinnwand mit unzähligen Bildern und Pfeilen. Annabeth stellte ihre Tasche auf dem Boden ab und begab sich zu der Wand. In der Mitte der Wand waren unzählige Tatortfotos eines Mordes angebracht. Mit ruhigem Atem und aufmerksamen Blicken studierte Annabeth jedes Detail, das darauf zu erkennen war. Die Leiche lag mit dem Gesicht nach unten hinter einem Gebüsch im Park. Die Frau hatte blondes, zerzaustes Haar, und die Kleider waren blutbeschmiert. An ihrem Rücken klaffte eine große Wunde. Man musste kein Spezialist sein, um zu erkennen, dass sie von hinten erstochen worden war.

»Das ist unser aktueller Fall«, meinte Jack und drehte sich in seinem Drehstuhl so um, dass er ebenfalls einen Blick auf die Wand werfen konnte. »Das Opfer wurde vor drei Tagen ermordet. Wir haben bereits das Umfeld der Frau verhört. Laut Angaben ihres Freundes war sie auf dem Weg zu einer Freundin gewesen, um mit ihr einen gemütlichen Abend zu verbringen. Die Tatwaffe haben wir bisher noch nicht gefunden, wir haben den kompletten Park auf den Kopf gestellt, also muss der Täter sie wieder mitgenommen haben.«

»Hat man Spuren eines sexuellen Übergriffs gefunden?«, erkundigte sich Annabeth und betrachtete erneut die Bilder der Leiche.

Das Opfer war ziemlich schick angezogen, dafür dass es nur zu einer Freundin wollte. Annabeth konnte sich nicht vorstellen, dass ein Wildfremder sie einfach im Park angegriffen haben könnte. Ihr Blick wanderte zu den zusätzlich am Rand angebrachten Fotos, die unter anderem das Opfer mit ihrem Freund zeigte. Ein mulmiges Gefühl zog durch ihren Bauch. Schließlich fragte sie: »Hat der Freund ein Alibi?«

Verwundert über ihre Aussage stand Jack auf und ging näher an die Wand heran. Annabeth ließ nichts anbrennen und legte gleich mit ihrer Arbeit los.

»Es gab keinen sexuellen Übergriff. Der Freund wartete auf Besuch von einem Kumpel. Warum fragst du?«

Ein Schmunzeln wanderte über Annabeths Lippen, und sie blickte Jack an.

»Soll ich meine Vermutung wirklich aussprechen?«

»Ich habe gestern gesagt, dass es eine Zusammenarbeit sein soll. Du sollst uns nicht nur beobachten. Wenn dir etwas auffällt, was uns entgeht, dann kannst du uns gerne daran teilhaben lassen.«

Annabeth strich sich eine Strähne aus dem Gesicht und bemerkte, dass auch Hugo neugierig zu ihr schaute. Auch wenn sie noch nicht allzu lange auf der Polizeistation war, hatte sie bereits ein gutes Gefühl für die Arbeit hier entwickelt. Auch wenn es sie überraschte, dass sie sich sofort die Tatortfotos anschauen durfte.

»Meine Vermutung ist, dass unser Opfer eine Affäre hatte. Der Freund kam ihr auf die Schliche und ertappte sie dabei, wie sie den anderen Mann gerade wieder besuchen wollte. Er ist ihr gefolgt und hat sie im Park von hinten erstochen. Er musste ihr dabei nicht in die Augen sehen, was bei Tätern, die ihre Opfer kennen, ja immer so eine Sache ist. Es ist aber wie gesagt nur so ein Gedanke.«

Hugo gab ein Pfeifen von sich und legte mit einem breiten Grinsen im Gesicht die Fallakte auf den Tisch.

»Sie ist echt nicht schlecht«, murmelte Hugo an Jack gewandt.

»Dahingehend haben wir schon recherchiert. Die Nachbarin des Paares hat ausgesagt, dass der Freund nur wenige Minuten nach seiner Freundin das Haus verlassen hat. Anscheinend ist der Freund generell eher ein Typ der eifersüchtigen Sorte. Seine Exfreundin hatte ihn schon wegen Körperverletzung angezeigt, weil er einmal handgreiflich wurde, als ein Arbeitskollege sie nach Hause begleitete. Die

Küchenmesser aus der gemeinsamen Wohnung werden gerade auf Blutrückstände untersucht«, informierte Hugo.

»Wir warten eigentlich nur noch auf den Anruf, der uns sagt, dass wir recht haben«, ergänzte Jack und zog die Akte rüber auf seinen Tisch.

Annabeth stellte fest, dass sich noch eine weitere Akte darunter befand. Ein eigenartiges Bauchgefühl legte die Vermutung nahe, dass es sich hierbei um ihre Fallakte handelte. Sie hatte ihre Akte noch nie selbst gesehen, doch sie wusste, dass sich nicht viele Informationen darin befinden konnten. Hauptsächlich konnte man darin nur Bilder von ihren blauen Flecken und den Striemen an ihrem Hals vorfinden. Die Polizisten hatten damals jede Verletzung aufgenommen und sie fachtechnisch untersuchen lassen. Annabeth wusste, wie viel Mühe sie sich damals gegeben hatten, um herauszufinden, wer sie war und woher sie kam. Sie hatte allerdings nie ein Wort preisgegeben. Von daher konnten in der Akte neben unzähligen Bildern nichts als wilde Theorien stehen. Die Polizisten hatten keinen blassen Schimmer, wen sie vor sich hatten.

Offenbar hatte Jack Annabeths Blicke in Richtung der Akte bemerkt, denn kaum hatte er sie auf seinen Schreibtisch platziert, versuchte er die obere Akte zurechtzurücken. Annabeth hätte ihn darauf ansprechen können, doch sie wollte sich dieses Thema für einen anderen Zeitpunkt sparen. An ihrem ersten Arbeitstag auf der Polizeiwache wollte sie diejenige sein, die Fragen stellt, und nicht die, die antworten muss.

»Darf ich euch eigentlich auch ein paar allgemeine Fragen stellen? Meine Chefin möchte bereits in drei Tagen den ersten Bericht veröffentlichen, und dafür würde ich euch gerne noch ein bisschen besser kennenlernen!«

Annabeth nahm sich einen Stuhl, der etwas abseits von den Tischen stand, und zog ihn näher zu den Schreibtischen heran. Als Hugo und Jack synchron nickten, holte Annabeth ihr Diktiergerät heraus und schaltete es ein. Ein kleiner roter Punkt leuchtete auf.

»Wie lange untersucht ihr beide schon Mordfälle?«

Hugo warf Jack einen nachdenklichen Blick zu.

„Bei mir sind es circa vier Jahre, und Jack ist seit zwei Jahren dabei.«

»Habt ihr am Anfang eurer Untersuchungen schon einen Verdacht, wer der Mörder sein könnte, oder geht ihr objektiv an die Sache heran?«

Jack räusperte sich und überschlug seine Beine.

»Meistens untersuchen wir zuerst den Familien- und Freundeskreis des Opfers. In der Regel können wir dort den Mörder ausfindig machen. Es kommt natürlich immer darauf an, wo das Opfer ermordet wurde und wie es passiert ist.«

»Wie würdest du vorangehen?«, erkundigte sich Hugo und stützte sich mit den Ellbogen auf dem Schreibtisch ab.

Ein Schmunzeln wanderte über Annabeths Lippen. Er versuchte, das Fragespiel herumzudrehen. Im Grunde hätte sie damit bei Polizisten rechnen müssen.

»Ich sammle die Fakten. In der Regel weiß ich es aber spätestens dann, wenn ich die Personen, die infrage kommen, vor mir sehe. Die Augen eines Menschen sind sehr aussagekräftig. Entweder sind sie voller Schuldgefühle, eiskalt oder unschuldig.«

Annabeth hatte während der Zeit in der Klinik so vielen Mördern ins Gesicht geschaut, dass sie mittlerweile wusste, worauf sie zu achten hatte. Ralf war immer der mit den Schuldgefühlen gewesen. Seine Augen hatten immer Bände gesprochen.

»Wieso hattest du eigentlich schon so oft mit Mördern zu tun? Hattest du vielleicht über einen längeren Zeitraum schon einmal Kontakt mit einem?«

Jack richtete sich in seinem Stuhl auf. Der Unterton in seiner Stimme klang für Annabeth fast schon zu neugierig. Das war unverkennbar irgendein Trick, um mehr über ihre Vergangenheit herauszufinden.

»Ich habe viele Mörder für meine Reportagen interviewt.«

»Und wie sieht es mit Entführern aus, woran erkennt man die?«, fragte nun Hugo genauer nach.

Annabeth wusste sofort, worauf auch er hinauswollte.

»Ihr seid die Polizisten, eigentlich sollte ich euch genau diese Fragen stellen!«

»Manchmal sind aber auch wir etwas überfragt. Wenn du über einen Fall schreiben würdest, in dem zum Beispiel ein Junge mit blauen Flecken und einer Platzwunde am Kopf vorgefunden wird, niemand ihn vermisst und er sich an nichts erinnern kann, wie würdest du vorgehen?«

Kaum hatte Hugo die Worte ausgesprochen, blickte Jack mit hochgezogenen Augenbrauen zu ihm herüber. Hugo hatte sich mit seiner Fragestellung definitiv verraten. An

Jacks nun etwas zurückgezogener Haltung konnte Anna-beth sofort erkennen, dass ihm diese Situation unange-nehm war. Er wollte unter keinen Umständen zu neugierig auf sie wirken, auch wenn es ihn brennend interessierte, was damals passiert war.

»Ich weiß nicht, ich würde ihn jedenfalls nicht zehn Jahre später auf ein Ereignis ansprechen, an das er vielleicht auch gar nicht mehr erinnert werden möchte. Und vor al-lem würde ich nicht versuchen, die Akte vor ihm geheim zu halten und zu verstecken. Glaubt ihr etwa, mir ist entgan-gen, wie ihr meine Akte über den Tisch geschoben habt?« Annabeth zog skeptisch eine Augenbraue hoch und schaute erst zu Jack und dann zu Hugo. Sie hatte offiziell die Frage-runde beendet. Zwei peinlich berührte Polizisten mit rot angelaufenen Köpfen saßen ihr gegenüber. Annabeth drückte auf die Taste an ihrem Diktiergerät und schob es wieder zurück in ihre Tasche.

In diesem Moment läutete Jacks Telefon auf dem Tisch. Ohne auch nur eine Sekunde zu zögern, nahm er den Hörer ab und war offenbar froh, dass die unangenehme Situation rasch ein Ende fand. Er nickte ein paarmal und meinte schließlich: »Perfekt, vielen Dank für die Information. Wir werden uns um alles Weitere kümmern.«
Er legte den Hörer wieder zurück auf die Telefonanlage und schaute mit einem breiten Grinsen zu Hugo.

»Wir haben unseren Mörder. Sie haben das Blut unseres Opfers an der Klinge gefunden. Ich bin mal gespannt, wie er das später rechtfertigen möchte.«

»Sehr gut. Ich werde den anderen gleich Bescheid sagen, dass sie ihn in den Verhörraum bringen sollen.«

Mit diesen Worten stand Hugo von seinem Platz auf und verließ den Raum. Mit einem wütenden Gesichtsausdruck blickte Jack Hugo hinterher. Er wollte nach dem vorherigen Gespräch nicht unbedingt allein mit Annabeth sein.

»Na also. Innerhalb von drei Tagen einen Mörder zu finden ist nicht schlecht. Wie lange dauert es in der Regel?«, fragte Annabeth nach, um das Gespräch auf ein anderes Thema zu lenken.

»Kommt auf den Fall an. Bei einfachen Fällen, wenn ein Familienmitglied der Täter ist, normalerweise schon in den ersten 72 Stunden.«

Jack setzte ein dezentes Schmunzeln auf, als er zu Annabeth schaute. Schließlich blickte er wieder auf seinen Schreibtisch und schob die obere Fallakte zur Seite. Er war ein direkter, offener Mensch, der nicht gerne Sachen versteckte oder geheim hielt. Aus diesem Grund legte er Annabeths Akte vor sich auf den Tisch und blickte wieder zu ihr.

»Es tut mir leid, wenn wir etwas zu neugierig waren. Uns geht es nichts an, was damals vorgefallen ist, und wenn man sich die Bilder anschaut, nun ja … Das war sicherlich keine schöne Zeit für dich«, er machte eine Pause und schob die Akte näher zu Annabeth. »Du kannst sie dir anschauen, wenn du willst.«

Mit dieser Reaktion hatte Annabeth nicht gerechnet. Sie war überrascht über Jacks Ehrlichkeit. Sie schaute ihm einige Augenblicke lang tief in die Augen und schüttelte schließlich den Kopf.

»Danke, aber ich kenne die Bilder. Ich will nicht mehr an das Mädchen von damals erinnert werden.«

Jack nickte und zog die Akte wieder zu sich zurück.

»Darf ich fragen, wie dein Leben danach aussah? Wenn die Frage zu persönlich ist, musst du selbstverständlich nicht antworten.«

Annabeth konnte sich ein vorsichtiges Grinsen nicht verkneifen.

»Nein, an die Zeit danach kann ich mich noch gut erinnern, und ich habe keine Probleme, darüber zu reden.« Sie atmete tief durch, bevor sie fortfuhr. »Nachdem man nicht herausfand, wer ich war, und ich mich auch an nichts erinnern konnte, durfte ich mir irgendwann einen neuen Namen aussuchen. Mein Nachname Schwarz ist der meiner ersten Pflegefamilie gewesen. Ich war insgesamt in drei Pflegefamilien untergebracht, bis ich volljährig war.«

Annabeth hatte nie intensiv über diese Zeit nachgedacht. Kein Zuhause hatte ihr dasselbe Gefühl geben können, behütet und beschützt zu sein, wie damals bei ihren Eltern oder Freunden. Sie hatte einfach nur versucht, die Zeit so schnell wie möglich herumzubekommen.

»Kannst du dich mittlerweile an deinen Namen oder die Zeit davor erinnern?«, erkundigte sich Jack.

Annabeth überlegte lange, was sie ihm darauf antworten sollte. Sie wollte ihn nicht anlügen, doch sie konnte ihm auch nicht die Wahrheit sagen. Vielleicht war sie irgendwann bereit, etwas von sich zu offenbaren, aber dieser Zeitpunkt war definitiv noch nicht gekommen.

»Nein«, murmelte Annabeth leise und betrübt.

Sie war sich nicht sicher, ob Jack ihr glaubte, doch im Grunde war es ihr egal. Ihre Vergangenheit ging nur sie etwas an. Sie musste niemandem eine Auskunft geben und vor allem nicht die Wahrheit erzählen. Sie hatte ihre heutige Existenz einer Lüge zu verdanken. Einer Lüge, in der sie als eine Frau mit dem Namen Mira ein ganz normales Leben führen konnte. Annabeths Gedanken schweiften ab und sie dachte an Hector. Er wäre mit Sicherheit stolz auf sie und ihre Lüge.

»Ich möchte mir gar nicht vorstellen, wie das für dich sein muss. Nicht zu wissen, wer seine Eltern sind oder wer man ist und wo man jahrelang war.«

Annabeth plagte augenblicklich ein schlechtes Gewissen. Sie wusste nicht, was besser wäre – Jack zu erzählen, dass ihr Bruder ihre Eltern ermordet hatte und sie an seiner Stelle in eine Heilanstalt gekommen war, wo ihre besten Freunde Mörder waren, oder ihn in dem Glauben zu lassen, dass sie keine Ahnung hatte. Letztere Variante gefiel ihr eindeutig besser.

»Falls du irgendwann Hilfe brauchen solltest, etwas dahingehend herausfinden zu wollen, dann kannst du jederzeit auf mich zukommen, und ich werde sehen, was ich machen kann. Heutzutage haben wir mehr Möglichkeiten als damals«, bot Jack an.

»Danke, aber manchmal ist es das Beste, die Vergangenheit Vergangenheit sein zu lassen!«

Annabeth schenkte Jack ein dezentes Lächeln.

»Hey Jack, kommst du mit zum Verhör? Unser Mörder wird in Kürze da sein. Ein Streifenwagen hat ihn in seiner Wohnung festgenommen und bringt ihn hierher«, rief in diesem Moment Hugo dazwischen. »Wenn du willst, Mira, kannst du dich hinter die Scheibe stellen und zusehen!« Hugo blickte auffordernd zu Annabeth.

»Das wäre möglich?«, fragte sie verblüfft.

»Natürlich. Unser Chef meinte, dass wir dich wie einen von uns behandeln sollen. Du sollst schließlich über uns berichten, und das geht nur, wenn du auch überall dabei bist.«

Überrascht stand Annabeth auf. Sie fand immer mehr Gefallen an ihrer neuen Arbeit.

Das Verhör war spannender, als Annabeth erwartet hatte. Hugo musste lange mit dem Verdächtigen diskutieren, bis er den Mord schließlich gestand. Er hatte anfangs immer wieder versucht, sich herauszureden, doch letztendlich verfing er sich in seinem Netz aus Lügen. Die beiden Polizisten waren die ganze Zeit über relativ entspannt gewesen. Sie wussten anscheinend, dass sie ihm früher oder später ein Geständnis entlocken würden. Jacks Mimik während des Verhörs war unverändert, er hatte sich keine Sekunde von der Überzeugung abbringen lassen, dass der Mann ihm gegenüber der Mörder war. Annabeth hatte jeden einzelnen Schritt und jeden einzelnen Wortwechsel der Polizisten genauestens verfolgt. Während sie sich Notizen gemacht hatte, hatte sie die einzelnen Sätze für ihren

Artikel schon im Kopf. Im Grunde konnte sie es sogar kaum erwarten, noch an diesem Tag ihre ersten Eindrücke niederzuschreiben. Aus diesem Grund machte sie sich gleich nach dem Verhör auf den Weg in die Redaktion, um alle Wörter aufzuschreiben, die ihr durch den Kopf spukten.

Sie hatte es sich auf ihrem Arbeitsplatz bequem gemacht und begann zu schreiben. Die passenden Worte zu wählen fiel ihr unsagbar leicht. Je mehr sie schrieb, desto sicherer war sie sich, dass sie mit diesem Artikel Erfolg haben würde. Aus irgendeinem Grund überkam sie das Gefühl, in eine Welt zu gehören, in der sie täglich mit Verbrechern zu tun hatte.

5. Kapitel

»Hast du die ganzen Leserbriefe gelesen?«, fragte Mona voller Stolz. »Die Leute mögen deinen Artikel.«
Wie Annabeth es geahnt hatte, kam ihr Artikel über die Arbeit der Polizisten sehr gut an. Innerhalb weniger Tage waren etliche Leserbriefe in die Redaktion geschickt worden. Normalerweise hätte sich Annabeth nicht die Mühe gemacht, jeden einzelnen von ihnen durchzulesen, doch dieses Mal war es etwas anderes. Sie fühlte sich durch ihre neue Arbeit wieder mehr wie das kleine Mädchen, das sie einst gewesen war. Es erfüllte sie mit Stolz, all das positive Feedback über ihre Arbeit zu lesen.

»Ja, anscheinend fühlen sich die Leser richtig mit den Polizisten verbunden.«
Annabeth schmunzelte und las sich einen weiteren Leserbrief durch.

»Ich glaube nicht, dass es an den Polizisten lag«, lachte Mona. »Du hast größtenteils aus der Sicht des Mörders berichtet. Die Menschen mögen anscheinend das, was sie fürchten.«
Annabeth nickte. Da war etwas dran.

»Ich bin gespannt, ob der nächste Bericht genauso gut ankommen wird. Ich habe die Messlatte leider ziemlich hochgelegt.«

»Worum geht es dieses Mal?«, erkundigte sich Mona neugierig.

Annabeth zuckte mit den Schultern und stapelte die Leserbriefe auf einem Haufen.

»Weiß ich noch nicht. Diese Woche gab es bisher noch nicht so viele spannende Fälle, über die ich schreiben könnte, und ich habe nur noch zwei Tage Zeit.«

»Aber das ist doch gut, dass kaum Verbrechen ausgeübt worden sind. Du hättest so die Gelegenheit, mehr über diesen jungen Polizisten, den du im Bericht erwähnt hast, zu schreiben«, sagte Mona und setzte ein verschmitztes Grinsen auf.

Annabeth wusste sofort, worauf ihre Kollegin hinauswollte.

»Ich schreibe über Verbrechen und nur im Rahmen der Fallaufklärung über die Polizisten!«

»Du hast ihn aber nur mit guten Worten beschrieben und ihn eigentlich sogar indirekt für seine professionelle Arbeit gelobt.«

Mona zog wissend eine Augenbraue hoch, und das Lächeln auf ihren Lippen wurde zu einem breiten Grinsen.

»Ich habe nur über das geschrieben, was ich gesehen habe! Außerdem war das ein allgemeiner Bericht, sowohl die Tat als auch die Namen wurden von mir leicht geändert.«

Annabeth holte tief Luft. Sie konnte nicht wirklich leugnen, dass sie Jack in ihrem Artikel als netten und engagierten Polizeibeamten beschrieben hatte, doch diese Details beruhten hauptsächlich auf Fakten. Wäre er ihr unsympathisch gewesen, hätte sie davon wahrheitsgemäß berichtet.

Während Mona die Leserbriefe öffnete und ebenfalls zu stapeln begann, ertönte ein Klingeln in Annabeths Tasche. Irritiert und überrascht blickten sich die beiden einen kurzen Moment an, bevor sich Annabeth nach unten bückte und ihre Tasche öffnete. Hastig durchwühlte sie mit ihrer Hand jeden Winkel, bis sie schließlich ihr Handy in den Händen hielt. Hastig nahm sie den Anruf entgegen.

»Hier Schwarz«, meldete sie sich. Sie nickte und lauschte dem Gesprächsteilnehmer am anderen Ende der Leitung. »Alles klar, bis gleich.«

Fragend schaute Mona sie an und wartete auf eine Antwort.

»Es war Jack«, schmunzelte Annabeth. »Der Polizist, den ich angeblich in meinem Bericht zu positiv dargestellt habe. Es gab wieder einen Mord. Er holt mich gleich ab und wir fahren direkt zum Tatort.«

»Dann hast du ja doch wieder etwas, worüber du schreiben kannst! Du könntest den neuerlichen Mord natürlich auch mit anderen Details kombinieren. Mich würden weitere Informationen über den Polizisten interessieren.«

Annabeth verdrehte die Augen. »Ich geh jetzt.«

»Natürlich, du willst ja nicht zu spät kommen.«

Mona blickte neckisch zu Annabeth und zwinkerte ihr zu.

Ohne auf diese Anspielung einzugehen schnappte sich Annabeth ihre Tasche und steckte ihr Handy ein. Sie lief ein paar Schritte an Mona vorbei in Richtung Aufzugtür, als Mona ihr noch hinterherrief: »Grüß Jack von mir.«

Annabeth musste nicht lange warten, bis Jack und Hugo mit dem Polizeiwagen um die Ecke fuhren. Sie fand es bemerkenswert zu beobachten, wie penibel Menschen sich an die Straßenverkehrsordnung halten konnten, sobald sie das weiß-blaue Auto entdeckten.

»Komm, steig ein, Mira«, rief Hugo ihr aus dem offenen Fenster zu.

Er war sichtlich erfreut, sie wiederzusehen. Es waren schon ein paar Tage vergangen, als sie das letzte Mal auf dem Polizeirevier war.

Annabeth machte es sich auf der Rücksitzbank hinter dem Beifahrersitz bequem. Jack lächelte, als er zu ihr nach hinten schaute. Sein Blick wanderte allerdings schnell wieder nach vorne, da er sich auf die Straße konzentrieren musste.

»Ich glaube, ich habe dir noch gar nicht gesagt, wie gut dein Bericht geworden ist«, meinte Jack, blinkte und wechselte die Fahrspur.

»Danke«, sagte Annabeth mit fröhlicher Stimme.

»Genau so haben wir uns die Zusammenarbeit mit dir vorgestellt. Ich hoffe, wir kommen in Zukunft genauso gut weg.«

»Wenn ihr euch bei den nächsten Fällen auch gut anstellt, mit Sicherheit!«, lachte Annabeth.

»Ohje, hast du das gehört, Jack? Wir dürfen uns gleich wieder richtig viel Mühe geben!«, scherzte Hugo.

Annabeth beugte sich ein Stück nach vorne und stützte sich mit ihrer rechten Hand an Hugos Rückenlehne ab.

»Was wisst ihr über den aktuellen Mordfall?«

Hugo und Jack zuckten zeitgleich mit den Schultern.

»Nicht viel. Wir haben nur einen Anruf bekommen, dass ein Mann erschossen in seiner Wohnung liegt. Es kann sich dabei um einen Raubüberfall handeln, aber das können wir erst sagen, wenn wir uns vor Ort alles angeschaut haben«, sagte Hugo. »Der Mord ist noch nicht allzu lange her, da die Leiche noch warm war, als sie gefunden wurde. Ein Arbeitskollege des Opfers hatte bei seiner Wohnung vorbeigeschaut, da er nicht zur Arbeit erschienen war.«

»Ein Raubüberfall am helllichten Tag wäre aber ziemlich unüblich«, murmelte Annabeth.

»Das habe ich ihm auch gesagt. Er soll keine Theorien aufstellen!«, stimme Jack zu.

Hochkonzentriert fokussierte er die Straße vor sich. Seine Blicke wanderten über die Fahrbahn zum Seitenspiegel und wieder zurück. Letztendlich ging sein Blick aber auch in den Rückspiegel, durch den er Annabeth anschauen konnte. Fast unbemerkt wanderte bei ihrem Anblick ein sanftes Lächeln über seine Lippen. Sein Herz schlug augenblicklich schneller, und er konnte nicht leugnen, dass er sich über ihre Anwesenheit freute.

»Du musst an der nächsten Kreuzung links abbiegen«, bemerkte Hugo. »Die Wohnung des Opfers müsste sich dann in der kleinen Seitenstraße befinden.«

Jack nickte und wechselte auf die rechte Fahrspur. Er setzte seinen Blinker und bog vorsichtig ab. Kaum hatten sie die Straße erreicht, konnte man schon zwei weitere Polizeiautos am Fahrbahnrand parken sehen. Eine junge Frau stand auf dem Gehweg und wartete bereits auf die beiden Polizisten. Noch bevor Jack das Auto ausgemacht und die

Handbremse angezogen hatte, war Hugo bereits ausgestiegen und auf dem Weg zu seiner Kollegin.

»Dass er immer nicht warten kann«, regte sich Jack auf und löste seinen Anschnallgurt.

»Er ist halt ein wenig ungeduldig.«
Annabeth öffnete ihre Tür und stieg ebenfalls aus dem Auto.

»Da hast du recht. Er sieht zwar aus wie ein erwachsener Mann, der die Ruhe weg hat, aber in Wirklichkeit ist er wie ein kleines, ungeduldiges Kind«, lachte Jack.

»Und wie bist du? Hast du die Ruhe weg?«

»Ich?«, lachte Jack und zeigte dabei seine nahezu perfekt weißen Zähne. »Ich kann auch manchmal unruhig sein, aber hauptsächlich versuche ich entspannt an Sachen heranzugehen.«
Annabeth musterte Jack von Kopf bis Fuß. Sie hätte gerne ein kleines Detail an ihm gefunden, das als Makel hätte durchgehen können, doch sie fand nichts.

»Kommt ihr mit hoch in die Wohnung?«, rief Hugo und stand schon im Türrahmen eines großen Wohnkomplexes. Das Gebäude sah optisch genauso unschön aus wie das, in dem Annabeth lebte. Eine große Holztür, die mit einer großen Glasscheibe ausgestattet war, stellte den Eingang zu diesem Gebäude dar. Das Treppenhaus war lichtdurchflutet dank all der Fenster, die sich über alle Stockwerke hinweg erstreckten.

Als sie den ersten Stock erreicht hatten, reichte Hugo Annabeth zwei Schuhüberzieher.

»Die muss leider jeder anziehen, damit der Tatort nicht durch unsere dreckigen Schuhe verunreinigt wird.«

Annabeth nickte, schnappte sich die zwei Überzieher und stülpte sie über ihre schwarzen Sportschuhe. Die Tür zur Wohnung des Opfers stand bereits sperrangelweit offen. Man konnte an der Tür die Spuren eines Einbruchs erkennen, da der Rand der Holztür abgesplittert war, als wäre sie eingetreten worden. Hugo lief voraus in Richtung des Tatorts, nachdem er die kaputte Tür eingehend unter die Lupe genommen hatte.

Annabeth konnte schon von Weitem den mit schwarzer Folie abgedeckten Körper des Opfers sehen. Mit einem mulmigen Gefühl in der Magengrube lief sie vorsichtig voran.

»Du hast schon oft echte Leichen gesehen«, dachte sie sich. *Wenn du deine Eltern anschauen konntest, dann kannst du das jetzt auch!*

Sosehr sie auch versuchte, sich gedanklich zu beruhigen – als sie das Wohnzimmer des Opfers betrat, wanderte ein kalter Schauer ihren Rücken hinunter. Der Mann lag auf einem weißen Teppich, der bereits das Blut des Opfers aufgesaugt hatte und daher um die Leiche herum dunkelrosa war. Der Parkettboden neben dem Teppich hatte einige Blutspritzer abbekommen. Wahrscheinlich waren diese Spritzer entstanden, als der Mann erschossen wurde. Annabeth wollte sich gar nicht erst vorstellen, welche Ängste das Opfer durchgestanden haben musste.

»Er wurde durch einen Schuss in die Brust getötet. Kurz und schmerzlos«, sagte die Polizistin, die draußen auf dem

Gehweg auf Jack und Hugo gewartet hatte. »Die Leichenbeschauerin hat sich bereits ein Bild von der Leiche gemacht, aber sie war nicht gerade gesprächig und ziemlich schlecht gelaunt. Sobald wir uns hier alles angeschaut haben, wird die Leiche zur ihr gefahren und sie wird sie genauer obduzieren.«

Jack nickte. Er ging neben der Leiche in die Hocke und stülpte sich einen Gummihandschuh über. Vorsichtig hielt er die schwarze Folie, die über dem Kopf der Leiche lag, nach oben und machte sich ein genaueres Bild von dem Opfer. Annabeth lief ein paar Schritte näher an ihn heran und betrachtete das friedlich wirkende Gesicht der Leiche. Der Mann befand sich im mittleren Alter und hatte bereits einige graue Haare zwischen seiner ansonsten braunen Haarpracht. Seine Augen waren geschlossen und sein Gesicht käseweiß. Sämtliches Leben war bereits aus ihm gewichen.

»Der Arbeitskollege, der das Opfer gefunden hat, steht derzeit noch leicht geschockt in der Küche. Bisher wurde er noch nicht befragt«, informierte die Polizistin.

Jack ließ die Folie wieder los und erhob sich aus seiner hockenden Position.

»Dann werde ich ihn mal befragen.« Sein Blick wanderte zu Annabeth und Hugo: »Kommt ihr mit?«

Auf dem Weg in die Küche nahm Annabeth die dezent eingerichtete Wohnung des Mannes genauer in Augenschein. Alles sah ordentlich gepflegt aus. Weder Dekorationsartikel noch Bilder waren jedoch auszumachen. Der Mann musste alleinstehend gewesen sein, da kaum etwas in dieser Wohnung darauf hindeutete, dass sich hier regelmäßig eine Frau aufhielt. Annabeth hatte immer gedacht, dass ihre Wohnung bescheiden eingerichtet war, doch im Gegensatz zu dieser Wohnung hatte sie es sich doch ziemlich wohnlich gemacht.

Kurz bevor Annabeth in die Küche abbog, fiel ihr der kaputte Spiegel im Gang auf. Er hatte mehrere Sprünge, und es sah aus, als hätte jemand mit einem Gegenstand mittig auf den Spiegel eingeschlagen, um ihn zu zerstören. Die Polizisten schenkten diesem Gegenstand nur wenig Aufmerksamkeit.

Doch wenn der Spiegel schon vorher kaputt gewesen war, warum hatte der Mann den Spiegel dann nicht abgehängt? Irgendetwas sagte Annabeth, dass mehr dahintersteckte.

Nachdenklich betrat sie die Küche. Der Arbeitskollege des Opfers saß kreidebleich auf einem alten Holzstuhl und hielt ein Glas Wasser in der Hand. Unruhig zappelte er mit seinen Beinen und nahm einen großen Schluck von dem Getränk.

»Dürfen wir Ihnen ein paar Fragen stellen?«, fragte Jack und lief vorsichtig auf den Mann zu. Normalerweise hatte Jack immer eine aufrechte und selbstbewusste Haltung, doch nun veränderte er sein Auftreten. Seine Schultern waren nach vorne gekippt und seine Schritte kleiner. Er versuchte sich auf eine Ebene mit diesem Mann zu begeben, um einen vertrauenswürdigen Eindruck zu machen. Annabeth wusste nicht, ob er das bewusst oder unbewusst tat, doch sie bemerkte den Effekt. Der Arbeitskollege wirkte entspannter und hörte augenblicklich auf zu zappeln. Er stellte das Glas Wasser auf den Tisch und blickte zu Jack.

»Natürlich, ich weiß nur nicht, ob ich weiterhelfen kann«, stammelte er.

Jack schob sich einen Stuhl zurecht und setzte sich neben den Mann. Hugo und Annabeth blieben an der Küchenzeile stehen und beobachteten Jacks Vorgehensweise.

»Was wissen Sie über das Opfer, Herrn Krakowitz? Hat er irgendwelche Feinde gehabt, die ihm schaden wollten? Hat er eine Familie? Jedes noch so kleine Detail kann uns weiterhelfen.«

Der Mann nickte und dachte einen kurzen Moment nach, bevor er Jacks Frage beantwortete.

»Mirko war meistens alleine. Von seiner Familie hat er nie wirklich etwas erzählt in den letzten fünf Jahren, in denen ich mit ihm zusammengearbeitet habe. Er hatte, soweit ich weiß, auch nicht wirklich Feinde, weil er nicht der Mensch war, der sich gerne unters Volk gemischt hat.« Er machte eine Pause und holte tief Luft. »Ich glaube, er selbst war sein größter Feind. Er war schon ein paarmal wegen psychischen Problemen in Behandlung.«

»Können Sie das genauer ausführen?«

Jack beugte sich neugierig nach vorne.

»Er hat schon einen Selbstmordversuch unternommen, der jedoch schiefgelaufen ist. Das Seil war gerissen. Daraufhin war er sogar für einen Monat in der Klinik. Das ist ungefähr vier Monate her.«

Der Mann griff wieder zum Wasser und trank das Glas leer. Annabeth konnte sich gut vorstellen, wie aufgelöst er sich fühlen musste.

»Wissen Sie, in welcher Klinik er saß? Dann könnten wir uns von dort einen Bericht über seinen damaligen Zustand geben lassen.«

»Nein, leider nicht«, murmelte der Mann und schüttelte seinen Kopf.

Kleine Schweißperlen bildeten sich auf seiner Stirn, und er schnappte nach Luft.

»Er war immer so nett! Ich versteh nicht, wieso ihn jemand umgebracht hat.« Sein Körper zuckte jetzt wieder unkontrolliert. »Da war so viel Blut!«

Mitfühlend legte Jack eine Hand auf die Schulter des Mannes und klopfte sanft darauf, um ihn zu beruhigen.

»Sie müssen den Anblick erst einmal verarbeiten. Ich würde Ihnen gerne noch eine letzte Frage stellen, und dann lasse ich Sie wieder in Ruhe. Ich gebe Ihnen aber meine Karte mit, falls Ihnen noch etwas Hilfreiches einfallen sollte.«

Der Mann blinzelte sich die Tränen aus den Augen. Sein Brustkorb hob und senkte sich, und er versuchte merklich, sich zusammenzureißen.

»Wie haben Sie die Wohnung vorgefunden? Stand die Tür offen oder ist Ihnen irgendetwas Seltsames aufgefallen?«

»Die Tür war zu. Ich habe mehrere Male geklingelt, aber Mirko hat nicht aufgemacht. Ich habe von drinnen dann aber ein Geräusch gehört, weshalb ich wusste, dass er da war. Ich habe dann gegen die Tür geklopft, doch er kam nicht. Ich hatte Angst, dass er vielleicht auf dem Weg zur Tür ohnmächtig geworden ist oder so etwas. Das hätte dann auch das Geräusch erklärt, das ich gehört hatte. Jedenfalls habe ich nicht lange gezögert und die Tür eingetreten, und dort lag er tot auf dem Boden«, stammelte der Arbeitskollege. Seine Stimme wurde mit jedem Wort, das er aussprach, brüchiger.

»Das Fenster stand komplett offen, und ich konnte sehen, wie jemand von der Feuertreppe sprang und wegrannte.«

»Sie haben den Mörder gesehen?«, erkundigte sich Hugo, überrascht von dieser Wendung.

Der Mann nickte. »Ich bin mir nicht sicher, ob es der Mörder war. Aber im Nachhinein war das Geräusch, das ich gehört hatte, das Fenster und der Klang der Treppe, als jemand darauf geklettert war. Deswegen liegt es ja eigentlich ziemlich nahe.«

Jack blickte zu Hugo. Die beiden tauschten vielsagende Blicke aus und schienen sich auch ohne Worte zu verstehen.

»Wie sah der Mörder aus? Haben Sie das Geschlecht erkannt?«

»Nein, es ging alles so schnell. Ich erinnere mich nur, dass die Person einen schwarzen Blazer und einen schwarzen Hut getragen hat. Ich kann mich nur leider an keine weiteren Details erinnern. Ich spiele es immer und immer wieder in meinen Kopf durch, doch es ist nur ein verschwommenes Bild. Bei dem Anblick der Leiche bin ich vor Schock leider auch ohnmächtig geworden und erst nach über einer Stunde wieder zu Bewusstsein gekommen. Ich habe dann gleich die Polizei gerufen, die ungefähr eine halbe Stunde später da war.«

Erneut trat eine Träne aus den Augen des Mannes und er zappelte erneut mit den Beinen.

»Sie haben uns auf jeden Fall weitergeholfen«, bedankte sich Jack und erhob sich von seinem Stuhl.

Er drückte dem Mann seine Visitenkarte in die Hand und ging zu Hugo und Annabeth. Zusammen gingen sie in den Gang, um dort besser reden zu können.

»Was denkt ihr?«, fragte Jack und kratzte sich nachdenklich am Kopf.

»Schwer zu sagen«, murmelte Hugo. »Wir können nach Überwachungskameras in der Umgebung Ausschau halten, vielleicht hat eine den Täter aufgezeichnet. Wir müssen aber definitiv im ganzen Haus nachhören, ob einer von den Nachbarn etwas bemerkt oder gesehen hat.«

»Es war jedenfalls definitiv kein Raubüberfall. Die Schränke sehen alle unberührt aus, und auch sonst deutet nichts darauf hin, dass etwas entwendet wurde. Der Täter ist hierhergekommen, um den Mann zu töten, ich glaube nicht, dass er ein anderes Ziel hatte«, äußerte sich Annabeth.

Sie wusste nicht, ob ihr Kommentar hilfreich oder erwünscht war, doch sie wollte nicht stumm neben den beiden stehen.

Jack nickte. »Da gebe ich dir recht. Wir müssen mal das Konto des Opfers überprüfen, vielleicht hatte er ja Schulden.«

Hugo zog einen kleinen Notizblock mit einem Kugelschreiber aus seiner Hosentasche hervor und schrieb den Namen des Opfers in die rechte obere Ecke des Papiers.

Als er fertig war, wandte er sich an Jack: »Ich höre mich im Haus um, und ihr beide könnt draußen nach Kameras Ausschau halten, vielleicht haben Passanten etwas bemerkt.«

Jack schmunzelte. Hugo wollte bewusst die Befragung alleine durchführen, damit Jack und Annabeth sich ungestört unterhalten konnten.

»So machen wir es«, antwortete Jack.

Mit diesen Worten gingen Jack und Annabeth das Treppenhaus wieder nach unten, und Hugo nahm sich vor, bei den Bewohnern im obersten Stockwerk mit seiner Befragung anzufangen.

Gerade als Jack und Annabeth das Gebäude verlassen hatten, fuhr ein Leichenwagen vor. Zwei Männer stiegen aus dem Fahrzeug aus und gingen auf das Gebäude zu.

»Wie sieht die Leiche aus?«, erkundigte sich einer von beiden bei Jack, bevor er das Haus betrat.

»Besser als die meisten, die ihr abtransportieren dürft!« Der Mann machte eine kurze Handbewegung, die ein Winken andeuten sollte, und verschwand aus dem Blickfeld der beiden im Treppenhaus des Gebäudes.

»Die haben manchmal auch einen ziemlich undankbaren Job«, murmelte Jack an Annabeth gewandt.

»Ja, aber zum Glück gibt es jemanden, der diese Arbeit macht«, sagte Annabeth und blickte zu dem Leichenwagen.

Sie wollte sich gar nicht vorstellen, welche Anblicke diese Männer schon hatten ertragen müssen. Sie konnte sich vorstellen, dass so etwas einem Menschen ziemlich auf die Psyche schlagen konnte. Täglich mit dem Tod konfrontiert zu sein und die unterschiedlichsten Anblicke ertragen zu müssen, dafür benötigte man ein dickes Fell. Ihr Blick wanderte von dem Auto zu Jack.

»Was machst du, um abends abschalten zu können und die Bilder von Leichen aus deinem Kopf zu bekommen?«

»Interessiert dich die Frage privat oder beruflich?« Er setzte ein Lächeln auf und blickte ihr tief in die Augen.

»Privat«, antwortete Annabeth schmunzelnd.

»Ich hole mir ein Bier aus dem Kühlschrank und schalte den Fernseher ein. Meistens schaue ich dann langweilige Dokumentationen über Tiere oder Landschaften. Ich brauche ab und zu Abstand von der menschlichen Rasse, wenn ich wieder einmal Zeuge dessen geworden bin, wozu wir in der Lage sind.«

Jack schlenderte über den Gehweg und suchte, während er mit Annabeth sprach, die Hauswände nach Kameras ab. Seine Augen waren auf jedes noch so kleine Detail an den Hausfassaden fixiert.

»Wie war es für dich, als du die Leiche gesehen hast?« Annabeth tat es ihm gleich und hielt nach Kameras Ausschau, während sie sich eine passende Antwort überlegte. Der Anblick der Leiche hatte ihr ziemlich auf den Magen geschlagen, doch sie hatte schon viel schlimmere Anblicke ertragen müssen. Sie musste nur an ihre Eltern oder den Wärter denken ... Diese Momente hatten sich in ihren Kopf gebrannt und würden sie ihr restliches Leben begleiten. Sie hatte auch heute noch des Öfteren Albträume von ihren blassen Gesichtern und dem leeren Ausdruck in ihren Augen.

»Es ging. Solange man die Opfer nicht persönlich kennt, kommt man mit einem solchen Anblick besser zurecht«, murmelte sie.

Neugierig nahm Jack seinen Blick von der Hauswand und richtete ihn auf Annabeth. Sie war für ihn wie ein verschlossenes Buch. Er versuchte etwas in ihre Aussage hineinzuinterpretieren, doch traute sich nicht, genauer nachzufragen.

»Worüber denkst du nach?«, erkundigte sich Annabeth, die Jacks nachdenklichen Gesichtsausdruck bemerkt hatte. Jack holte tief Luft und überlegte einen kurzen Moment, ob er wirklich ehrlich auf diese Frage antworten sollte.

»Hast du denn schon einmal die Leiche von jemanden gesehen, den du gekannt hast?«

Zaghaft nickte Annabeth. »Ja.«

Sie war nicht bereit, noch genauer auf diese Frage einzugehen. Das lag nicht nur daran, dass ihre Vergangenheit nicht mit ihrer jetzigen Persönlichkeit als Mira zusammenpasste, sondern daran, dass sie nicht an all die Geschehnisse erinnert werden wollte. Annabeth hatte jahrelang gehofft, dass Zeit alle Wunden heilt, doch dies traf bisher nicht auf sie zu. Ihre Wunde war wie ein großes, tiefes Loch mitten in ihrem Herzen.

Jack hatte Annabeths traurigen, nachdenklichen Gesichtsausdruck bemerkt und wechselte sofort das Thema: »Hast du irgendwo eine Kamera entdeckt oder jemanden, den wir fragen könnten?«

Annabeth schaute sich erneut in der Straße um. Nichts als alte, baufällige Hochhäuser. Die Wahrscheinlichkeit, dass sie eine womöglich installierte Kamera übersehen haben konnten, war gering.

»Nein. Ich hoffe, dass Hugo mit seiner Befragung mehr Glück hat als wir.«

Im nächsten Moment ertönte der Klingelton von Annabeths Handy. Sie fischte es aus ihrer Tasche heraus und warf einen Blick aufs Display.

»Meine Nachbarin«, murmelte Annabeth überrascht und nahm das Gespräch an.

Kurze Zeit später riss sie geschockt die Augen auf und lauschte gespannt den Worten ihrer Gesprächspartnerin. Ihr Gesicht wurde mit jeder Sekunde blasser. Sie atmete lauft auf und spürte, wie ein kalter Schauer ihren Rücken hinunter wanderte. Schließlich stammelte sie: »Danke für die Information, ich komme gleich.«

Fassungslos blickte sie zu Jack. Sie brauchte lange, bis sie die passenden Worte gefunden und die Informationen, die sie erhalten, auch verarbeitet hatte.

»Bei mir wurde eingebrochen.«

»Wie meinst du das?«, fragte Jack überrascht.

»Meine Tür wurde aufgebrochen. Meine Nachbarin hat gesagt, dass aber alles in Ordnung aussieht. Die Wohnung ist jedenfalls nicht verwüstet worden.«

Annabeth packte ihr Handy zurück in die Tasche und stemmte ihre Hände in die Hüfte. Dann nahm sie einen tiefen Atemzug. Im Grunde konnte es möglich sein, dass die Einbrecher nichts Wertvolles bei ihr gefunden hatten und deswegen wieder gegangen waren. Sie besaß nichts von Wert, was als Beute hätte angesehen werden können. Ihr größter Besitz waren eigentlich ihr Fernseher und ihr Laptop. In ihrem Haus gab es so viele Wohnungen, warum war ausgerechnet bei ihr eingebrochen worden?

Jack legte sanft seine Hand auf Annabeths Schulter und sagte mit beruhigenden Worten: »Komm, wir fahren gleich bei dir vorbei. Hugo braucht sowieso noch ein bisschen und kann notfalls auch mit den anderen Polizisten zurückfahren.«

»Du würdest wirklich schon den Tatort für mich verlassen?«

»Wir haben bei dir zu Hause einen anderen Tatort, der untersucht werden muss!«

Annabeth warf Jack einen dankbaren Blick zu.

Vorsichtig öffnete Jack die Tür zu Annabeths Wohnung, die Annabeths Nachbarin notdürftig wieder zugezogen hatte. Die Tür war an der Seite kaputt, doch war glücklicherweise noch halbwegs intakt, sodass man sie einigermaßen schließen konnte.

Jack hatte Annabeth dazu verdonnert, im Treppenhaus zu warten, bis er die Wohnung inspiziert und für sicher erklärt hatte. Er betrat die Wohnung, seine Waffe im Anschlag. Vorsichtig schaute er sich um. Der erste Raum war so überschaubar, dass er mögliche Angreifer sofort hätte erkennen können. Also ging Jack weiter in den Gang, der zum

Bad und zum Schlafzimmer führte. Konzentriert öffnete er die Tür zum Badezimmer und blickte sich in dem bescheidenen kleinen Raum um. Auch hier war kein unerwünschter Besuch versteckt. Jack hielt seine Aufmerksamkeit aufrecht, als er die Badezimmertür wieder schloss und zum Schlafzimmer ging. Zur Vorkehrung lauschte er gespannt hinter der Tür, ob er irgendetwas Auffälliges hören konnte, doch vollkommene Stille drang an sein Ohr. Also öffnete er mit seiner linken Hand auch diese Tür und hielt seine Pistole schussbereit in seiner anderen Hand. Von dem Einbrecher fehlte auch hier jegliche Spur. Jack öffnete sogar Annabeths großen Kleiderschrank im Schlafzimmer, um kein mögliches Versteck auszulassen. Doch auch dort fand er glücklicherweise niemanden vor. Beruhigt, aber dennoch etwas skeptisch steckte er seine Waffe wieder zurück in die dafür vorgesehene Tasche am Gürtel und ging zurück ins Treppenhaus.

»Hier ist niemand. Die Wohnung ist sicher«, sagte er an Annabeth gewandt.

»Habe ich mir schon fast gedacht«, murmelte Annabeth und betrat die Wohnung.

Obwohl sie schon damit gerechnet hatte, dass der Einbrecher die Flucht ergriffen hatte, war sie erleichtert gewesen, dass Jack noch einmal nachgeschaut hatte. Das mulmige Gefühl in ihrem Bauch war aber nach wie vor vorhanden. Irgendjemand war in ihr Reich eingedrungen! Es fühlte sich an, als hätte jemand ihre heile Welt ins Wanken gebracht und ihr erneut gezeigt, wie verletzlich und angreifbar sie war. Ihre Wohnung war nichts Besonderes, und trotzdem hatte jemand genau diese vier Wände auserkoren, um einzubrechen. Sie wusste nur nicht, warum.

Annabeth holte tief Luft, als sie einen ersten vorsichtigen Blick durch die Wohnung gleiten ließ. Es sah alles eigentlich genau so aus, wie sie die Wohnung am Morgen verlassen hatte. Ein benutztes Glas stand neben der Spüle, und das Buch, das sie zurzeit las, lag unberührt an derselben Stelle auf dem Couchtisch, wo sie es am Abend zuvor abgelegt hatte. Nichts sah verändert oder verrutscht aus. Selbst ihre Stühle neben dem Tisch in dem Küchenbereich standen noch an derselben Position, wo Annabeth sie hingeschoben hatte.

»Was ist?«, fragte Jack.

Annabeth zuckte mit den Schultern und ging tiefer in den Raum hinein.

»Hier sieht alles normal aus, nichts ist verstellt, durchwühlt oder zerstört worden. Wie sah das Schlafzimmer aus?«

»Auch normal«, murmelte Jack.

»Wieso hat sich dann jemand die Mühe gemacht, in meine Wohnung einzubrechen?«

Annabeth blickte auf ihren Fernseher und den Laptop, der auf dem Schrank daneben lag. Es war alles noch da. Die Täter hatten nichts mitgenommen!

»Gute Frage. So etwas habe ich bisher nur selten erlebt. Hast du vielleicht doch irgendetwas Wertvolles gehabt, woran man im ersten Moment vielleicht nicht denkt?«

Ohne zu zögern schüttelte Annabeth ihren Kopf.

»Nein, ich habe auch kaum Bargeld hier. Vielleicht hat sich der Einbrecher in der Tür geirrt? Hätte er es auf Wertgegenstände abgesehen gehabt, dann hätte er in eine der unteren Wohnungen einbrechen können oder hätte wenigstens meinen Laptop mitgenommen. Mir fällt wirklich nichts ein, das jemand aus meiner Wohnung hätte entwenden wollen.«

Nachdenklich nickte Jack und musterte erneut Annabeths Wohnung. Dieses Mal betrachtete er sie allerdings mit anderen Augen. Den ersten Blick hatte er als Polizist in die Wohnung geworfen, doch nun schaute er sich aus persönlichem Interesse um. Er hatte nicht damit gerechnet, dass Annabeth in so einer schlicht eingerichteten Wohnung lebte. Er dachte immer, dass Annabeth in ihrer Wohnung viele Gegenstände hatte, die Aufschluss über ihre verschlossene Persönlichkeit oder ihre Vergangenheit geben könnten, doch stattdessen sahen diese vier Wände aus wie eine Musterwohnung aus einem Möbelhaus. Nichts Persönliches hatte hier seinen Platz, bis auf die Zeitungsberichte an ihrer Wand. Jack konnte auf dem Weg ins Schlafzimmer nur einen flüchtigen Blick darauf erhaschen. Für ihn war Annabeth ein Rätsel, das er lösen wollte, doch anstatt auf Antworten zu treffen, ergaben sich immer mehr Fragen.

»Was ist los?«, fragte Annabeth, die Jacks musternde Blicke bemerkt hatte.

»Ich kann mir auch nicht vorstellen, dass die Einbrecher bewusst in deine Wohnung eingebrochen sind … es sei denn …«, murmelte Jack und blickte sich erneut um.

»Es sei denn, was?«, hakte Annabeth nach.

»Ich weiß nichts über deine Vergangenheit, aber kann es sein, dass in diesem Zusammenhang jemand in deine Wohnung wollte, um etwas zu suchen?«

Annabeth hatte damit gerechnet, dass er eine solche Frage stellen würde. Im Grunde zeichnete ihn genau diese Tatsache als guten Polizisten aus. Er ließ keine Option aus und versuchte Antworten zu finden, auch wenn er damit mal wieder versuchte, Annabeth Informationen zu entlocken, die sie ihm andernfalls nicht gegeben hätte.

»Nein. Die meisten sind tot oder wohnen so weit weg, dass ich sie nie wieder zu Gesicht bekomme.«

Ihre Eltern waren tot und ihre Freunde waren weggesperrt. Die einzige Person, die aus ihrer Vergangenheit noch übrig blieb, war ihr Bruder, den sie seit dem damaligen Vorfall nie wieder gesehen hatte.

Nach ihren aktuellsten Informationen saß er wegen Gewaltverbrechen eingesperrt im Gefängnis und würde so schnell auch nicht mehr herauskommen, weshalb auch er nicht infrage kam.

»Ich habe niemanden mehr aus meiner Vergangenheit«, ergänzte Annabeth mit einem traurigen Ton in der Stimme.

Jack nickte und entschloss sich, nicht weiter nachzubohren.

»Wie lange wohnst du schon hier?«, erkundigte er sich.

»Ein paar Jahre«, murmelte Annabeth. »Ich kam mit meinen Pflegefamilien nicht wirklich zurecht und bin, sobald ich volljährig war, bei der letzten ausgezogen.«

Mit einem traurigen Blick in den Augen schaute Jack zu Annabeth.

»Das heißt, du hast wirklich niemanden an Familie, oder?« Ihm war das nie wirklich so bewusst gewesen wie in diesem Augenblick. Er empfand Mitleid für Annabeth. Für Jack war es kaum vorstellbar, dass eine so nette und herzliche Frau im Leben niemanden hatte, dem sie etwas bedeutete. Er hatte immer gedacht, dass er ein einsames Leben führte, doch nun wurde ihm bewusst, dass er so viel mehr hatte als Annabeth.

»Nein.« Annabeth schluckte und ging ein Stück auf ihn zu. »Aber ich bin bisher auch ziemlich gut alleine zurechtgekommen. Es gibt Menschen da draußen, denen ich am Herzen liege, und auch wenn ich sie nicht sehe, weiß ich, dass sie für mich da wären, wenn sie könnten, und das kann einem ziemlich viel Kraft geben.«

Jack verstand nicht genau, worauf Annabeth mit dieser Aussage anspielen wollte, doch er merkte, dass ihre Laune wieder besser wurde. Bei ihr war eingebrochen worden, und sie stand dennoch ziemlich gefasst neben ihm und ließ sich auf ein belangloses Gespräch ein. Je mehr er versuchte, sich nicht zu ihr hingezogen zu fühlen, desto mehr musste er sich eingestehen, dass dieser Versuch zum Scheitern verurteilt war.

»Ich glaube, ich rufe am besten mal eine Firma an, die mir eine neue Tür einbauen kann«, sagte Annabeth schließlich und drehte sich zu ihrer Eingangstür um. »Heute Nacht versuche ich sie irgendwie zuzuziehen, aber es muss dringend eine dauerhafte Lösung her.«

»Da hast du recht! Kann ich dir noch bei irgendetwas helfen?«

Annabeth schüttelte den Kopf, drehte sich wieder um und blickte liebevoll zu Jack.

»Nein, du hast mir schon genug geholfen. Du hast immerhin auch einen Mordfall, der noch gelöst werden muss!«

»Das stimmt. Soll ich dich anrufen, sobald wir etwas Neues wissen?«

Dankbar nickte Annabeth. »Das wäre super.«

6. Kapitel

Seit dem Mordfall waren einige Tage ins Land gezogen. Inzwischen hatte Annabeth erneut einen Bericht über die Arbeit der Polizisten veröffentlicht, der ebenfalls auf große Begeisterung in der Bevölkerung stieß. In den neuesten Leserbriefen waren sogar verdächtige Personen genannt worden, denen ein solcher Mord zugetraut wurde und die in der Nähe des Opfers wohnten. Annabeth hatte alle Leserbriefe daher mit auf das Polizeirevier genommen, falls diese für die Aufklärung des Falls nützlich sein konnten. Diese Briefe lagen nun auf Jacks Tisch und wurden von den Polizisten ins Visier genommen.

»Glaubt ihr, die Personen, die da verdächtigt werden, können uns weiterhelfen?«, fragte Jack in die Runde und blickte zu Annabeth und Hugo.

»Es würde uns ja schon helfen, wenn jemand einen Verdächtigen vom Tatort entkommen sehen hat. Die Nachbarn haben uns keinerlei hilfreiche Informationen gegeben«, meinte Hugo.

Er nahm einen Brief in die Hand und las ihn sich durch.

»Obwohl ... Hier wird der Briefträger verdächtigt, weil er öfters Pakete öffnet und sie nicht immer zustellt.«

Nachdenklich kratzte er sich am Kopf und legte den Brief wieder zurück auf den Tisch.

»Ich habe die meisten Briefe überflogen und keine hilfreichen Informationen gefunden«, sagte Annabeth und schob die Briefe auf einen Haufen zusammen. Sie öffnete die Stofftasche, mit der sie die Briefe auf das Polizeirevier getragen hatte, und schob den Haufen hinein.

»Was wissen wir bisher über den Mord?«
Jack lief zu der großen Tafel neben seinem Tisch und pinnte ein Bild des Opfers in die Mitte. Nun war Brainstorming gefragt.

»Er wurde von vorne erschossen, das heißt, er hat seinem Mörder in die Augen geschaut. Wahrscheinlich hat er ihn sogar gekannt und deshalb in die Wohnung gelassen«, vermutete Annabeth und nahm ein Bild, in dem in den Umrissen einer Person ein Fragezeichen gedruckt war, und pinnte es neben das Bild des Opfers an die Wand.

»Der Mord war geplant, sonst hätten wir Fingerabdrücke gefunden. Ich glaube, wir reden nicht von einem Ersttäter. Unser Mann oder unsere Frau hat Erfahrung darin, zu töten und Beweise verschwinden zu lassen!«, ergänzte Hugo. »Was hat die Gerichtsmedizinerin gesagt?«
Jack zuckte mit den Schultern.

»Sie obduziert noch und rückt ja nicht so gerne mit Informationen heraus, solange sie noch nicht alles abgeschlossen hat. Wir wissen aber, dass die Waffe nicht registriert ist, aus der die Kugel abgefeuert wurde.«
Ein Raunen wanderte durch die Runde. Sie hatten bisher kaum hilfreiche Informationen. Jack nahm sich weitere Bil-

der vom Tisch und pinnte sie an die Wand. Bilder vom Tatort.

»Welches Motiv hätte jemand haben können, um ihn zu töten? Ich meine, laut den Aussagen seines Arbeitskollegen war er ja sowieso selbstmordgefährdet?«, warf Annabeth ihre Gedanken in den Raum.

»Gute Frage«, murmelte Jack und kratzte sich nachdenklich am Kinn, wo sein Bart immer länger wurde.
Es stand ihm gut, fand Annabeth, und die Stoppeln machten ihn noch attraktiver.

»Ich habe gestern seinen Therapeuten ausfindig machen können, er befindet sich allerdings noch im Urlaub in Amerika. Aufgrund der Zeitverschiebung habe ich ihn noch nicht erreichen können. Ich habe ihm aber eine Nachricht auf der Mailbox hinterlassen und warte auf einen Rückruf. Vielleicht kann er uns weiterhelfen.«
Hugo lief um den Tisch herum und baute sich direkt vor der Tafel auf. Er stemmte seine Hände in die Hüfte und musterte jedes einzelne Foto.

»Irgendetwas übersehen wir«, murmelte er.
Plötzlich kam eine Polizistin in den Raum gestürmt. Annabeth hatte sie noch nie zuvor gesehen. Ihr kleiner Körperbau und ihre kleine Stupsnase wären ihr ansonsten schon längst aufgefallen.

Die Frau deutete auf Hugo: »Ich habe einen Anruf für dich in der Leitung. Anscheinend gab es wieder einen Mord.«
Hugo nickte und lief zusammen mit der Frau in einen anderen Raum auf diesem Stockwerk. Aufgrund der Glaswände konnte Annabeth ihn dabei beobachten, wie er sich über

den Schreibtisch seiner Kollegin beugte und nach dem Hörer griff.

Jack blickte zu Annabeth und zuckte mit den Schultern.

»Ich mag es nicht, wenn wir schon wieder einen Mordfall haben, obwohl wir einen anderen noch nicht mal klären konnten.«

»Kann ich verstehen. Aber im Moment könnt ihr sowieso nur abwarten, bis ihr weitere Informationen von der Gerichtsmedizinerin und dem Therapeuten erhaltet.«

Jack nickte und ging ein Stück auf Annabeth zu. Mit einem besorgten Blick schaute er sie an. Annabeth spürte, wie ihr Herz anfing, ein bisschen schneller zu schlagen.

»Hast du schon eine neue Tür?«

»Ja, sie wurde gestern eingebaut. Ich muss sagen, dass es ab und zu schon ein mulmiges Gefühl war, in einer Wohnung zu schlafen, in die jeder hätte einfach so hineinspazieren können.«

Jacks Augen verloren sich fast Annabeths Blick. Die beiden wirkten, trotz der kurzen Zeit, die sie sich kannten, ziemlich vertraut miteinander.

»Hättest du was gesagt, hättest du auch bei mir schlafen können.«

»Nein, ich wollte keine Umstände bereiten. Außerdem hätte ich mir auch ein Hotelzimmer nehmen können. Aber es ging schon, es war wie gesagt einfach nur ein mulmiges Gefühl.«

Jack streckte seine Hand aus und strich zart über Annabeths Arm. Ein Kribbeln entstand an der Stelle, an der er ihre Haut berührt hatte. Seit langer Zeit hatte sie sich nicht mehr so behütet gefühlt wie in diesem Augenblick. Sie hatte das Gefühl, als hätte sie in Jack jemanden gefunden, der für sie da war, so wie es ihre Freunde und Eltern einst gewesen waren.

»Du kannst mich jederzeit anrufen, wenn etwas ist. Auch wenn es sich nur um ein unwohles Bauchgefühl handelt!« Ein Schmunzeln wanderte über Annabeths Lippen.

»Danke«, murmelte sie. »Ich habe aber schon so viel erlebt, da ist ein komisches Bauchgefühl nun wirklich ein Klacks.«

Mal wieder weckte sie mit dieser Aussage die Neugier in Jack, doch er musste sich zurückhalten. Irgendwann würde der Tag kommen, an dem sie ihm alles erzählen würde.

»Dennoch ist die Geschichte mit dem Einbruch merkwürdig. Ich habe Hugo davon erzählt, doch auch er konnte es sich nicht erklären.«

Annabeth zuckte mit den Schultern.

»Ich glaube, manchmal ist das Leben einfach fragwürdig. Es ist vielleicht besser, sich darüber nicht allzu viele Gedanken zu machen und es einfach zu akzeptieren. Irgendwann kommt vielleicht die Wahrheit ans Licht, so oder so.«

Jack setzte ein Lächeln auf.

»Deine Einstellung hätte ich gerne. Ich glaube, ich wäre nicht so locker geblieben wie du, wenn bei mir jemand eingebrochen wäre.«

Jacks Lachen übertrug sich auf Annabeth.

»In meinem Wohnviertel wurde schon so oft eingebrochen, da war es vielleicht einfach auch nur an der Zeit, dass ich mal an die Reihe komme.«

Beide tauschten intensive Blicke aus. Berührt von der Art, wie er sie anschaute, blickte Annabeth einen kurzen Augenblick auf den Boden, um nicht schwach zu werden. Sie hatte für einen kurzen Moment das Gefühl gehabt, als hätte Jack in ihre Seele sehen können.

»Wieso wohnst du eigentlich in diesem Viertel? Du hast doch mit Sicherheit das nötige Kleingeld, um dir eine sicherere Wohngegend leisten zu können?«
Sie schluckte und überlegte einen Moment, was sie ihm darauf antworten sollte. Im Grunde fielen ihr viele Antworten ein, doch keine klang gut genug, um ausgesprochen zu werden. Natürlich wusste sie selbst, dass eine andere Gegend für sie besser wäre.

»Sie erinnert mich daran, wie schwer das Leben sein kann. Ich hatte nicht immer den Luxus, in einem Einfamilienhaus mit großem Garten zu wohnen.«
Kaum hatte sie diese Aussage gemacht, kam Hugo von hinten zügigen Schrittes auf sie zugelaufen. Er klatschte in die Hände und schaute beide auffordernd an: »Wir müssen los! Es gab einen neuen Mordfall!«

Der neue Tatort befand sich nicht allzu weit vom Polizeirevier entfernt. Sie hatten die Wohnung des Opfers in wenigen Autominuten erreicht. Hugo wusste selbst nicht viel über den Mord, ihm war lediglich zugetragen worden, dass er und Jack für den Fall zuständig seien und es sich bei dem Opfer um eine Frau handelte. Im Gegensatz zu der Wohngegend des letzten Opfers wohnte die Frau in einer sehr belebten Seitenstraße. Etliche Fußgänger liefen am Haus des Opfers vorbei. Einige von ihnen blieben neugierig stehen, als sie all die Polizeiautos entdeckten, und schauten gespannt zu, wie einige Beamte, unter ihnen auch Jack und Hugo, in das Gebäude liefen.

Annabeth hatte schon an einigen Orten, an denen sie wegen ihrer Berichte über Verbrechen gewesen war, Gaffer beobachten können. Sie konnte die menschliche Neugier nachvollziehen, wenngleich sie natürlich störend war. Sie kam sich auch als Journalistin immer fehl am Platz vor, auch wenn sie natürlich einen höheren Zweck verfolgte, und zwar: Menschen zu informieren.

»Wurden schon Beweisbilder gemacht?«, erkundigte sich Jack bei einem Polizisten, der neben der Wohnungstür des Opfers stand.

»Ja, aber wir sind noch nicht mit jedem Raum durch.«

»Wie lange seid ihr schon hier?«, hakte Hugo nach.

»Seit ungefähr einer Stunde. Die Leichenbeschauerin, Frau Zatz oder wie sie heißt, müsste sich auch schon in der Wohnung befinden.«

»Warum wurden wir dann nicht schon eher geholt?«, fragte Hugo nach. Sein Kollege zuckte nur unwissend mit den Schultern.

Hugo gab ein Raunen von sich und betrat als erster die Wohnung.

Einige Kollegen liefen mit Fotogeräten und gelbem Absperrband an ihm vorbei. Zielsicher ging er den langen Gang entlang in Richtung der Küche, wo sich die Leiche befand. Annabeth schlich wie ein Schatten den beiden hinterher und begutachtete jedes Bild an der Wand und jedes noch so kleine Detail, das ihr auffiel. Für sie war es nicht nur eine Leiche, sondern eine Person, die mitten aus dem Leben gerissen wurde.

Bevor sie die Küche des Opfers erreicht hatten, wusste Annabeth bereits, dass die Frau gerade einmal zehn Jahre älter gewesen war als sie selbst. Auf einigen der Bilder, die an der Wand hingen, war sie gemeinsam mit anderen Personen zu sehen. Die Frau war dem Anschein nach eine aufgeschlossene Person mit einem großen Freundes- und Familienkreis gewesen.

»Kann man schon etwas Genaues sagen?«, fragte Jack die Leichenbeschauerin, die neben der Leiche kniete. Annabeth hatte diese Frau noch nie zuvor gesehen, doch von Jack wusste sie, dass sie ziemlich sonderbar war. Sie war bekannt für ihr kühles Wesen und den emotionslosen Blick in ihren Augen. Die Frau war schon etwas älter und hatte graue Haare, die sie zu einem Bob hatte schneiden lassen. Diese Frisur betonte ihr schmales Gesicht und ließ sie dadurch regelrecht dürr wirken.

»Genaueres kann ich erst sagen, wenn ich sie im Labor habe. Bisher konnte ich allerdings nur wenige Blutergüsse finden. Anscheinend ist der Tod ziemlich schnell eingetreten.« Die Frau rückte ihre schwarze Nickelbrille zurecht und begutachtete jedes Detail der Leiche. »Wenn Sie mich morgen im Labor besuchen kommen, kann ich mit Sicherheit schon mehr sagen.«

»Haben Sie bis dahin auch die Obduktion unseres anderen Mordopfers abgeschlossen?«, erkundigte sich Jack.

Kaum hatte er seine Frage ausgesprochen, schaute die Leichenbeschauerin ihn mit zusammengekniffenen Augen an. Mit einem unappetitlichen Geräusch zog sie die Nase hoch und runzelte die Stirn. Ihr Gesichtsausdruck wirkte so finster, dass sich Gänsehaut auf Annabeths Armen ausbreitete. Jedes Wort, das Jack über diese Frau erwähnt hatte, entsprach der Wahrheit und war keinesfalls übertrieben gewesen.

»Ich werde schauen, was sich machen lässt!«, sagte sie schließlich mit gereizter Stimme und drehte sich erneut zu dem Opfer um.

Annabeth blickte auf die blasse Leiche. Die Todesursache war aufgrund der aufgeschlitzten Kehle unschwer zu erraten. Um die Leiche herum hatte sich bereits eine große Blutlache gebildet. Der Körper der Leiche war mit einer Decke zugedeckt worden, die sich mittlerweile vollständig mit dem Blut vollgesaugt hatte. Die Augen des Opfers waren weit aufgerissen und drückten trotz der Leere immer noch einen Funken Entsetzen aus. Wieder einmal machte sich ein mulmiges Gefühl in Annabeths Bauch breit. Sie würde einen solchen Anblick wohl niemals ertragen können.

»Wieso ist die Frau mit einer Stoffdecke zugedeckt?«, erkundigte sich Jack stirnrunzelnd.

Neugierig betrachtete Annabeth die Küche. Alles sah ordentlich und gepflegt aus, nirgends lag etwas herum. Das Opfer hatte sich dem Anschein nach gar nicht versucht zu verteidigen, darauf deuteten zumindest keine Spuren hin.

»Die lag bereits auf der Leiche, als ich hier ankam. Die ersten Polizisten, die die Wohnung betraten, haben sie auch schon so vorgefunden. Ich gehe deswegen mal davon aus, dass der Mörder die Decke auf sein Opfer gelegt hat. Ich habe die Decke bisher noch nicht hochgehoben, aber allem Anschein nach hat unser Opfer oben herum nichts an.«

Jack und Annabeth warfen sich einen Blick zu. Sie dachten in diesem Moment exakt dasselbe.

»Wann entfernen Sie die Decke? Vielleicht handelt es sich hier um ein Sexualverbrechen?«

»Ich untersuche erst noch genauer die Schnittwunde am Hals, und dann werde ich mich um den Rest kümmern!«

»Hat man die Waffe gefunden, von der die Schnittwunde kam?«

Annabeth blickte über die Küchenzeile und konnte ein großes Holzstück erkennen, in dem mehrere große Messer steckten. Ein Platz des Messerblocks war unbesetzt. Annabeth stupste Jack leicht in die Seite und wies ihn anhand ihrer Blicke auf diese Tatsache hin.

»Falls es sich bei dem fehlenden Messer um die Tatwaffe handeln sollte, hat der Täter sie mit Sicherheit mitgenommen«, stellte Jack fest.

Er ließ seinen Blick durch die Küche gleiten in der Hoffnung, irgendein hilfreiches Detail zu entdecken. Schließlich blickte er wieder zu der Leichenbeschauerin und meinte: »Rufen Sie mich bitte, wenn Sie die Leiche aufdecken. Ich schaue mir in der Zwischenzeit die anderen Räume an!«

Mit diesen Worten verließen Jack und Annabeth die Küche und begaben sich in Richtung des Wohnzimmers, wo sich

Hugo befand und gerade in ein Gespräch mit drei Beamten vertieft war. Im Gegensatz zur Küche sah das Wohnzimmer ziemlich verwüstet aus. Die Kissen der Couch lagen im ganzen Raum verteilt. Die Gardinenstange lag samt Stoff vor den Fenstern auf dem Boden, und die Gegenstände, die im Glasschrank an der Wand gestanden haben mussten, waren mutwillig durch den Raum geworfen worden.

Annabeth ging näher auf den Schrank zu und begutachtete dessen Inhalt. Eine Uhr mit goldener Einfassung und einige kleine geschnitzte Holzfiguren, die aussahen wie Statuen, hatten dort ihren Platz. Eine hauchdünne Staubschicht lag auf der Glasplatte, auf der sie standen. Annabeth begutachtete die Stellen, an denen kein Staub vorzufinden war, genauer. Nichts deutete darauf hin, dass etwas entwendet wurde. Neugierig drehte sich Annabeth um und schaute sich den kleinen hölzernen Couchtisch an, auf dem einige Zeitschriften lagen. Gleich auf den ersten Blick konnte Annabeth mehrere medizinische Fachzeitschriften erkennen. Ihr Blick wanderte sofort zu dem Bücherregal, das neben dem gläsernen Schrank stand. Neben Thrillern hatten dort auch einige Fachbücher ihren Platz gefunden.

»Als was hat das Opfer gearbeitet? Ärztin oder Therapeutin?«
Annabeth störte mit ihrer sanften Stimme die Gesprächsrunde.

»Gut geraten! Sie studierte Psychologie«, antwortete Hugo.
Die Berufswahl passte zu dem Opfer. So geordnet, wie diese Wohnung wirkte, konnte sich Annabeth gut vorstellen,

dass die Frau diese Ordnung auch in das Leben anderer Menschen bringen wollte. Die Bilder, dich sich im Gang befanden, waren mit dem perfekten Abstand zueinander aufgehängt worden. Das Opfer hatte auf jedes noch so kleine Detail an Perfektion in dieser Wohnung geachtet.

Als Annabeth zu Jack schaute, der direkt vor der Wohnzimmertür stand, begann ihr Herz plötzlich schneller zu schlagen. Schlagartig entstand Gänsehaut auf ihren Armen, und sie blickte geschockt zu dem Spiegel, der sich rechts neben der Tür befand.

»Jack«, murmelte sie und deutete auf den Spiegel. »Er wurde eingeschlagen.«
Die Scherben lagen immer noch auf dem Parkettboden verteilt. Konnte das ein Zufall sein? Zwei Mordfälle und zwei kaputte Spiegel?

Stutzig betrachtete sich Annabeth in dem kaputten Spiegel. Mittlerweile kannte sie sich gut genug aus, um Zufälle erkennen zu können. Ihr Bauchgefühl teilte ihr mit, dass irgendetwas nicht stimmte. Die Morde wurden zwar unterschiedlich ausgeführt, doch die Gemeinsamkeit mit dem zerbrochenen Spiegel war nicht zu verkennen. Annabeth nahm die Scherben am Boden genauer ins Visier.

»Glaubst du, wir haben es mit demselben Täter zu tun?«, fragte Annabeth an Jack gewandt.
Dieser zuckte mit seiner Schulter und schaute sich die Scherben am Boden genauer an.

»Ich glaube, das ist einfach nur ein blöder Zufall. Wir können es natürlich in Betracht ziehen, aber aktuell deutet bis auf den Spiegel nichts auf diese Tatsache hin!«

»Egal ob es ein Zufall ist, dieser Spiegel hier hat definitiv etwas zu bedeuten! Es wurde hier, abgesehen von dem Spiegel, nichts zerstört! Der Täter hätte hier drinnen so vieles kaputt machen können, hat es aber nicht getan. Vielleicht sagt dieses Indiz etwas über unseren Mörder aus. Es kann doch durchaus möglich sein, dass er irgendwelche psychischen Probleme hatte. Wäre doch gar nicht einmal so weit hergeholt, wenn man bedenkt, dass das Opfer Psychologie studiert hat.«

Sie dachte bei jedem einzelnen ihrer Worte an Eleonore, die es ebenfalls gehasst hatte, in Spiegel zu blicken. Manchmal sagten kleine Details viel über eine Gesamtsituation aus. Eleonore hasste Spiegel, weil sie ihr Äußeres widerspiegelten. Sie behielt lieber das perfekte Bild von sich im Kopf, als sich der Wahrheit zu stellen. Annabeth war sich ziemlich sicher, dass Eleonore nicht die einzige Person mit dieser Störung war.

»Mit den psychischen Problemen könntest du recht haben! Vielleicht hat sie im Rahmen ihres Studiums tatsächlich mit psychisch Kranken Kontakt gehabt. Wir sollten uns definitiv mit ihrem Professor in Kontakt setzen!«, stimmte Jack zu.

Annabeth nickte. Sie drehte sich um und schaute erneut an den Polizisten vorbei auf die Glasvitrine. In ihrem Kopf begann sie alle Fakten zusammenzufassen und eine Theorie aufzustellen. Jack schaute ihr neugierig zu. An ihrem nachdenklichen Gesichtsausdruck konnte er genau ablesen, was in ihrem Kopf vor sich ging.

»Weshalb denkst du, dass sie ermordet wurde?«, fragte Jack sie schließlich.

»Das ist euer Job, das herauszufinden, ich schreibe nur darüber«, schmunzelte Annabeth.

»Mich würde es trotzdem interessieren. Du hast ein gutes Auge für Menschen und Situationen!«
Annabeth fragte sich, ob es angebracht war, ihre Theorie zu äußern. Da ihr kein Argument einfiel, was dagegensprechen würde, eröffnete sie Jack ihre Gedanken.

»Ich bin mir sicher, dass das Opfer seinen Mörder kannte. Vielleicht nicht unbedingt gut, aber auf jeden Fall flüchtig. Wieso hätte der Mörder sich sonst die Mühe gemacht, den Körper der Leiche zu bedecken? Es war auch definitiv kein Überfall. Das Opfer hätte versucht, sich irgendwie zu verteidigen, allerdings weist nichts darauf hin. Ich glaube auch, dass das Chaos hier erst im Nachhinein angestellt wurde. Ich gehe mal davon aus, dass alles mutwillig als Ablenkung und zur Irreführung verwüstet wurde.«
Jako zog eine Augenbraue hoch und dachte lange über ihre Aussage nach, bevor er ihr antwortete.

»Da gebe ich dir recht. Ich glaube auch, dass das hier alles nur wie ein Überfall aussehen soll.«

»Herr Trimberg, kommen Sie mal?«, rief die Leichenbeschauerin.
Sofort machten sich Annabeth und Jack auf dem Weg zu ihr. Die Leichenbeschauerin hatte die Decke vom Körper der Leiche gezogen, sodass nun der nackte Oberkörper der Frau zu sehen war. Auf Höhe des Herzens war ein tiefer Schnitt gemacht worden. Es sah aus, als hätte der Mörder

versucht, ihr das Herz herauszuschneiden. Sie hatten freie Sicht auf das Herz.

Nach einem kurzen Schockmoment richtete Annabeth ihren Blick auf die Decke. Ihr Magen begann sich zu drehen. Sie hatte zuvor noch nie diesen starken Muskel gesehen, der alles am Laufen hielt. Annabeth atmete tief durch und versuchte den Anblick der Leiche zu verarbeiten.

»Das Herz wurde vollständig vom Körper abgetrennt. Wenn man wollte, könnte man es einfach herausnehmen«, informierte die Leichenbeschauerin und öffnete mithilfe ihrer Instrumente den Schlitz noch weiter. »Ich will keine Theorien aufstellen, aber der Mörder war nicht unerfahren. Die Schnitte wurde gezielt gesetzt. Er wusste genau, was er da tat!«

»Wieso sollte der Täter das Herz herausschneiden und es dann im Körper liegen lassen? Es gibt viele Mörder, die Körperteile und Organe als Souvenir behalten. Vielleicht hatte unser Täter das auch vor, wurde aber dabei gestört«, äußerte sich Jack.

Die Leichenbeschauerin erhob sich von der Leiche und nickte.

»Dem Anschein nach war dies hier auch der Fall. Das Herz wurde definitiv herausgenommen, es liegt nämlich leicht schräg in der Brust. Der Mörder muss es wieder zurückgelegt haben. Das Opfer war auch noch nicht lange tot, als diese Leichenschändung passiert ist.«

Jack versuchte die Informationen in seinem Kopf zu verarbeiten, und auch Annabeth dachte nach. Wieso hatte der Mörder das Herz herausgeschnitten, aber dennoch im Körper gelassen? Vielleicht bereute er sogar seine Tat und zeigte dies, indem er die Leiche zudeckte?

»Ich glaube wir haben es hier tatsächlich mit einem Psychopathen zu tun«, murmelte Jack zu Annabeth.

Mit blassen Gesichtern starrten sie auf die klaffende Wunde. Es war kaum vorstellbar, dass Menschen zu so etwas in der Lage waren. Schweigend beobachteten sie die Leichenbeschauerin dabei, wie sie das Herz aus der Brust nahm und unter dem schwachen Küchenlicht zu untersuchen versuchte. Sie drehte das Herz in alle Richtungen und gab immer wieder ein lautes Schnaufen von sich. Schließlich zog sie aus ihrem schwarzen Aktenkoffer eine große durchsichtige Tüte hervor und packte das Organ sorgfältig hinein.

»Die Schnitte könnten durchaus von derselben Waffe durchgeführt worden sein wie am Hals«, sagte sie und erhob sich.

»Danke für die bisherigen Informationen«, stammelte Jack. »Wir befragen am besten mal die Nachbarschaft, vielleicht haben die etwas mitbekommen, was uns weiterhelfen könnte!«, wandte sich Jack schließlich an Annabeth und verließ die Küche.

Er konnte einiges ertragen, aber dieser Anblick brachte auch ihn an seine Grenzen.

Das Haus war nicht groß, und das Opfer hatte lediglich zwei Nachbarn gehabt. Der eine Nachbar war allem Anschein nach verreist. Er reagierte jedenfalls nicht auf ihr Klingeln, und auch sein Briefkasten war bis zum Rand mit

Briefen gefüllt. Die andere Nachbarin hingegen hatte sofort die Tür geöffnet. Es war eine ältere, korpulente Frau, die sich mithilfe eines Gehstocks fortbewegte. Ihre kurzen weißen, gelockten Haare glichen einer Engelsperücke. Sie war gleich nach dem Klingeln an die Tür gekommen, als hätte sie nur darauf gewartet, dass endlich jemand zu ihr kam, um sie zu befragen.

»Darf ich Ihnen ein paar Fragen stellen über den Mord an Ihrer Nachbarin Frau Meyer?«, fragte Jack sie. »Frau Schwarz ist von der Presse und schreibt einen Bericht über unsere Polizeiarbeit. Wenn Sie nichts dagegen haben, würde sie mich begleiten.«

»Natürlich, kommen Sie rein!«, ihre Stimme klang aufgeweckt und fröhlich.

Während Jack sie misstrauisch begutachtete, fand Annabeth die Frau auf Anhieb sympathisch. Es war offensichtlich, dass die Frau sich nicht nur freute, Besuch zu haben, sondern auch stolz war, etwas erzählen zu können.

»Sie hat etwas mitbekommen«, flüsterte Annabeth Jack leise von hinten ins Ohr.

Dafür, dass die Frau nichts zu berichten hatte, war sie zu aufgeregt. Irgendetwas musste sie also mitbekommen haben.

»Ich bin gespannt.«

Er drehte sich über die Schulter zu ihr um, während er der Frau in die Wohnung folgte.

»Sie platzt doch schon vor Freude darüber, endlich befragt zu werden und uns bei den Ermittlungen zu helfen.«

Die Frau blickte über ihre Schulter zu den Beiden nach hinten. Das Grinsen auf ihrem Gesicht wurde mit jedem Schritt größer. Jack musste ein Schmunzeln unterdrücken.

Die Frau hatte sie mit ins Wohnzimmer genommen. Eine graue durchgesessene Couch und zwei Sessel standen um einen alten kleinen Eichenholztisch herum. Die Frau hatte sich sofort in ihren Sessel gesetzt, sodass sich Jack und Annabeth auf die Couch platzierten. Aus seiner Jackentasche holte Jack ein Diktiergerät und legte es auf den Tisch vor sich.

»Wenn Sie nichts dagegen haben, würde ich dieses Gespräch gerne aufzeichnen.«

»Das können Sie gerne machen, junger Mann«, meinte die Frau und faltete gespannt ihre Hände im Schoß zusammen. Aufgeregt rutschte sie weiter nach vorne an die Kante ihres Sessels und beobachtete Jack mit großen Augen dabei, wie er das Diktiergerät einschaltete.

»Haben Sie etwas mitbekommen, das uns in diesem Mordfall weiterhelfen kann? Für uns ist jedes noch so kleine Detail wichtig, auch wenn Sie es für unwichtig halten sollten. Von daher wäre ich Ihnen dankbar, wenn Sie uns alles erzählen, was Sie gehört oder gesehen haben.«

»Ich war gerade am Kochen, als ich gehört habe, dass jemand im Treppenhaus unterwegs ist«, platzte es aus der Frau heraus.

Jack hob kurz die Hand und unterbrach dabei die Frau.

»Wie viel Uhr war es da ungefähr?«

Die Frau zuckte mit den Schultern.

»Müsste kurz nach zwölf gewesen sein, da ich jeden Tag zur selben Zeit mit dem Kochen anfange. Als ich dann ungefähr eine halbe Stunde später beim Essen saß, habe ich gehört, wie wieder jemand im Treppenhaus unterwegs war und kurz darauf die Haustür zuging. Und ich muss sagen, ich hatte irgendwie ein ganz komisches Gefühl. Irgendetwas hat mir gesagt, dass etwas nicht stimmt. Deswegen bin ich ins Treppenhaus gegangen und habe dann auch direkt gesehen, dass die Tür zu Frau Meyers Wohnung offen stand. Aus Angst habe ich mich aber nicht getraut, nach ihr zu sehen, sondern habe gleich die Polizei gerufen.«

»Wie haben sich die Schritte angehört?«, erkundigte sich Annabeth.

Die Frau genoss es sichtlich, befragt zu werden und weiterhelfen zu können. Sie wirkte ziemlich stolz.

»Unterschiedlich. Mal laut und schwer, wie bei einem Elefanten, und dann gab es zwischendurch aber auch so ein kleines, vorsichtiges Trippeln.«

Jack und Annabeth warfen der Frau fragende Blicke zu.

»Stammten die Schritte von einer Person oder hörte es sich nach mehreren an?«, fragte Jack.

Die Frau begann nachzudenken. Sie richtete ihren Blick an die Decke, um sich wieder besser erinnern zu können.

»Jetzt, wo Sie fragen ... Es hätten auch mehrere Personen sein können. Obwohl ich nie beide Schritte gleichzeitig gehört habe. Entweder waren sie laut oder leise.«

Mit dieser Aussage änderte sich ziemlich viel an Annabeths Theorie. Sie ging in Gedanken alle Möglichkeiten dieses Mordes durch, jede Information, die sie bisher erhalten hatten. Die Tatsache, dass das Herz herausgenommen und wieder zurückgelegt worden war, konnte durchaus die Zwei-Täter-Theorie unterstützen. Der eine wollte das Herz als Souvenir behalten und der andere hatte es wieder zurückgelegt. Wenn der Mord tatsächlich innerhalb von nur einer halben Stunde geschehen war, würde das auch die Tatsache des verwüsteten Wohnzimmers erklären. Während der eine Täter die Leiche aufschlitzte, versuchte der andere, es wie einen Raubüberfall aussehen zu lassen. Im Endeffekt passte in dieser Theorie alles zusammen. Die lauten Schritte konnten die leisen beim Gehen auch einfach überdeckt haben, weshalb man nie beide gleichzeitig hören konnte.

»Haben Sie jemanden reden hören?«

Jack griff nach seinem Diktiergerät und zog es zu sich.

»Nein. Stimmen habe ich keine gehört.«

»Hat Ihre Nachbarin irgendwelche Probleme gehabt oder einen Freund, von dem wir bisher noch nichts wissen?«

Die Frau schüttelte den Kopf.

»Frau Meyer ist ein sehr gütiger Mensch gewesen. Ich kann mir nicht vorstellen, dass jemand mit ihr ein Problem hätte haben können. Von einem Freund ist mir auch nichts bekannt. Wenn ich sie getroffen habe, war sie meistens allein.«

Sie stellten der Frau noch einige Fragen, deren Antworten ihnen nicht weiterhalfen. Als sie die Wohnung schließlich wieder verließen, war bereits Ruhe im Haus eingekehrt. Die Leiche war auf dem Weg zur Obduktion, und die meisten Beweise waren gesichert.

»Möchtest du noch einmal in die Wohnung? Du hast dir bisher ja keine Notizen gemacht! Falls nicht, würde ich zurück zum Revier fahren?«, fragte Jack.

»Eigentlich nicht, ich habe alles gesehen«, entgegnete Annabeth und ging im Treppenhaus bereits die Stufen nach unten in Richtung Ausgang. »Ich schreibe sehr oft einfach aus meinem Gedächtnis heraus. Namen und Details darf ich sowieso nicht niederschreiben, deswegen ist es eigentlich ganz gut, wenn ich mir nichts notiere.«

Jack lief ihr die Treppenstufen hinterher. Als sie an der Eingangstür angekommen waren, konnten sie draußen Hugo mit einem weiteren Beamten am Polizeiauto stehen sehen. Annabeth hatte angenommen, dass er mit anderen Kollegen bereits zurückgefahren war, doch anscheinend hatte er auf sie gewartet. Als er die beiden entdeckte, lief er gleich auf Jack zu.

»Und? Habt ihr etwas herausgefunden?«

Er schaute sie auffordernd an und drückte zeitgleich auf seinen Schlüssel, um das Auto zu öffnen.

»Ich glaube, wir suchen nach zwei Mördern.«

Jack öffnete die Tür des Wagens und ließ sich auf dem Beifahrersitz nieder. Annabeth setzte sich wie selbstverständlich auf die Rücksitzbank und wartete mit dem Anschnallen, bis Hugo sich auf den Fahrersitz platzierte und den Motor zum Laufen brachte.

»Wie meinst du das?«

»Die Frau hat mehrere Schritte gehört! Außerdem ist dieser Mord innerhalb einer halben Stunde ausgeübt worden!«

Hugo fuhr los und dachte über Jacks Worte nach.

»Ich hoffe, dass die Fingerabdrücke, die wir gefunden haben, uns helfen können, um einen von beiden zu identifizieren.«

Jack nickte und steckte das Diktiergerät, das er immer noch in den Händen hielt, zurück in seine Jackentasche.

»Da hast du recht! Ansonsten wird es ziemlich schwierig herauszufinden, wer für diese Tat infrage kommen könnte. Ich habe mit Mira schon besprochen, dass wir mit dem Professor unseres Opfers reden könnten, vielleicht hat er irgendwelche Hinweise, die uns weiterhelfen könnten.«

»Gute Idee. Würde mich nicht wundern, wenn wir es mit Psychopathen zu tun hätten!«

Während der restlichen Fahrt gingen die Beamten in Gedanken die wildesten Theorien über den Mordfall durch. Annabeth hingegen versuchte ihre Eindrücke in ihrem Kopf zu archivieren. Sie hatte bereits eine genaue Vorstellung davon, wie sie ihren Bericht aufbauen wollte.

Kurz bevor sie das Revier erreicht hatten, brach sie schließlich das Schweigen: »Könntet ihr mich an der nächsten Straßenkreuzung herauslassen? Ich würde dann gleich zu meiner Wohnung laufen und anfangen, an meinem Bericht zu schreiben.«

»Ja klar, kein Problem«, meinte Hugo und warf ihr durch den Rückspiegel einen freundlichen Blick zu. »Hast du heute Abend eigentlich schon etwas vor? Ein paar vom Revier wollen sich in der Königsbar treffen, du kannst gerne dazu stoßen.«

Fast unbemerkt blickte Hugo zu Jack und zwinkerte ihm zu. Jack hingegen schaute ihn überrascht und sichtlich überfordert an. Niemand im Auto konnte seinen rasenden Herzschlag hören, der Annabeth galt.

»Ich weiß nicht, ich möchte euch nicht stören! Der Bericht muss außerdem fertig werden. Ich habe bald Abgabeschluss.«

»Du störst nicht«, entgegnete Jack wie aus der Pistole geschossen.

»Ein Nein wird nicht akzeptiert!«, fügte Hugo hinzu und hielt am rechten Fahrbahnrand an, da sie Annabeths Wohnviertel erreicht hatten.

»Na dann habe ich wohl keine andere Wahl.« Mit diesen Worten stieg Annabeth lachend aus dem Auto. Sie winkte den beiden noch hinterher, als sie wegfuhren, und machte sich dann auf den Weg zu ihrer Wohnung.

Die kommenden Stunden vergingen wie im Flug. Kaum hatte Annabeth den Laptop hochgefahren, war sie wie in einer anderen Welt versunken.

Annabeth setzte sich auf den unbequemen Stuhl vor ihrem Schreibtisch und legte ihre Finger auf die Tastatur. Sie dachte nicht darüber nach, was sie schreiben wollte, sie schrieb es einfach nieder, erst am Ende las sie es sich durch und änderte ein paar Details. Annabeth war so auf ihren Artikel fixiert, dass sie ihre Umwelt nicht mehr wahrnahm. Die Stunden vergingen, fühlten sich für sie aber wie Minuten an. Ihre Finger glitten über die Tastatur, als wären sie Tasten eines Klaviers und als würde mit jedem Wort, das sie schrieb, eine Note aus einem wunderbaren Musikstück gespielt werden. Annabeth nippte ab und zu an ihren Kaffee, während sie die ersten Verbesserungen in ihren Text einbaute. Ihr Blick flog geradezu über den Bildschirm, und mit jedem Satz, den sie las, wurde das Lächeln auf ihren Lippen immer breiter und das Funkeln in ihren Augen größer. Es war genauso wie damals, als sie noch ein kleines Mädchen gewesen war. Das Schreiben war immer noch ein Teil von ihr, und niemand konnte es ihr wegnehmen.

Sie war so zufrieden mit ihrem Text, dass sie keinen Moment Zweifel daran gehabt hatte, dass er nicht gut sein würde. Allerdings ließ sie jedes Detail weg, das zu viel verraten könnte. Sie wollte den Mördern mit diesem Artikel keinen Gefallen tun und sie auf dem aktuellen Sachstand der laufenden Ermittlungen halten.

Als sie einige Zeit später einen Blick auf die Uhr warf, stellte sie fest, dass sie sich langsam fertig machen musste. Sie entschied sich für ein schickes, eng anliegendes schwarzes Kleid, das sie seit Ewigkeiten nicht mehr getragen hatte. Normalerweise legte sie nicht viel Wert auf ihr äußeres Erscheinungsbild, doch an diesem Abend trug sie sogar roten Lippenstift auf und kämmte ihre Haare elegant zur Seite. Die tote Frau hatte ihr an diesem Tag mal wieder ins Gedächtnis gerufen, wie kurz und wertvoll das Leben war. Leider vergaß Annabeth diese Tatsache öfters und lebte viel zu oft allein und zurückgezogen.

Nachdem sie sich fertig angezogen hatte, schnappte sie sich ihre Jacke und verließ die Wohnung.

Die Sonne war schon längst untergegangen, und die Dunkelheit der Nacht hatte sich bereits durch die Straßen gezogen und wurde nur durch das Licht der Straßenlaternen an einzelnen Stellen vertrieben. Zu Fuß machte sich Annabeth auf den Weg in die Bar. Sie kannte den Weg in- und auswendig, und in manchen Straßen fühlte sie sich besonders unwohl. Für eine Frau war es nicht unbedingt sicher, allein durch diese Straßen zu laufen. Man hörte oft Geschichten, in denen Frauen genau in diesen Straßen überfallen und vergewaltigt wurden. Hätte es Annabeth nicht so eilig gehabt, hätte sie einen anderen Weg gewählt. Auch wenn sie mutiger war als einige andere Frauen, schreckten sie die Geschichten über diese Straßen ab. Sie konnte nichts gegen ihr unwohles Bauchgefühl tun, das mit jedem Schritt, den sie ging, größer wurde.

Weit und breit ist niemand! Du brauchst keine Angst zu haben, versuchte sie sich gedanklich zu beruhigen.

Sie richtete ihre Blicke nach vorne und scannte die Gegend. Es schien alles sicher zu sein. Annabeth atmete laut auf und bog in eine kleine Seitenstraße ab. Ruckartig blieb sie stehen und schaute sich in allen Richtungen um. Sie spürte, dass sich jemand in ihrer Nähe befand. Sie kannte dieses Gefühl nur zu gut und war sich ziemlich sicher, dass sie sich nicht irrte.

»Hallo, ist da jemand?«, rief sie und lauschte in die Dunkelheit.

Ein kalter Luftzug blies durch die Straße, doch ansonsten konnte sie nichts wahrnehmen. Es fühlte sich dennoch so an, als würde sie jemand genauestens ins Visier nehmen.

Leicht verängstigt blickte sie in alle Richtungen. Nirgends konnte sie etwas erkennen. Sie holte tief Luft und ging weiter. Ihre Schritte hallten durch die Straßen.

Als sie genauer hinhörte, stellte sie fest, dass es nicht nur ihre eigenen Schritte waren, die sie hören konnte. Ihr Herz begann zu rasen und sie verdoppelte ihr Tempo. Panisch drehte sie sich in regelmäßigen Abständen nach hinten um. Von einem Verfolger fehlte jedoch jede Spur. Doch egal in welche Straße sie abbog, das Klackern der fremden Absätze verfolgte sie. Annabeth war sich ziemlich sicher, dass sie nicht allein war und sich die Schritte nicht einbildete. Irgendjemand war hinter ihr her!

Ihr Herz raste immer schneller und in ihrem Kopf breiteten sich etliche negative Gedanken aus. Sie wollte nicht zu den Frauen gehören, die hier verletzt wurden. Sie war schon oft genug verletzt worden! Sie hätte schreien können, doch bis auf den Verfolger hätte sie niemand gehört. Diese Straße war wie ausgestorben. Gänsehaut breitete sich auf Annabeths Körper aus und sie drehte sich in regelmäßigen Abständen um, mit der Hoffnung endlich jemanden zu entdecken.

Alles ist gut, du hast gleich die Bar erreicht, versuchte sie sich selbst zu beruhigen.

Sie machte immer größere Schritte und versuchte das Geräusch im Hintergrund zu ignorieren, doch ein kalter Schauer lief ihr über den Rücken und fuhr ihr unter die Haut. Nach einer gefühlten Ewigkeit hatte sie schließlich die Bar erreicht. Ihr Herz vollführte einen Freudentanz, als sie die rote Leuchtreklame über dem Eingang erkennen konnte. Als sie sich der Bar weiter annäherte, sah sie, dass Jack vor der Eingangstür stand und bereits auf sie wartete. Mit einem breiten Lächeln im Gesicht begrüßte er sie. Allerdings entgingen ihm nicht ihre Blicke, die immer wieder nach hinten gerichtet waren. Als sie ihn erreicht hatte, sah er, dass sie zitterte.

»Alles gut?«, fragte er sie sofort und nahm sie zur Begrüßung liebevoll in den Arm.

»Ja, alles gut!«
Sie löste sich aus seiner Umarmung und lief an ihm vorbei, um möglichst schnell in die Bar zu kommen.

»Du siehst aber nicht so aus. Irgendetwas stimmt doch nicht«, seine Stimme klang besorgt.
Annabeth schaute zuerst zu ihm und anschließend in die dunkle Gasse, aus der sie gekommen war. Sie hatte nach wie vor das Gefühl, beobachtet zu werden. Weit und breit war niemand zu sehen, doch sie wusste, dass irgendwo in dieser Gasse jemand lauerte.

»Ich glaube, mir ist jemand gefolgt«, murmelte sie schließlich ganz leise. »Ich habe fast den ganzen Weg über hinter mir Schritte hören können.«
Sofort drehte sich Jack um und blickte in die Gasse. Als er gerade loslaufen wollte, hielt Annabeth ihn am Handgelenk fest.

»Vielleicht habe ich es mir aber auch nur eingebildet. Ich habe niemanden hinter mir gesehen.«
Jack spannte seine Muskeln an und schaute beunruhigt in die Gasse. Erst nachdem er alles ins Visier genommen hatte, drehte er sich wieder zu Annabeth um.

»Du hättest aber nicht diesen Gesichtsausdruck, wenn du dir unsicher wärst!«

»Bitte lass uns einfach reingehen! Es war vielleicht einfach nur ein Obdachloser, der mir hinterhergeschlichen ist.« Sie blickte zu Jack und merkte, wie ihr Herzschlag langsam wieder ruhiger wurde. Sie war nun in Sicherheit!

Jacks Muskeln entspannten sich allmählich, als er Annabeths Blicke bemerkte. Sie wollte einfach nur in die Bar gehen, um dieser Situation zu entfliehen. Er nickte und akzeptierte ihre Entscheidung. Am liebsten hätte er aber die ganzen Straßen durchkämmt und denjenigen verprügelt, der Annabeth Angst machte.

Auch wenn er es nicht unbedingt wollte, merkte er, wie sein Herz in ihrer Gegenwart weicher wurde.

»Wieso bist du eigentlich hier draußen?«

»Ich habe auf dich gewartet. Ich dachte, ich zeig dir dann gleich, wo wir sitzen, bevor du uns ewig suchen musst.« Annabeth öffnete die Tür der Bar und ging hinein.

Mit ihren Lippen formte Annabeth das Wort »Danke«. Hätte sie es ausgesprochen, wäre es in der Geräuschkulisse der überfüllten Bar untergegangen.

In jeder Ecke standen Leute mit einem Getränk in der Hand und unterhielten sich fröhlich. Jack lief an Annabeth vorbei und bahnte sich einen Weg durch die Menge, die an der Bar auf ihr Getränk warteten. Etwas weiter hinten hatten die Polizisten einen Platz in einer Lounge ergattert. Als sie Annabeth und Jack entdeckten, winkten sie sie fröhlich zu sich. Sofort rückte jeder ein bisschen zur Seite, um Platz auf der halbrunden Bank zu machen. Annabeth und Jack setzten sich nebeneinander, neben Hugo und eine braunhaarige Frau mit wunderschönen haselnussbraunen Augen.

»Das ist übrigens meine Frau, Betty«, stellte Hugo sie ihnen vor. »Jack kennst du ja, und das ist Mira, die Reporterin, von der ich dir erzählt habe.«
Hugo deutete mit einer eleganten Handbewegung auf Annabeth.

Betty streckte Annabeth freundlich die Hand entgegen, um sie zur Begrüßung zu schütteln.

»Hugo hat mir schon viel von dir erzählt. Vor allem hat er betont, dass du ein außergewöhnliches Gespür für das Wesen von anderen Menschen hast.«
Peinlich berührt verfärbten sich Annabeths Wangen leicht rot.

»Er übertreibt. Im Endeffekt beobachte ich Menschen einfach nur lange genug, um sie einschätzen zu können.«
Kaum hatte Annabeth diesen Satz ausgesprochen, waren die beängstigenden Minuten, die sie auf dem Weg hierher durchgestanden hatte, fast vergessen. Sie wollte Spaß haben und sich nicht noch länger über diesen Moment Gedanken machen, den sie weder begreifen noch hätte ändern können. Vermutlich war es tatsächlich einfach nur ein Obdachloser gewesen, der sich einen kleinen Spaß mit ihr erlaubt hatte.

»Woher kommt dieses Gespür?«, erkundigte sich Betty neugierig. »Ich wünschte, ich könnte manchmal Hugos Launen erraten!«

Ihre Stimme klang aufgeweckt und ehrlich. Sie strahlte eine solche Freundlichkeit aus, dass Annabeth sie auf Anhieb ins Herz schloss.

»Ich weiß es nicht. Ich glaube, ich habe in der Vergangenheit einfach schon so viel durchgemacht und so viele unterschiedliche Persönlichkeiten kennengelernt, dass ich dafür einfach ein Gefühl bekommen habe.«

Da war er wieder! Dieser kleine Einblick in ihre Vergangenheit. Für Jack waren sie wie Puzzleteile, die er einsammelte und irgendwann würde zusammensetzen können. Er wollte unbedingt mehr über Annabeth erfahren.

»Mein Bauchgefühl täuscht mich leider öfters! Ich habe auch schon zu Hugo gesagt, dass er aufpassen muss im Verhör. Er möchte in den Menschen immer nur das Beste sehen und kann sich viel zu leicht täuschen lassen.«

Betty schaute zu Hugo und strich ihm liebevoll über die Schulter.

»Ich merke aber meistens, wenn jemand lügt, und wenn nicht, habe ich ja immerhin Jack dabei, der lässt sich nicht so leicht täuschen!«

Jack begann zu lachen. Es war das erste Mal, dass Annabeth ihn so richtig dabei beobachtete. Es war ein schönes Lachen, das von Herzen kam und ehrlich gemeint war. Seine Augen funkelten, kaum dass er die Mundwinkel hochgezogen hatte. Seine Freude übertrug sich daher auch sofort auf Annabeth.

»Das stimmt! Aber erinnerst du dich an den einen Fall, wo die Ehefrau eiskalt ihren Mann ermordet hatte und mir gegenüber behauptet hat, dass es ein Einbrecher war? Ich habe ihr wirklich geglaubt!«, meinte Jack schmunzelnd.

»Die Frau hat uns allen auf der Nase herumgetanzt. Sie hatte eigentlich fast den perfekten Mord ausgeübt. Die Fingerabdrücke an der Mordwaffe waren von ihr leicht zu erklären, da es ja ihr Küchenmesser war«, erzählte Hugo die Geschichte weiter.

»Und wie habt ihr sie dann geschnappt?«
Annabeth schaute gespannt zu Hugo und Jack.

»Eine Nachbarin und Hobbytüftlerin hat aus Spaß ihre Katze mit einem Halsband mit integrierter Videokamera ausgestattet, um mal zu beobachten, wo die Katze sich so den ganzen Tag herumtreibt. Glücklicherweise hat sich die Katze dann in den Garten unseres Ehepaares verirrt und den Mord aufgezeichnet. Wir konnten sie also durch Zufall überführen.«
Mit diesem Ende hätte Annabeth nicht gerechnet.

»Wieso hat die Frau den Mord begangen?«
Für Annabeth war diese Frage wichtiger, als sie im ersten Moment vielleicht klang. Sie wollte keine Vorurteile über die Mörderin treffen, ohne den Hintergrund der Tat zu kennen.

»Sie wollte einfach nur das Geld für sich alleine haben«, sagte Jack mit betrübter Stimme. »Bei Geld hört anscheinend auch die Liebe auf.«
Mit diesem Motiv hatte Annabeth nicht gerechnet, sie hatte gehofft, dass die Frau einen nachvollziehbaren Grund gehabt hatte, wie einen gewalttätigen Ehemann. Doch manchmal konnte selbst sie viele Menschen nicht verste-

hen. Sie konnte weder verstehen, wie man seinen Ehemann aus Geldgier töten konnte, noch, wie man Spaß und Freude am Morden empfinden konnte.

»Möchtest du etwas trinken? Ich könnte für uns beide etwas bei der Bar holen?«

Jack wechselte das Thema und erhob sich von der Bank. Die beiden waren die einzigen, die noch kein Getränk hatten. Annabeth nickte dankbar.

»Ja, ich würde ein Wasser nehmen.«

Jack lachte. Es dauerte nicht lange, da hatte er sie mit seiner Freude auch schon wieder angesteckt.

»Ich hole dir etwas Richtiges!«

Mit diesen Worten ging er zur Bar und versuchte einen freien Platz zu erhaschen, um schnell an die Reihe zu kommen. Der Barkeeper hatte allerdings so viel zu tun, dass es mit Sicherheit noch eine Weile dauern würde, bis Jack wieder zurückkommen würde. Annabeth faltete ihre Hände in ihrem Schoß zusammen und ließ ihren Blick durch die Runde schweifen. Alle hatten Spaß und Freude daran, sich Geschichten zu erzählen und in geselliger Runde beisammenzusitzen. Die Polizisten waren zwar auf der Arbeit auch schon ein lustiger Haufen, doch sie betrunken vor ihren Gläsern sitzen zu sehen und ihnen beim Reden zuzuhören, nahm ihnen sämtlichen Ernst.

»Das darfst du unter keinen Umständen weitererzählen, aber ich habe das Gefühl, als würde Jack sehr viel von dir halten«, Betty hatte sich zu Annabeth rüber gelehnt und ihr die Worte zugeflüstert.

Niemand sonst hatte die Worte verstehen können. Betty schmunzelte Annabeth an und rückte näher an sie heran.

»Ach, er ist einfach nur nett und schätzt meine Arbeit«, entgegnete Annabeth mit einem verlegenen Lächeln.

»Da hast du recht, aber ich kenne ihn schon ziemlich lange. Ich habe irgendwie das Gefühl, als hättest du ziemlich schnell einen Draht zu ihm gefunden.«
Annabeth betrachtete Betty. Ihre braunen Locken lagen sanft auf ihrer Schulter und betonten ihr ovales Gesicht. Mit einem aufgeweckten, fröhlichen Blick schaute sie Annabeth an.

»Jack ist ein Mensch, der sich doch sofort mit jedem gut versteht.«

»Ja, aber er vertraut dir«, flüsterte Betty mit sanfter Stimme.
Sie rutschte wieder von Annabeth weg, als sie Jack entdeckte, der sich mit zwei Getränken in der Hand wieder zu ihnen gesellte.

Mit einem breiten Grinsen im Gesicht stellte er einen rötlichen Cocktail vor Annabeth auf den Tisch. Für sich selbst hatte er ein Bier organisiert. Mit tiefer Stimme erzählte er genervt von dem verwirrten Barkeeper, der ständig seine Bestellung vergessen hatte. Lächelnd und nickend hörte sich Annabeth seine Geschichte an. Gedanklich war sie allerdings noch ganz bei Bettys Worten. Es war ein gutes Gefühl, zu wissen, dass Jack ihr vertraute. Allerdings machte dieses Vertrauen ihr auch Angst. Sie wollte ihn nicht enttäuschen, und aus irgendeinem Grund wusste sie, dass es früher oder später so kommen würde. Jedoch wollte sie an diesem Abend nicht daran denken und nahm gleich einen großen Schluck von dem Cocktail.

Es war ein lustiger Abend mit fröhlicher Stimmung. Annabeth konnte sich nicht mehr daran erinnern, wann sie sich das letzte Mal so amüsiert hatte. Die Polizisten gaben öfters eine Runde aus, sodass alle ziemlich angeheitert waren. Irgendwann stieg Annabeth auf Wasser um, da sie Angst vor dem Kater am nächsten Morgen hatte.

»Ach komm, Mira, du kannst doch noch nicht schlapp machen! Ein Kurzer muss noch sein«, meinte einer der Polizisten zu ihr.

Doch er hatte keinen Erfolg. Jack wusste, dass nichts mehr ihre Meinung ändern würde. Er kannte sie mittlerweile gut genug, um zu wissen, dass wenn sie sich etwas in den Kopf gesetzt hatte, sie nicht mehr davon abzubringen war.

»Für mich reicht es heute mit dem Alkohol«, lachte Annabeth und nahm einen Schluck aus ihrer Wasserflasche.

Sie spürte bereits, wie die Sicht vor ihren Augen ab und zu verschwamm und der Alkohol ihren Kopf benebelte.

»Wir machen uns gleich auf den Weg«, meldete sich Hugo zu Wort und betrachtete die wenigen Schlucke Bier, die sich noch in seinem Glas befanden.

»Das hat er letztens auf einer Geburtstagsfeier auch gesagt und sich im Anschluss noch ein Radler geholt«, lachte Betty, als sie die betrübten Gesichter der anderen Beamten bemerkte.

»Heute meine ich es aber ernst. Ich habe wie Mira meine Grenze erreicht«, lallte Hugo.

Er war ziemlich gut dabei. Annabeth hatte ihn den Abend über fasziniert dabei beobachtet, wie er ein Bierglas nach dem anderen leerte, als wäre es Wasser. Betty hingegen ging genauso langsam an den Abend heran wie Jack. Beide wollten eine Aufpasserfunktion einnehmen – Betty für ihren Mann und Jack für Annabeth. Er äußerte sich gegenüber Annabeth zwar nicht darüber, aber er hatte sich Sorgen gemacht, als er bei ihrer Ankunft die pure Angst in ihren Augen sehen konnte.

»Wenn du gehen möchtest, musst du es nur sagen, ich begleite dich definitiv nach Hause«, Jack hatte sich zu Annabeth rüber gelehnt und ihr die Worte zugeflüstert.

»Ja, aber du musst mich nicht begleiten. Ich werde schon nicht überfallen. Das vorhin war wie gesagt mit Sicherheit nur ein Obdachloser, der mir Angst machen wollte.«
Sie schenkte ihm ein überzeugendes Lachen und ließ ihren Blick durch die überfüllte Bar gleiten. Obwohl es schon ziemlich spät war, hatte sie sich nicht geleert. Im Gegenteil – sie kam ihr sogar noch voller vor als zu Beginn. Ein Kellner mit kurzem braunem Haar kam mit einem Tablett voller Getränke zu ihnen gelaufen. Während er einige der Gläser auf dem Tisch abstellte, blickte er zu Annabeth.

»Für dich ist ein Anruf bei uns eingegangen, die Person ist noch in der Leitung«, sagte der Kellner und zeigte mit seinem Kopf in Richtung der Theke, wo ein Kollege von ihm das Telefon in die Höhe hielt.

Irritiert blickte Annabeth den Kellner an. Sie konnte unmöglich gemeint sein! Niemand wusste, dass sie heute

Abend in dieser Bar war, und selbst wenn, dann hätte man sie auf dem Handy erreichen können.

»Ich glaube, Sie verwechseln mich da mit Sicherheit mit jemandem«, entgegnete Annabeth.

»Nein, der Mann hat ausdrücklich Sie zu sprechen gewünscht. Er hat mir Ihre Kleidung beschrieben und ihre blonden Haare«, schmunzelt der Kellner und belud sein Tablett mit leeren gebrauchten Gläsern.

Überrascht blickte Annabeth sich erneut in der Bar um. Es bestand tatsächlich keine Verwechslungsgefahr mit ihr. Keine Frau trug auch nur ansatzweise dasselbe wie sie. Aber was wollte der Anrufer bloß von ihr? Verwirrt stand sie auf und quetschte sich an der Masse vorbei an die Bar. Der Barkeeper reichte ihr sofort das Telefon entgegen. Zögerlich nahm Annabeth es an sich und drückte den Hörer gegen ihr Ohr.

»Hallo, wer ist da?«

Ihre Stimme war leise. Man konnte ihr anmerken, wie überrascht sie über diesen Anruf war. In der Leitung war nur ein Rauschen zu hören. Annabeth nahm das Telefon kurz herunter und schaute auf das Display. Die Nummer war unterdrückt. Mit einem enttäuschten Seufzen hob sie das Telefon wieder näher an ihr Ohr.

»Hallo?«, sprach sie dieses Mal etwas lauter in das Telefon.

Anstatt des Rauschens konnte sie klar und deutlich etwas in der Leitung knacken hören. Es war allerdings nicht das typische Knacken, das auftrat, wenn die Verbindung schlecht war. Das Knacksen wies sie eher darauf hin, dass die Person in der Leitung noch dran war und sie definitiv verstand.

Annabeths Herz schlug schneller. Sie merkte, wie es regelrecht raste. Sie versuchte sich zu beruhigen, in dem sie ruhig ein- und ausatmete. Mit einer Hand hielt sich Annabeth ihr anderes Ohr zu, um noch genauer den Geräuschen des Telefons lauschen zu können. Als sie ein Atmen wahrnahm, stockte für einen kurzen Moment ihr Atem. Es war eine Sache, nur davon auszugehen, dass man sie hörte, doch eine andere, zu wissen, dass die Person in der Leitung sie verstand, aber ignorierte.

»Wer ist da?«, sagte sie nun in einem etwas energischeren Ton, aus dem man dennoch ihre Angst heraushören konnte.

Ihre Hand, mit dem sie den Telefonhörer hielt, zitterte. Mit ihrer anderen Hand griff sie nach ihrem Arm, um das Telefon noch stabil ans Ohr halten zu können. Verzweifelt blickte sich Annabeth in der Bar um. Egal, wer am anderen Ende der Leitung war, er wusste ganz genau, was sie trug!

Panik mischte sich unter ihre Gefühle, und sie spürte, wie nun auch ihre Beine zu zittern begannen. Sie fühlte sich beobachtet. Genauso wie in der Gasse! Sie konnte die Blicke auf ihrer Haut spüren, die sie allerdings niemandem zuordnen konnte. Annabeth begann vor Angst immer schneller zu atmen.

»Das ist nicht witzig! Wer ist da dran?«

Kaum hatte sie die Worte ausgesprochen, kam aus der Leitung nur noch ein Tuten. Der Anrufer hatte aufgelegt.

Annabeth versuchte sich zu beruhigen, in dem sie erneut tief ein- und ausatmete. Sie wusste, dass Panik sie nicht weiterbrachte. Sie musste versuchen, objektiv an die Sache heranzugehen. Leider fiel es ihr schwerer als gedacht, dieses unwohle Gefühl loszuwerden, das ihr sagte, dass sie immer noch beobachtet wurde. Ihr Blick wanderte zu der Eingangstür, durch der sie einen guten Blick in Richtung der Gasse hatte. Sie konnte niemanden entdecken, doch ein kalter Schauer wanderte ihren Rücken hinunter und hinterließ eine Gänsehaut auf ihren Armen. Ihr Bauchgefühl irrte sich selten! Der Anrufer stand irgendwo da draußen und schaute sie in genau diesem Augenblick an. Sie hatte schon so viel im Leben durchgemacht, da durfte sie doch vor einem Stalker keine Angst haben!

Nach kurzer Verschnaufpause drehte sie sich zu dem Barkeeper um und reichte ihm das Telefon.

»Der Anrufer wurde leider aus der Leitung geschmissen, bevor ich wusste, wer dran war«, log sie. »Hat er irgendetwas zu Ihnen gesagt?«

Der Barkeeper zuckte nur mit den Schultern.

»Nein, er sagte nur, dass er mit Annabeth sprechen möchte, und hat beschrieben, wie Sie aussehen.«

Ihr Herz schlug augenblicklich schneller. Diesen Namen, ihren Namen, hatte sie schon seit Ewigkeiten nicht mehr gehört. Er klang für sie fremd, wie aus einem anderen Leben. Sie war seit ihrer Flucht nicht mehr so genannt worden.

»Hat er wirklich Annabeth gesagt?«, erkundigte sie sich, bevor der Barkeeper sich anderen Gästen zuwenden konnte.

»Ja. Heißen Sie etwa nicht so?«

Annabeth nickte sanft mit dem Kopf und flüsterte so leise, dass man es kaum verstand: »Doch, so heiße ich.«

Ein Ziehen wanderte durch ihr Herz. Es wurde so stark, dass sie anfing, nach Luft zu schnappen. Etliche Gedanken schossen ihr durch den Kopf, die schlagartig auch Kopfschmerzen mit sich brachten. Annabeth starrte auf den Boden und versuchte, wieder sie selbst zu werden. Doch sie konnte spüren, wie das kleine ängstliche Mädchen von damals wieder Besitz von ihr ergriff. Sie hatte jahrelang versucht, ihre Vergangenheit zu vergessen und positiv in die Zukunft zu blicken. Niemand wusste, wer sie war! Niemand kannte ihre Vergangenheit! Also: Wer war dieser Anrufer? Wer kannte und beobachtete sie? Handelte es sich um die Person, die in ihre Wohnung eingebrochen war? Es kam ihr so vor, als hätten all die Jahre, in denen sie ihre eigentliche Identität leugnete, sie mit diesem Anruf eingeholt.

Annabeth ballte ihre Hände zu Fäusten zusammen und blickte wieder in Richtung der Gasse. Sie musstc da raus! Sie musste nachschauen, wer sich da draußen vor ihr versteckte und sie beobachtete!

Annabeth nahm ihren ganzen Mut zusammen und stürmte aus der Bar. Die kalte Luft konnte ihr in diesem Moment nichts anhaben, da sämtliche Gefühle aufgrund ihrer Angst wie ausgeschaltet waren. Sie konnte sich nur auf das laute

Pochen in ihrer Brust konzentrieren und das Adrenalin, das ihr Mut verlieh.

Sie lief in die Gasse hinein und schaute sich um. Annabeth lauschte den Geräuschen um sich herum und blickte in jeden noch so kleinen Winkel. Allerdings merkte sie ziemlich schnell, dass etwas anders war. Das Gefühl, beobachtet zu werden, war verschwunden. Annabeth starrte in die Gasse und war sich sicher, wieder allein zu sein. Ihr Stalker musste die Flucht ergriffen haben! Enttäuscht schnappte sie nach Luft und versuchte einen klaren Kopf zu bekommen. Sie hielt mit ihren Händen ihren Kopf fest und bemühte sich, die Gedanken in ihrem Kopf zu ordnen. Ihr ganzer Körper begann plötzlich zu zittern, denn sie konnte jetzt deutlich die Kälte auf ihrer Haut spüren. Frierend betrachtete sie die Stelle, von der aus der Mann sie beobachtet haben muss.

»Alles gut?«, Jack kam von hinten an sie heran und legte ihr vorsichtig ihre Jacke um die Schultern.
Er hatte sie schon in der Bar beobachtet und die Furcht in ihrem Blick erkennen können. Als sie aus der Bar gestürmt war, hatte er es selbst mit der Angst zu tun bekommen. Er hatte Annabeth bisher als mutige, selbstbewusste Frau kennengelernt. Ihr blasses Gesicht und ihr ängstlicher Blick mussten also einen Grund haben.

Annabeth zog die Jacke ein Stück nach unten und begann geistig abwesend mit den Schultern zu zucken. Ihr Blick war immer noch starr in die Gasse gerichtet.

»Ich weiß es nicht«, flüsterte sie ehrlich und drehte sich schließlich zu ihm um.

»Mit wem hast du telefoniert?«

Jack hatte alles mitbekommen gehabt, es brachte also nichts, ihn anzulügen. Eigentlich war Annabeth sogar erleichtert, dass er es mitbekommen hatte, so wusste sie wenigstens, dass sie es sich nicht eingebildet hatte. Ihre Gedanken spielten so verrückt, dass sie zu keinem klaren Gedanken mehr fähig war.

»Weiß ich nicht. Er hat nichts gesagt, ich habe ihn nur atmen hören«, ihre Stimme klang mittlerweile wieder ein Stück weit selbstbewusster.

Annabeth fing sich. Sie war stark und mutig und durfte keine Angst vor einem Unbekannten haben!

Jack hingegen wurde bei ihren Worten mulmig zumute. Allein der Gedanke, dass ihr jemand etwas antun könnte, ließ ihn unbewusst die Muskeln anspannen. Er würde es nicht zulassen, dass ihr jemand zu nah kommen konnte.

»Hast du einen Verdacht, wer das war?«, seine Stimme klang sanft und fürsorglich.

Annabeth schüttelte den Kopf. Sie wünschte, sie hätte wenigstens eine Ahnung. Ihr fiel allerdings niemand ein, den sie aus ihrem alten Leben hätte kennen können. Die einzigen Menschen, die sich die Mühe gemacht hätten, sie zu suchen, wären ihre Freunde gewesen. Allerdings konnte sich Annabeth nicht vorstellen, dass sie ihr hätten Angst machen wollen. Ihre Freunde hätten sich ihr gegenüber eigentlich zu erkennen gegeben. Sie war vollkommen ahnungslos.

»Ich lass dich heute Nacht auf jeden Fall nicht allein«, flüsterte er ihr zu und schaute sich ebenfalls in der Gasse um. »Der Anruf und der Einbruch können kein Zufall sein.«

Annabeth hätte ihm am liebsten gesagt, dass sie alleine gut zurechtkam und seine Hilfe nicht brauchte, doch sie wollte an diesem Abend nicht alleine sein. Es war ihr im Grunde egal, wer bei ihr sein würde, doch sie brauchte jemanden in ihrer Nähe.

»Lass uns bitte so schnell wie möglich von hier verschwinden.«

Es war Annabeth egal, wohin sie gehen würden, Hauptsache sie kam weg von diesem Ort. Sie würde diesen Anruf einfach so schnell wie möglich zu vergessen versuchen. Sie wusste, dass Jack als Polizist dem Ganzen lieber gestern als heute auf den Grund gehen würde, jedoch ging es um ihre Vergangenheit. Sie wollte keine Tür öffnen, die lieber geschlossen bleiben sollte.

7. Kapitel

Sie verabschiedeten sich schnell von den anderen und machten sich auf den Weg zu Jacks Wohnung. Das Taxi, mit dem sie gefahren waren, hielt vor einem schönen Altbauhaus. Die Fenster waren ziemlich hoch und besaßen Rundbögen. Das Dachgeschoss befand sich direkt unter einem Krüppelwalmdach mit schwarzen Biberschwanzziegeln, was dem Gebäude einen geheimnisvollen Glanz verlieh.

»Hier wohnst du?«, fragte Annabeth erstaunt.

Sie hatte sich Jack nicht in einem solchen Haus vorgestellt.

»Ja, die Dachgeschosswohnung ist meine.«

Mit diesen Worten reichte er dem Taxifahrer einen Geldschein entgegen und stieg aus dem Auto. Als Annabeth aus dem Wagen stieg, hatte er bereits seinen Schlüssel hervorgezogen und in das Schloss der Tür gesteckt, die über ein paar wenige Treppen zu erreichen war.

Die Haustür war aus robuster Eiche gefertigt und knarrte, als Jack sie öffnete. Kaum hatten sie das Treppenhaus betreten, schaltete sich das Ganglicht aufgrund eines Bewegungssenors an der Wand automatisch ein. Leise versuchte Jack, die Tür hinter ihnen zu schließen, um nicht alle anderen Mieter zu wecken.

»Du musst beim Laufen aufpassen, die Treppen quietschen bei jedem Schritt«, flüsterte er mit einem Grinsen auf dem Gesicht.

Auch wenn Jack sich bessere Umstände gewünscht hätte, war er froh, Annabeth seine Wohnung zeigen zu können. Er wollte ihr zeigen, wer er war, und hoffte, sie von sich begeistern zu können. Außerdem konnte er sie hier beschützen. Jack hätte keine ruhige Nacht gehabt, wenn Annabeth alleine in ihre Wohnung zurückgekehrt wäre.

Leise schlichen sie zu Jacks Wohnung hinauf. Als sie oben angekommen waren, zog Jack einen weiteren Schlüssel hervor und schloss die Wohnungstür auf. Neugierig betrat Annabeth seine Wohnung.

»Wie lange wohnst du hier schon?«, fragte sie.

Alles war modern eingerichtet, und die Dachschrägen verliehen der Wohnung ein harmonisches Flair. Gleich neben der Eingangstür befand sich, wie in Annabeths Wohnung, die Küche, doch Jacks war um einiges größer und schicker als ihre. In der weißen Front der Küchenzeile spiegelte sich das Lampenlicht. Als Annabeth noch tiefer in den Raum hineinging, konnte sie das gleich angrenzende Wohnzimmer entdecken. An einer der Wände hingen unzählige Bilder. Sie ging weiter in den Raum hinein. Passend zu den weißen Holzschränken hatte Jack die Bilder in weiße Rahmen gesteckt und an seiner dunkelroten Wand aufgehängt. Die Bilder zeigten ihn mit mehreren Personen. Was Annabeth besonders auffiel, war sein Lachen. Er schien auf jedem Bild glücklich zu sein.

»Die Bilder gefallen mir«, murmelte Annabeth und begutachtete jedes Foto genau.

Die Angst von vorhin schien plötzlich wie vergessen. Sie war vollkommen auf die Bilder fokussiert. Jedes Bild schien für etwas Besonderes in Jacks Leben zu stehen, unter anderem für seine Familie und Freunde. Annabeth beneidete ihn fast für all die schönen Momente, die er erlebt hatte. Sie selbst besaß keine Bilder von ihrer Familie und auch keine von ihren Freunden.

»Es sind doch nur Bilder von albernen Geburtstagsfeiern oder Urlauben«, lachte Jack und stellte sich neben sie.

»Ja, aber siehst du, wie glücklich alle sind? Man sieht euch an, wie froh ihr seid, euch gegenseitig zu haben.«

Jack legte nachdenklich seinen Kopf schräg und begutachtete jedes einzelne Foto. Er hatte mit diesem Hintergrundgedanken die Bilder noch nie angeschaut, aber jetzt, wo Annabeth es sagte, fiel auch ihm auf, dass all die Fotos pure Freude ausstrahlten.

»Sind das deine Eltern?«, fragte Annabeth und deutete auf ein Bild von einem Ehepaar, das in die Kamera lächelte.

»Ja«, schmunzelte Jack. »Das Bild wurde an dem Tag gemacht, als ich meine Polizeiausbildung abgeschlossen habe. Wir haben mit Sekt angestoßen, und dabei ist dann dieses Bild entstanden.«

»Sie sehen sehr nett und vor allem stolz aus.«

Annabeth setzte ein Lächeln auf, als sie Jacks Eltern betrachtete. Ihre Eltern hätten mit Sicherheit genauso glücklich in die Kamera geschaut.

»Sie sind auch unglaublich nett«, lachte Jack. »Sie sind extrem überfürsorglich manchmal, aber ich glaube, das ist normal.«

Annabeth drehte sich zu Jack um und nickte.

»Meine Eltern waren auch ziemlich toll. Sie haben immer versucht, es mir und meinem Bruder recht zu machen.« Ihr Blick wanderte wieder zu dem Foto. »Mit meinem Bruder hatten sie es aber leider nicht immer so leicht.«

Jack legte zögerlich und sanft seine Hand auf ihre Schulter. Er wollte ihr zeigen, dass er für sie da war und ihr zuhörte.

»Sie wären mit Sicherheit stolz, dich jetzt zu sehen«, flüsterte er.

Annabeth nickte. Sie wandte sich von seiner Bilderwand ab und setzte sich auf seine schwarze Ledercouch. Direkt vor ihr erstreckte sich ein großer Fernseher, der mit Soundboxen ausgestattet war.

»Das wären sie. Ich habe als Kind schon gerne geschrieben. Ich habe mir immer gewünscht, mal als Journalistin zu arbeiten. Auch wenn mein Leben letztlich anders aussieht, als ich es mir als Kind vorgestellt hatte, dieser Teil ist wirklich wahr geworden. Wolltest du schon immer Polizist werden?«

Jack gesellte sich zu ihr auf die Couch und reichte Annabeth eine Decke. Dankbar legte sie sich über die Beine. Auch wenn Annabeths Schminke mittlerweile schon etwas verschmiert war und ihr die Müdigkeit und Erschöpfung anzusehen waren, war sie für Jack immer noch die hübscheste Frau, die ihm je begegnet war. Jack hatte Gefühle für sie, das konnte er nicht mehr leugnen. Er wusste selbst nicht, warum sie es ihm so angetan hatte. Er war Polizist, er wusste, dass sie ihm nicht immer die Wahrheit sagte und etliche Geheimnisse mit sich herumtrug. Das war ihm aber egal, er mochte sie, und das war alles, was für ihn zählte.

»Nein, ich hatte mich immer als Bauarbeiter gesehen«, schmunzelte Jack. »Allerdings habe ich zu viel Nachrichten geschaut und Zeitung gelesen und fand es nicht gut, wie gefährlich die Welt um uns herum ist. Nachdem bei uns mal eingebrochen wurde und die Polizei sich nicht wirklich um unseren Fall gekümmert hatte, wollte ich eine Veränderung herbeiführen. Ich wollte derjenige sein, der die Welt ein kleines bisschen besser macht. Kitschig, oder?«

Annabeth schüttelte den Kopf. Jacks Worte berührten sie. Sie hatte eigentlich ein gutes Gespür für Menschen, doch Jack überraschte sie immer wieder. Er war so viel anders, als Annabeth anfangs gedacht hatte.

Jack rutschte ein Stück näher an Annabeth heran. Sie genossen die Nähe des anderen, und ihrer beider Herzen schlugen ein wenig schneller.

»Du hast eine Familie. Du hast Menschen, die dich lieben«, flüsterte sie.

Diese Worte hatten ihr schon lange auf der Zunge gebrannt.

»Ich habe niemanden. Ich hatte zwei Familien, die eine wurde mir genommen und die andere musste ich verlassen. Jeden Tag denke ich darüber nach, was geschehen wäre, wenn ich geblieben wäre oder wenn meine Eltern noch am Leben wären.«

Annabeth blickte ihm tief in die Augen. Sie wollte ehrlich zu ihm sein, sie würde ihm gerne alles sagen, ihm jedes Detail aus ihrer Vergangenheit erzählen, doch das ging nicht. Sie konnte ihm aber immerhin einen kleinen Einblick geben. Einen Einblick in ein Leben, in dem sie nicht mehr existierte, in dem sie glücklich und traurig zugleich gewesen war. Doch sie hatte immer Menschen um sich gehabt, die sie liebten und sich um sie sorgten.

Dann war sie zehn Jahre lang allein gewesen, hatte niemanden an sich herangelassen. In Jacks Gegenwart hatte sie wieder das Gefühl, ein Mensch zu sein, ein lebendiger Mensch, der nicht nur existierte. Sie fühlte sich in seiner Anwesenheit geliebt und nicht mehr einsam.

»Du kannst so dankbar und glücklich sein, sie zu haben. Sie sind immer da, wenn du sie brauchst.«

Ihre Worte lösten ein Kribbeln auf seinem Körper aus. Jack rutschte näher an sie heran. Sie konnte seine Körperwärme spüren. Jack fragte nicht nach, warum sie ihre Familie hatte verlassen müssen. Als eine Träne aus Annabeths Auge trat, wischte er sie mit seiner rechten Hand vorsichtig von ihrer Wange. Annabeth hatte noch nie so ehrlich mit jemandem über ihre Einsamkeit geredet.

»Du bist nicht allein«, er murmelte diese Worte und beugte sich noch ein Stückchen näher zu ihr herüber. »Du hast mich.«

Er legte seine Lippen auf ihre und zog sie mit seiner rechten Hand noch näher an sich heran. Annabeths Herz schlug Purzelbäume. Sie fühlte sich so sicher und wohl wie seit Langem nicht mehr. Sie erwiderte Jacks Kuss, indem sie ihre Lippen sanft gegen seine presste. Jede Berührung von Jack hinterließ ein Kribbeln auf Annabeths Haut. Sie vergrub ihre Hände in seinen Haaren und wollte nicht zulassen, dass dieser Kuss jemals endete. Jack streichelte sanft über ihren Arm und legte seine Hand schließlich auf ihren Rücken ab, wodurch er sie unbemerkt näher an sich heran drückte. Jacks und Annabeths Herzen schlugen im selben Takt und beide spürten die starke Anziehung zueinander. Ihre Körper waren wie Magnete, die nicht voneinander loskamen. Sie verzehrten sich nach den Berührungen des anderen und konnten ihre Lippen nicht mehr von denen des anderen nehmen.

Annabeth verlor jegliches Zeitgefühl, denn dieser Kuss fühlte sich so gut an. Irgendwann nahm Jack sie in den Arm und drückte sie fest an sich. Er wollte ihr das Gefühl geben, in Sicherheit zu sein, sie vor allen Gefahren beschützen zu wollen. Annabeth fühlte sich so geborgen, dass sie irgendwann in seinen Armen einschlief. Sie war entspannt, friedlich und glücklich.

Als sie am nächsten Morgen aufwachte, war Jack bereits wach. Annabeth streckte sich und lächelte Jack an, als sie ihn in der Küche entdeckte. Sie war also tatsächlich in seiner Wohnung, es war kein Traum gewesen. Gähnend hielt sie die Decke fest und setzte sich aufrecht auf der Couch hin. Mit ihrer Hand fuhr sie sich durch die Haare und murmelte ein sanftes: »Guten Morgen.«

»Guten Morgen, kleine Schlafmütze«, antwortete Jack sanft und reichte ihr eine Tasse. »Ich habe dir schon mal einen Kaffee gemacht.«

Als er sich zu ihr setzte, spürte er sofort, dass Annabeth nicht mehr ganz so offen war wie noch am Abend zuvor. Ihre Wangen waren leicht gerötet, und sie traute sich kaum, ihm in die Augen zu schauen. Sie schämte sich dafür, betrunken und ängstlich auf seiner Couch geschlafen zu haben. Auch war sie sich nicht mehr sicher, ob sie den Küsse nur geträumt hatte oder ob sie tatsächlich stattgefunden hatten.

»Danke«, murmelte sie und nahm schüchtern den Kaffee entgegen. »Es tut mir leid, dass ich gestern angetrunken war und nicht allein sein wollte. Ich hoffe, ich habe dir nicht zu viele Umstände bereitet.«

»Alles gut«, sagte Jack sanft und legte seine Hand auf Annabeths Knie.

Er durfte jetzt nicht zulassen, dass sie sich wieder zurückzog und sich vor ihm verschloss.

»Ich bin froh, dass du heute Nacht hier geschlafen hast. Ich hätte dich nicht alleine gelassen, nach dem, was geschehen ist.«

Annabeth nahm einen großen Schluck Kaffee und genoss den Moment, als das warme Getränk ihren Rachen hinunterlief. Sie brauchte definitiv noch mehr davon, um wach und fit zu werden.

»Ich hatte gehofft, dass es nur ein Traum war«, murmelte sie und stellte die Tasse auf dem Tisch ab.

Mit einer Hand schob sie sich eine Haarsträhne aus dem Gesicht und blickte zu Jack. Sie wollte jetzt nicht an das gruselige Telefonat in der Bar denken, sie wollte eher darüber reden, wie ihre Zusammenarbeit weitergehen würde. Sie wollte wissen, ob sie ihn wirklich geküsst hatte.

»Ich habe anscheinend gestern so viel getrunken, dass ich etwas Schwierigkeiten habe, Traum und Wirklichkeit zu unterscheiden. Habe ich irgendetwas gesagt oder gemacht, für das ich mich schämen müsste?«

Ein Lächeln wanderte über Jacks Lippen und er legte seine Hand auf ihre. Er drückte sie sanft und blickte Annabeth tief in die Augen.

»Nein, es ist alles gut.« Sie hatte also nicht geträumt, sie hatten sich wahrhaftig geküsst. »Obwohl, wenn du schon so genau nachfragst, ich glaube, ich habe dich heute Nacht schnarchen gehört.«

Annabeth riss die Augen auf und boxte ihm liebevoll in den Oberarm.

»Ich schnarche nicht!«

Überrascht von ihrer Reaktion begann Jack herzhaft zu lachen. Er griff nach ihren Schultern, schmiss sie zur Seite um und drückte sie nach unten in die Couch.

»Haben Sie etwa gerade einen Polizisten angegriffen?«

Annabeth stieg in das Lachen mit ein. Sie grinste über beide Backen und versuchte, ihn von sich zu drücken, allerdings ohne Erfolg.

»Ich? Niemals!«

»Die Beweise sprechen aber gegen Sie, Frau Schwarz!«

Annabeth verdrehte spielerisch die Augen. »Sie nehmen

mich anscheinend nicht ernst! Das ist Beamtenbeleidigung!«

»Und was kann ich machen, damit Sie mir glauben?« Annabeths Augen funkelten Jack an. Die Anziehung war so stark, dass Annabeth nach Luft schnappte. Jack beugte sich über sie. Er wollte es eigentlich langsam angehen lassen und sie nicht überfordern, doch er konnte nicht anders. Er musste sie küssen! Leidenschaftlich drückte er ihr einen Kuss auf die Lippen. Annabeths Herzschlag wurde immer schneller. Sie genoss jede noch so sanfte Berührung von ihm. Sie liebte es, wenn er beim Küssen mit einer Hand sanft ihren Oberarm streichelte. Es löste sofort ein Kribbeln an dieser Stelle aus. Annabeth erwiderte seinen Kuss und fuhr mit ihrer Hand durch seine Haare. Sanft streichelte sie ihn, während sie sich leidenschaftlich küssten.

Ein lautes Klingeln ertönte und sorgte dafür, dass sich Jack wieder zurückbeugte und nach seinem Handy auf dem Couchtisch griff. Beide verfluchten in diesem Moment sein Diensttelefon.

»Jack Trimberg«, meldete er sich am Telefon. Während des Telefonats schien Jack immer verspannter zu werden. Das Telefonat endete schließlich mit den Worten: »Ich werde mich gleich auf den Weg machen.«

Annabeth setzte sich aufrecht auf der Couch hin und schaute ihn neugierig an. Sie ahnte, worum es in dem Gespräch gegangen war.

»In die Polizeiwache wurde ein Schädel geliefert.«

»Schon wieder ein neuer Mordfall?«

Jack schüttelte den Kopf.

»Zum Teil, das Opfer ist schon länger tot. Es ist nur noch der Schädelknochen vorhanden. Wir haben anscheinend mehrere Mörder, die in letzter Zeit ihr Unwesen treiben. Dieser Mörder hat uns jedenfalls nur den Schädel zukommen lassen. Ich bin mal gespannt, inwiefern wir damit etwas anfangen können.«

»Na dann, lass es uns herausfinden und die Morde aufklären«, murmelte Annabeth und legte ihre Hand sanft auf seine.

Jack legte wiederum seine andere Hand über ihre und nickte.

»Willst du aber wirklich mit diesem Kleid auf der Wache auftauchen?«

Er lachte und blickte vielsagend auf das eng anliegende Kleid an Annabeths Körper. Annabeth schaute an sich herab. Sie hatte ganz vergessen, dass sie immer noch dieses Kleid trug. Es war ein Wunder, dass sie damit überhaupt schlafen konnte, da es nicht besonders bequem war.

»Vielleicht kannst du noch einmal einen kurzen Stopp bei meiner Wohnung einlegen, damit ich mich umziehen kann.«

»Ich glaube, das lässt sich einrichten«, sagte Jack und rutschte näher an sie heran.

Er drückte ihr noch einen letzten liebevollen Kuss auf die Lippen, bevor der Ernst des Lebens sie wieder einholen konnte. In ihrer Welt existierten nur sie beide. Leider gab es in der richtigen Welt Mordfälle, die sie aufzuklären hatten.

Mit Jeans und Bluse bekleidet betrat Annabeth gemeinsam mit Jack das Polizeirevier. Sie wussten über diesen Fall bisher noch nicht viel. Jack hatte lediglich die Information bekommen, dass ein Schädel in einem Paket verpackt auf der Polizeistation abgegeben wurde. Als sie den zweiten Stock erreicht hatten, standen bereits Hugo und weitere Beamte um einen Schreibtisch herum, auf dem das Paket stand. Als Hugo Jack und Annabeth entdeckte, warf er ihnen einen verwirrten Blick zu.

»Ihr kommt ... zusammen?«, fragte er irritiert und musterte erst Annabeth und anschließend Jack.

Er ahnte, dass beide die letzte Nacht zusammen verbracht hatten. Doch Jack ging nicht auf seine neugierigen Blicke ein und lief stattdessen an ihm vorbei zu dem Tisch. Er stemmte seine Hände in die Hüfte und prüfte neugierig das Paket.

»Was wissen wir bereits?«, fragte Jack.

»Nicht viel«, murmelte ein etwas kleiner pummeliger Beamte, den Annabeth bisher nur flüchtig kannte. »Es wurde unten von einem Postbeamten abgegeben. Bevor wir es aufgemacht haben, wurde es natürlich auf Sprengstoff untersucht, und dabei haben wir festgestellt, dass etwas Schädelähnliches drinnen sein muss. Als wir das Paket dann geöffnet haben, haben wir tatsächlich einen männlichen Schädel vorgefunden.«

Jack und Annabeth warfen gleichzeitig einen Blick in das Paket. Im Grunde sah es allerdings gar nicht so spektakulär aus wie erwartet. Es war einfach nur ein menschlicher Knochen. Auf den ersten Blick war eine eingedellte Stelle an der Hinterseite des Schädels zu erkennen. Auf der Schädeldecke befanden sich kleine Risse. An einzelnen Stellen des Knochens klebten sogar noch Haut- und Haarreste.

»Wir haben unter dem Schädel einen Zettel gefunden«, ergänzte Hugo.

»Und was stand darauf?«

Jack blickte auffordernd in die Runde. Er hasste es, wenn er seinen Kollegen jede einzelne Information einzeln aus der Nase ziehen musste.

»Wir haben immer auf dich aufgepasst und werden es auch in Zukunft tun. Du gehörst zu uns«, murmelte Hugo.

»Wie meinst du das?«, fragte Annabeth nach.

»Na, das stand auf dem Zettel! Wir haben immer auf dich aufgepasst und werden es auch in Zukunft tun. Du gehörst zu uns«, meinte Hugo und zuckte mit den Schultern. »Ich habe keine Ahnung, was uns das sagen soll. Vielleicht können wir es besser verstehen, wenn wir wissen, mit wem wir es zu tun haben.«

Annabeth beugte sich erneut über den Tisch und blickte auf den Kopf im Paket. Sie wusste nicht, wieso, doch ein merkwürdiges Bauchgefühl breitete sich in ihr aus. Sie musterte den Schädel genauer und konnte in der Augenhöhle Reste von Erde wahrnehmen. Das Opfer musste also schon einmal begraben gewesen sein. Doch falls dem wirklich so war, wieso hatte sich dann jemand die Mühe gemacht, den Schädel auszugraben? Was wollte derjenige außerdem mit diesen Worten mitteilen? Und wieso schickte er den Schädel an eine Polizeistation?

»Eine Mitarbeiterin vom Labor kommt gleich vorbei und nimmt den Schädel mit. Vielleicht können wir anhand der Haarreste herausfinden, um wen es sich bei dem Toten handelt.«

»Glaubt ihr, der Schädel hängt irgendwie mit den anderen Morden zusammen?«, fragte Annabeth. Sie kam sich blöd vor, kaum dass sie die Frage ausgesprochen hatte. Ein alter Schädel konnte unmöglich mit den anderen Morden in der Stadt in Verbindung stehen. Es würde keinen Sinn ergeben. Vor allem, da die ersten Morde komplett unterschiedlich ausgeführt worden waren.

»Nein, wir haben es mit einem anderen Täter zu tun, auch wenn ich mir nicht erklären kann, wieso der Schädel hierhergeschickt wurde. Es scheint fast so, als würde uns jemand etwas mitteilen wollen. Ich weiß nur nicht genau, was«, murmelte Jack und legte seine Stirn in Falten.

»Wir lassen das Paket auf Fingerabdrücke untersuchen, vielleicht finden wir so etwas über den Absender heraus. Eventuell können wir auch bei der Poststelle etwas erreichen, an der das Paket abgegeben wurde«, schlug Hugo vor.

Die anderen stimmten ihm nickend zu.

»Vielleicht«, murmelte Annabeth. »Aber ein Paket durchläuft so viele Stationen und wird durch so viele Hände gereicht, bevor es beim Empfänger ankommt. Allein hier haben doch schon mindestens zwei Beamte ihre Fingerabdrücke hinterlassen, als sie das Paket angenommen und untersucht haben.«

Die Wahrscheinlichkeit, dass man etwas finden konnte, bestand natürlich, doch man sollte nicht zu zielsicher an die Sache herangehen.

»Wer kommt auf die Idee, einen Schädel an eine Polizeiwache zu schicken?«, rätselte Jack.

»Eigentlich nur jemand, der bewusst etwas mitteilen möchte ... auch wenn der Satz auf dem Zettel nur wenig Sinn macht«, antwortete Annabeth.

Die Aufzugtür öffnete sich. Die Leichenbeschauerin, die auch am gestrigen Tatort anwesend war, ging schnurstracks auf das Paket zu. Annabeth hatte sie schon an ihrem schleichenden Gang erkannt, bevor sie sie in ihrem Augenwinkel überhaupt wahrnehmen konnte. Die Frau kramte aus ihrer Tasche eine Brille hervor und setzte sie sich auf die Nase. Mit ihren Händen schob sie die Beamten zur Seite, um zu dem Tisch zu kommen. Noch bevor sie den ersten Blick auf den Kopf geworfen hatte, zog sie ebenfalls Handschuhe aus ihrer Tasche hervor und schlüpfte mit den Fingern hinein. Schweigend griff sie nach dem Schädel und holte ihn vorsichtig aus dem Paket heraus. Mit nachdenklichen Blicken flüsterte sie leise, unverständliche Worte vor sich her, während sie den Schädel von allen Seiten begutachtete. Ein paar Beamte zogen sich währenddessen zurück und gingen an ihre Schreibtische. Lediglich Hugo, Jack und Annabeth blieben gespannt stehen und beobachteten die Frau bei ihrer Arbeit.

»Ist gestern Abend eigentlich irgendetwas vorgefallen? Ihr wart so lange weg?«, erkundigte sich Hugo bei Jack.

»Ich weiß es nicht«, murmelte Jack und blickte besorgt zu Annabeth, die von dieser Unterhaltung nichts mitbekam, da ihre Blicke nur dem Schädel galten. »Mira hatte bereits auf dem Weg zu der Bar das Gefühl, als hätte sie jemand verfolgt und beobachtet.«

»Wisst ihr, wer es war?«, erkundigte sich Hugo.

»Nein, aber sie sah ziemlich blass und verängstigt aus. Hast du mitbekommen, dass jemand für sie in der Bar angerufen hatte?«

»Ja, so am Rande. Ich habe gesehen, wie sie beim Barkeeper stand und telefoniert hat.«

Jack ging auf Hugo zu.

»Derjenige hat nicht mit ihr geredet. Er hat sie angerufen, um sie wissen zu lassen, dass er da ist. Ich gehe davon aus, dass es dieselbe Person war, die sie zuvor verfolgt hat!«

Hugo riss geschockt die Augen auf.

»Hast du nicht letztens erst erzählt, dass bei ihr eingebrochen wurde?«

Jack nickte und blickte unbemerkt zu Annabeth. Er wollte unter keinen Umständen, dass sie etwas von diesem Gespräch mitbekam. Doch Annabeth hatte mittlerweile ein Notizbuch aus ihrer Tasche geholt und notierte sich die Vorgehensweise der Leichenbeschauerin.

»Irgendetwas stimmt da nicht«, murmelte Jack. »Sie weiß das auch, aber sie möchte nicht darüber reden.«

»Wir haben beide ihre Akte gelesen, du weißt nicht, was sie schon alles erlebt hat. Im Grunde wissen wir nur das über sie, was in den letzten zehn Jahren passiert ist.«

Aus seiner Stimme waren plötzlich Zweifel zu hören. Er mochte Annabeth, das stand außer Frage, doch allmählich wurde Hugo bewusst, dass man sie nicht unterschätzen durfte. Sie hatte irgendein Geheimnis, und er wüsste nur zu gerne, was es war.

»Was willst du mir damit sagen?«, flüsterte Jack.

»Nur, dass du vorsichtig sein musst. Du weißt nicht, in welche Angelegenheiten sie verstrickt ist!«

»Ich finde eher, dass ich auf sie aufpassen muss! Sie war so verängstigt nach dem gestrigen Tag, dass ich sie mit zu mir nach Hause genommen habe. Ich glaube, dass ich langsam einen Zugang zu ihr gefunden habe.«
Jack sagte den letzten Satz mit einem Schmunzeln auf den Lippen.

Neugierig zog Hugo seine Augenbraue hoch und grinste wie ein Honigkuchenpferd. Es war ein dreckiges Lachen, das Jack sofort zu deuten wusste.

»Ich habe nur auf sie aufgepasst! Es ist nicht das passiert, was du denkst«, versuchte Jack sich zu verteidigen.
Er hätte natürlich den Kuss erwähnen können, doch er wollte, dass zunächst niemand davon erfuhr. Es fühlte sich für ihn nicht richtig an, gleich jedem davon zu berichten, ohne genau zu wissen, wie es eigentlich mit ihnen beiden weitergehen würde. Irgendwie fand er sogar Gefallen an dem Gedanken, dass der gestrige Abend eine Art Geheimnis war.

Als Annabeth sich ihnen näherte, beendeten sie ihr Gespräch abrupt. Die Leichenbeschauerin holte eine große durchsichtige Tüte hervor und packte den Schädel vorsichtig hinein.

»Der Mann war ungefähr Mitte vierzig. Zum jetzigen Zeitpunkt schätze ich, dass er seit etwa zehn Jahren tot ist. Genaueres kann ich sagen, wenn ich ihn im Labor untersucht habe. Es sieht so aus, als wäre er an einer Kopfverletzung gestorben. Entweder wurde mehrmals auf ihn eingeschlagen oder er ist gegen etwas gestoßen worden. Ohne Körper kann es etwas länger als sonst dauern, bis ich ihn identifiziert habe.«

»Kann man anhand der Erde, die sich noch auf ihm befindet, den Ort ausfindig machen, an dem er mal begraben war?«, fragte Jack.

»Ich weiß nicht, ob die Reste dafür ausreichen, aber ich werde sehen, was sich machen lässt«, ihre Stimme klang schnippisch und arrogant.

Die Frau machte auf Annabeth einen kalten Eindruck. Sie schien genauso kalt und von sich selbst überzeugt zu sein wie Hector. Es wunderte Annabeth nicht, dass sie Leichen untersuchte.

»Den Obduktionsbericht über Herrn Krakowitz haben Sie erhalten, oder?«, erkundigte sich Frau Zatz und entledigte sich der Handschuhe.

Jack nickte. Überrascht schaute Annabeth ihn an. Er hatte weder erwähnt, dass der Bericht bereits abgeschlossen war, noch hatte er ihr erzählt, was darinstand.

»Als ich mir unser gestriges Mordopfer heute Morgen genauer angeschaut habe, konnte ich auch einen Zettel in ihrem Rachen, ebenfalls eingepackt in Folie, entdecken. Auf dem einen Zettel wurde eine Zeichnung gemalt, auf dem anderen etwas geschrieben. Ich würde behaupten, dass wir es mit denselben Mördern zu tun haben. Es wäre schon ein sehr großer Zufall, dass zwei Mörder auf die Idee kommen, Botschaften im Rachen ihres Opfers zu verstecken.«

»Welche Zettel?«, fragte Annabeth genauer nach.

Sie verstand überhaupt nicht, wovon Frau Zatz da sprach. Irritiert schaute Annabeth erst zu Hugo und dann zu Jack.

»Im Rachen unseres ersten Opfers wurde von dem Mörder ein etwas größerer, zusammengefalteter Zettel versteckt. Damit er unversehrt blieb, war er in Folie eingewickelt«, informierte Jack sie.

»Wieso hast du mir das nicht schon früher erzählt?« Annabeth schaute ihn mit großen Augen an. Auch wenn sie nur über die Arbeit der Polizisten schrieb, war sie fest davon ausgegangen, immer auf dem Laufenden gehalten zu werden.

»Ich hatte es vorgehabt. Doch nachdem du von jemand Fremdem verfolgt wurdest, dachte ich, dass es nicht der richtige Zeitpunkt wäre, dich über den aktuellen Sachstand zu informieren. Außerdem rennt uns ja nichts davon.« Annabeth nickte. Diese Antwort akzeptierte sie und konnte sie nachvollziehen. Sie war am gestrigen Abend so aufgelöst gewesen, da hätten Fakten über den aktuellen Mordfall nicht unbedingt zur Besserung der Situation beigetragen.

»Ich habe eine Fotografie des Zettels an Ihr Polizeirevier geschickt. Das Original habe ich bereits an eine andere Abteilung weitergegeben, damit Fingerabdrücke genommen und untersucht werden können!«

Mit diesen Worten klemmte sich Frau Zatz den eingepackten Schädel unter den Arm und ging in Richtung Aufzug. Hugo schaute ihr hinterher, bis sie im Aufzug verschwunden war, und drehte sich dann zu Jack und Annabeth um.

»Wenn hier bei diesem Schädel ebenfalls ein Zettel ist, ist die Wahrscheinlichkeit doch ziemlich groß, dass wir es hier mit demselben Mörder zu tun haben«, äußerte Hugo seine Vermutung.

Jack kratzte sich nachdenklich am Kopf.

»Ich bin vielleicht kein Spezialist im Auswerten von Handschriften, aber diese sieht definitiv anders aus als die auf dem ersten Zettel!«

»Kann ich mir die Zettel anschauen?«, fragte Annabeth neugierig.

Jack und Hugo nickten. Es gab keinen Grund, diese Beweise von Annabeth fernzuhalten.

»Ich erkundige mich mal, wo Frau Zatz das Foto hingeschickt hat. Dann kann ich gleich beides mitbringen«, sagte Hugo und verließ das Büro.

Noch wenige Wochen zuvor hätte Annabeth sich niemals vorstellen können, mal über einen solchen Mordfall zu schreiben. Sie fühlte sich mittlerweile als Teil des Teams. Mit einem dezenten Schmunzeln auf den Lippen ging sie näher zu Jack.

»Anscheinend hat die Tatsache über die Spiegel doch mehr zu bedeuten als gedacht, wenn bei den beiden anderen Leichen auch Zettel gefunden wurden.«

»Ich schätze, du hast recht«, sagte er.

Er atmete tief ein und schaute Annabeth in die Augen.

»Willst du eigentlich über letzte Nacht reden?«
Überrascht von diesem plötzlichen Themenwechsel, runzelte Annabeth die Stirn. Mit leiser Stimme flüsterte sie schließlich: »Du meinst wegen dem Anruf und meinem Verfolger, oder?«
Jack musste nicht nicken oder die Aussage bestätigen, denn im Grunde wusste Annabeth, worauf er hinauswollte. Sie hatte schon befürchtet, dass er das Thema noch einmal ansprechen würde.

»Ich möchte darüber eigentlich nicht wirklich nachdenken. Es ändert nichts an der Tatsache.«
Jack ging einen Schritt näher auf sie zu und schaute ihr besorgt tief in die Augen.

»Auch wenn du es nicht aussprichst, ich habe das Gefühl, es hat etwas mit deiner Vergangenheit zu tun. Wirst du mir irgendwann erzählen, was damals passiert ist?« Noch bevor Annabeth darauf etwas antworten konnte, ergänzte Jack: »Und sag mir jetzt bitte nicht, dass du dich an nichts erinnern kannst! Du hast mir gestern erzählt, dass du einen Bruder hattest.«
Annabeth hätte nicht gedacht, dass er ein so sensibles Thema so offen ansprechen würde. Sie wusste im ersten Moment gar nicht, wie sie darauf reagieren sollte. Sie holte tief Luft und überlegte lange, was sie antworten könnte.

»Ich werde dir irgendwann vielleicht alles erzählen, aber dieser Zeitpunkt ist noch nicht gekommen. Ich habe Jahre gebraucht, um damit abschließen zu können.«
Annabeth merkte, dass ihr Tränen in die Augen stiegen. Sie wollte jetzt nicht mit ihrer Vergangenheit konfrontiert

werden! Es gab mehrere Mordfälle zu lösen, und das war das Einzige, was nun zählte. Sie versuchte die Tränen wegzublinzeln und schaute in Richtung des Aufzuges, aus dem Hugo in diesem Moment trat.

Mit zwei in Prospekthüllen eingepackten, DIN A5 großen Zetteln in der Hand kam er auf sie zugelaufen.

»Es sind nur Kopien, die Originale werden derzeit noch auf Fingerabdrücke untersucht. Wir haben den einen Zettel schon von Profis in unserem Team deuten lassen, allerdings sind wir mit der Aussage nicht wirklich weitergekommen«, informierte Hugo und reichte Annabeth die beiden Zettel. Bevor sie sich die Zettel jedoch anschaute, erkundigte sie sich neugierig bei Hugo: »Und was haben die Profis dazu gesagt?«

»Es sieht so aus, als hätte es ein Kind, vielleicht auch ein Jugendlicher, gemalt. Dem Anschein nach hat der- oder diejenige versucht, der Realität zu entkommen. Man könnte vielleicht von Kindesentführung reden. Auf Details wollten wir uns bisher aber noch nicht festlegen.«

Annabeth drehte die Zettel in ihrer Hand um und schaute sich zuerst die Zeichnung auf dem einen der beiden Zettel in ihrer Hand an. Vor Schreck stockte ihr Atem. Ihre Lunge hatte offenbar vergessen, was ihre Aufgabe war. Ein kalter Schauer wanderte Annabeths Körper hinunter und legte sich um ihre Beine, wo sofort Gänsehaut entstand. Sie war fassungslos von dem Anblick, der sich ihr bot. Sie starrte die Zeichnung einfach nur an und glich einer Statue. Wenn man das Blut und die Wasserflecken wegdachte, dann hatte Annabeth dieses Bild schon einmal gesehen. Sie hatte es nämlich selbst in der Klinik angefertigt! Sie hatte dieses Bild gemalt! Es bestand kein Zweifel daran.

Es zeigte einen großen leeren Raum mit einem großen Fenster und einer Person, die sich darin befand. Es war ein Mädchen, dessen Kleider in Flammen standen. Das Mädchen schaute aus dem Fenster und beobachtete den Vollmond. Es war ihr egal, dass ihre Klamotten brannten.

Das kann nicht sein, hallte es in Annabeths Kopf. Es konnte eigentlich gar nicht möglich sein. Sie hatte dieses Bild gemalt, nachdem der Feuerteufel, ihr damaliger Zellnachbar, sie mal wieder die ganze Nacht wachgehalten hatte. Die Wahrscheinlichkeit, dass jemand exakt dasselbe Bild angefertigt hatte, war so gering, dass man diese Möglichkeit gar nicht in Betracht ziehen musste.

Annabeth konnte plötzlich wieder die Stimme ihres Zellennachbarn hören: »Brenn, Mädchen, brenn.« Es kam ihr vor, als wäre es erst gestern gewesen, als sie diese Zeichnung erstellt hatte.

Annabeth schluckte die Spucke in ihrem Hals hinunter und konnte nichts gegen ihre zitternden Hände unternehmen. Wo kam dieses Bild her? Jeder einzelne Strich sah genau so aus, wie sie ihn damals gemalt hatte. So viele Gedanken wirbelten durch ihren Kopf, dass ihr schwindelig wurde. Immer wieder versuchte sie, sich einzureden, dass das nicht möglich sein konnte, doch sie fand keine andere logische Erklärung dafür.

Annabeths Herz schlug ihr bis zum Hals und ihr Blick war nach wie vor geschockt und mit weit aufgerissenen Augen auf das Stück Papier gerichtet. Sie bewegte ihre Augen nach einer Weile leicht nach rechts, um sich den anderen Zettel genauer anschauen zu können.

Das kann nicht möglich sein!, dachte sie erneut.

Die Stimme in ihrem Kopf war dieses Mal um einiges lauter. Auch dieser Zettel war von ihr angefertigt worden! Sie hatte in dem Text, der darauf stand, über ihre Freunde geschrieben. Sie konnte sich an jedes einzelne Wort noch genau erinnern, das sie damals niedergeschrieben hatte. Es kam ihr plötzlich so vor, als wäre seitdem kaum Zeit vergangen. Geschockt murmelte sie die erste geschriebene Zeile auf dem Papier leise vor sich hin: »Ich habe nicht viele Freunde. Ich brauche auch nicht mehr, denn ich habe schon die Besten auf dieser Welt.«

Annabeths Herz schlug immer schneller. All ihre Gedanken benebelten ihren Verstand. Sie fühlte sich wie eine leere Hülle. Ihre Welt geriet plötzlich aus den Fugen und wurde komplett auf den Kopf gestellt. Sie verstand nicht, was hier gerade geschah. Sie zitterte immer heftiger, hatte sich kaum noch unter Kontrolle.

»Was ist los?«, fragte Jack, als er ihr blasses Gesicht bemerkte.

»Ich weiß es nicht, mir ist … ein bisschen schwindelig«, stammelte sie. »Wahrscheinlich war der Anblick des Schädels doch etwas zu viel für mich.«

Sie schluckte die Spucke in ihrem Mund herunter und versuchte sich vor Jack nicht allzu viel anmerken zu lassen.

»Ich geh mal raus, frische Luft schnappen!«

Mit diesen Worten reichte Annabeth die Zettel an Hugo zurück und ging in Richtung Aufzug. Sie hatte das Gefühl, ein Roboter zu sein. Ihre Bewegungen schienen automatisch vonstattenzugehen. Die Sicht vor ihren Augen begann sich zu drehen, und sie versuchte mit ihrem Tunnelblick den Weg nach draußen zu finden. Das alles konnte kein Zufall sein! Der Spiegel war kaputt, das Herz war entfernt und ihr richtiger Name war in der Bar genannt worden. War das möglich? Waren ihre Freunde wirklich hier draußen? Und falls ja, wieso nahmen sie keinen Kontakt zu ihr auf? Wieso mordeten sie?

Es waren viel zu viele Fragen, die alle keinen Sinn ergaben!

Kaum war Annabeth an der frischen Luft angekommen, ließ sie sich auf der Treppe nieder und atmete tief ein und aus. Es war allerdings mehr wie eine Schnappatmung. Sie stellte ihre Füße auf der Treppenstufe unter ihr ab und stützte ihre Hände auf die Knie. Fassungslos vergrub sie ihr Gesicht in den Händen. Sie hätte so gerne geweint, doch dazu waren ihre Gedanken zu wirr. Das ganze Chaos in ihrem Kopf verursachte einen immer stärker werdenden Schmerz an ihrer Schläfe. Annabeth musste irgendwie versuchen, sich zu beruhigen, also begann sie, die Autos zu zählen, die an ihr vorbeifuhren. Es war nun das Wichtigste, einen klaren Kopf zu bekommen. Mit jedem Auto beruhigte sich schließlich auch ihr Herzschlag. Sie bemühte sich ihre Gedanken nur auf das Gefährt mit den rollenden Rädern zu lenken. Als Annabeth bei vierzig Autos angekommen war, holte sie erneut tief Luft.

Was weißt du?, fragte sie sich selbst in Gedanken. *Die Morde hätten von ihnen ausgeführt sein können! Das entfernte Herz passt definitiv zu Hector. Der kaputte Spiegel könnte durch Eleonore erklärt werden. Die Nachbarin hat mehrere Schritte gehört, was auch auf mehrere Täter hinweist. Die Zettel in den Rachen der Leichen stammen zweifelsfrei von mir. Der Schädel ...* Plötzlich dämmerte es ihr: der Schädel in der Kiste, und dazu der Zettel. Sie brauchte nicht abwarten, bis die Leiche identifiziert sein würde. Sie wusste, um wen es sich handelte.

Falls wirklich ihre Freunde hinter all dem steckten, dann konnte es nur der Kopf des Wärters sein. Die Verletzungen am Hinterkopf könnten von Hector stammen, als er ihn immer wieder gegen die Wand geschlagen hatte. Annabeth sah ihr altes Zimmer vor ihrem inneren Auge. Sie hatte jahrelang Albträume gehabt von dem Anblick dieser Unmengen an Blut. Sie würde niemals den starren Blick der Leiche vergessen können und vor allem nicht die panische Angst, die sie in dem Moment durchgestanden hatte. Dieser Augenblick gehörte zu den Momenten, an den sich Annabeth – neben dem Tod ihrer Eltern – nicht zurückerinnern wollte. Das Schlimmste an solch prägenden Momenten war, dass man sie meistens nicht vergessen konnte, weil sie sich tief in das Gedächtnis eingebrannt hatten. Egal wie viel Mühe sie sich gab, sie zu vergessen oder in ihrem Kopf umzugestalten, sie hatte am Ende keinen Erfolg.

Ein kalter Schauer wanderte über Annabeths Arm. Der Anblick der Leiche war für sie so klar und deutlich, als läge sie direkt vor ihr auf dem Asphalt. Sie konnte jede einzelne Wunde und jede geplatzte Ader in den Augen erkennen. Sie konnte sehen, wie das Blut aus der klaffenden Wunde am Kopf trat und auf den Asphalt tropfte. Plötzlich verschwand der Kopf der Leiche und wurde durch den Schädel ersetzt, den sie vor wenigen Minuten gesehen hatte. Gänsehaut breitete sich auf ihrem ganzen Körper aus. Sie bildete sich das Ganze nur ein!

Annabeth schüttelte mit dem Kopf, um den verwirrenden Anblick loszuwerden.

»Geht es dir wieder besser?«, fragte Jack plötzlich hinter ihr.

Vor Schreck zuckte Annabeth zusammen und drehte sich ruckartig um. Ihr Herz raste. Nach Luft schnappend schaute sie ihn an.

»Ich wollte dich nicht erschrecken«, entschuldigte sich Jack und setzte sich neben sie auf die Treppe. »Ich wollte nur mal schauen, wie es dir geht, nicht dass du auf dem Weg nach draußen zusammengeklappt bist. Du siehst immer noch ziemlich blass aus.«

Er legte seine Hand sanft auf ihr Knie und schaute sie besorgt an. Annabeth streifte sich eine lose Haarsträhne hinters Ohr und holte tief Luft.

»Ich weiß es nicht. Mir ist immer noch ein bisschen schwindelig. Vielleicht sollte ich, nach dem, was gestern Abend passiert ist, mal etwas Abstand von Leichen und Morden nehmen«, murmelte sie und schaute Jack tief in die Augen.

Ihr Blick war ehrlich und machte einen traurigen Eindruck. Für sie fühlte es sich nicht so an, als würde sie ihn anlügen, sie ließ nur einen großen Teil der ganzen Wahrheit weg. Solange sie sich nicht hundertprozentig sicher war, dass ihre Freunde hinter all dem steckten, wollte sie kein Wort darüber verlieren. Generell war sie sich noch nicht sicher, ob sie Jack jemals die ganze Wahrheit über ihre Vergangenheit anvertrauen würde.

»Das verstehe ich. Manchmal brauche ich auch Abstand von allem. Meistens packe ich dann meine Sachen und fahre übers Wochenende in eine kleine abgelegene Hütte in den Bergen. So eine kleine Luftveränderung kann manchmal schon Wunder bewirken. Wenn du willst, dann hol ich dich morgen ab und wir fahren mal raus aus der Stadt?« Überrascht schaute sie ihn an. Sie war es nicht gewöhnt, dass sich Menschen um sie kümmerten und sorgten. Ein warmes Gefühl breitete sich in ihrem Bauch aus.

»Das würdest du wirklich tun?«

»Natürlich. Ich glaube, dass mir so eine kleine Auszeit auch mal guttun wird. Die ganzen Morde können einen ziemlich runterziehen, vor allem solange wir den oder die Täter nicht gefasst haben.« Annabeth war kurz davor, etwas zu sagen, doch im letzten Moment verkniff sie es sich. Sie durfte nicht überstürzt handeln. Erst musste sie herausfinden, ob wirklich ihre Freunde dahinterstecken könnten. Immerhin sollten sie eigentlich in ihren Zellen in der Anstalt sein.

»Da sagst du was. Das Ungewisse kann einen in den Wahnsinn treiben!« Und vor allem die Tatsache, dass ihre Freunde wieder auf freiem Fuß sein könnten! Sie musste dringend ein paar Informationen in Erfahrung bringen. Zum Glück wusste sie, wo ihre Freunde untergebracht worden waren, nachdem die alte Klinik aufgelöst wurde. Sie musste so schnell wie möglich einen Besuchertermin ausmachen. Zwar hatte Annabeth immer auf Hector gehört und nie Kontakt zu ihnen aufgebaut, doch dieses Mal ging es nicht anders. Sie würde sonst keine Ruhe finden. Außerdem waren es ihre Freunde, die über Leichen versuchten, mit ihr in Kontakt zu treten! Annabeth hatte zwar immer gewusst, wie krank und gestört sie waren, doch diese Vorgehensweise sprengte all ihre Vorstellungskraft.

»Wir werden sie finden! Da bin ich mir sicher«, sagte Jack entschlossen. »Außerdem haben wir dich ja jetzt im Team, und dir werden Dinge auffallen, die uns vielleicht entgehen werden.«

Mit einem mulmigen Gefühl im Bauch nickte sie.

»Da hast du recht. Vielleicht kann ich anhand der Beweise den Kreis der Verdächtigen eingrenzen«, murmelte Annabeth.

»Hast du denn schon einen Verdacht?«

Genau eine solche Frage hatte Annabeth gefürchtet. Sie überlegte lange, was sie antworten sollte.

»Wenn du mich so fragst, dann wollen die Täter anhand der Briefe kommunizieren. Alles andere macht keinen Sinn.«

»Welchen Mord meinst du genau? Den Schädel oder die beiden Leichen?«

»Alles.«

»Dann müssen wir herausfinden, mit wem sie kommunizieren. Vielleicht bringt uns die Person dann zu unseren Mördern.«

Annabeth nickte erneut. Sie war die Person, die sie suchten. Sie war diejenige, die die Mörder kannte. Doch sie war auch die Person, die schwieg und irgendwie versuchte, damit zurechtzukommen und sich nichts anmerken zu lassen.

Jack stützte sich auf der Treppe ab und richtete sich auf. Er ging ein paar Stufen nach oben und schaute dann zu Annabeth hinunter.

»Kommst du wieder mit rein?«

»Nein,« murmelte sie und stand ebenfalls auf. »Ich muss noch mal in die Redaktion und ein paar Sachen erledigen. Ich habe für heute auch genug von Mord und Totschlag. Wir sehen uns dann einfach morgen, einverstanden?«

Mit einem sanften Lächeln schaute Jack zu ihr.

»Ja, wir sehen uns morgen«, flüsterte er.

Er schaute ihr tief in die Augen, doch Annabeth konnte seinem Blick nicht lange standhalten. Sie fühlte sich schuldig für ihr Schweigen. Sie fühlte sich schuldig an den Morden, die sie nicht begangen hatte und für die sie dennoch irgendwie verantwortlich war. Auch wenn ihre Freunde die Mörder waren, hatten sie es geschafft, dass Annabeth sich als Teil dieser Mörderbande fühlte.

Während Jack wieder ins Polizeirevier ging, machte sich Annabeth auf den Weg zur Arbeit. Sie wollte noch etwas recherchieren, bevor sie sich auf den Weg in die Heilanstalt machte. Sie musste vorsichtig sein, jeder ihrer Schritte musste nun genauestens durchdacht werden. Sie durfte nicht als Privatperson in der Anstalt auftauchen, sondern würde es irgendwie über die Arbeit laufen lassen. Ohnehin ging sie davon aus, dass sie als Journalistin mehr Informationen erhalten würde, als wenn sie als neugierige Besucherin Fragen stellen würde.

Annabeth hetzte durch die Stadt, bis sie das Büro erreicht hatte. Ohne mit ihren Arbeitskollegen zu sprechen, lief sie an ihnen vorbei, geradewegs zu ihrem Schreibtisch. Hastig setzte sie sich auf ihren Platz und schaltete ihren Computer ein. Unruhig tippte sie mit ihrem Zeigefinger auf der Maus herum, als könnte sie so die Zeit beschleunigen, die verging, bis sie neue Informationen erhielt.

»Geht es dir gut?«, fragte Mona und lugte an ihrem Bildschirm vorbei zu Annabeth.

Sie wirkte besorgt.

»Ja, alles gut. Was soll denn sein?«

Kaum hatte Annabeth ihren Satz vollendet, erstrahlte ihr Bildschirm in einem hellen Licht. Ihr Blick richtete sich sofort auf das blaue runde Kreissymbol, das sich zu drehen begann. Der Computer lud. Ein wenig musste sie sich noch gedulden.

»Du wirkst so unruhig!«, stellte Mona fest und musterte Annabeth.

In all der Zeit, die sie bisher zusammenarbeiteten, hatte Mona Annabeth noch nie so angespannt erlebt. Sie hatte Annabeth bisher als einen Menschen kennengelernt, der sich nicht so schnell aus der Ruhe bringen ließ. Umso mehr verwunderte sie das neuerliche Verhalten ihrer Kollegin.

»Ich habe nur viel zu tun. Ich muss nämlich gleich wieder los, damit ich noch rechtzeitig ein Interview führen kann.«

»Wo willst du denn hin?«, fragte Mona neugierig.

Annabeth schaute von ihrem Bildschirm auf zu Mona. Sie überlegte einen kurzen Moment, was sie darauf antworten sollte, doch im Grunde ging sie als Journalistin in die Heilanstalt. Sie musste sich also auch wie eine verhalten!

»In eine Nervenklinikheilanstalt. Ich möchte dort ein paar Informationen in Erfahrung bringen, die uns bei dem aktuellen Fall vielleicht weiterhelfen können. Außerdem habe ich dann noch mehr Material für den nächsten Artikel.«

»Hört sich gut an.«

So nett und zustimmend Monas Worte auch klangen, ein Hauch von Zweifel blieb. Die Falten auf ihrer Stirn verrieten sie. Mona spürte, dass mehr dahintersteckte, doch sie wollte nicht noch genauer nachfragen. Sie kannte Annabeth gut genug, um zu wissen, dass sie keine weiteren Antworten bekommen würde.

Annabeths richtete ihren Blick zurück auf den Monitor. Kaum hatte sie in der Suchleiste den Namen der Klinik eingegeben und die Suche gestartet, tauchten unzählige Berichte auf, die erst vor Kurzem veröffentlicht worden waren. Mit jedem Wort, das sie las, begann ihr Herz schneller zu schlagen. Die Wörter auf dem Bildschirm spiegelten sich in ihren Augen und zogen sie in ihren Bann. Die »Zufälle« häuften sich.

Ein großes Feuer war in der Klinik ausgebrochen und hatte einige Insassen das Leben gekostet. Die Leichen waren den Berichten zufolge vollständig verbrannt, sodass man nur mit Hilfe eines Abgleichs der Patientenliste mit den Überlebenden die Verstorbenen herausfinden konnte. Es handelte sich um sieben Personen. Namen wurden nicht genannt. Annabeth klickte sich durch die angefügten Bilder, die unzählige Einsatzkräfte beim Löschen des Feuers zeigten. Eine Stimme in Annabeth wurde lauter, die ihr sagte, dass ihre Freunde es irgendwie geschafft hatten, ihren Tod vorzutäuschen und zu entkommen. Annabeth war überzeugt, dass dieses Feuer von einem von ihnen gelegt worden war.

Sie klickte sich von einer Homepage zur nächsten. Nirgendwo wurde ein Grund für den Ausbruch des Feuers genannt. Sie musste unbedingt die Wahrheit in Erfahrung bringen!

»Was hast du entdeckt?«, fragte Mona, die Annabeths geschockten Gesichtsausdruck bemerkt hatte.

Annabeth brauchte eine Weile, bis sie Monas Worte verarbeitet hatte und zu ihr hinüberschauen konnte. Sie war für einen kurzen Augenblick in den Berichten gefangen gewesen, die immer noch einen kalten Schauer auf ihrer Haut auslösten.

»In der Klinik ist vor Kurzem ein großes Feuer ausgebrochen, bei dem einige Patienten ums Leben gekommen sind.«

Annabeths Stimme klang monoton. Sie antwortete zwar auf Monas Frage, doch ihre Gedanken waren noch ganz bei den Informationen, die sie soeben erhalten hatte.

»Das ist ja schrecklich!«

»Da hast du recht. Ein Grund mehr, mich gleich auf den Weg zu machen!«

Annabeth fuhr mit einem Mausklick ihren Computer herunter und erhob sich von ihrem Stuhl. Sie musste sofort los.

In ihrem Kopf wiederholte sie immer wieder die Sätze aus den Berichten: »Sieben Personen sind bei dem Feuer ums Leben gekommen. Die Überreste sind für eine Identifizierung nicht ausreichend.«
Das alles konnte kein Zufall sein!

8. Kapitel

Mit ihrem alten klapprigen VW Käfer steuerte Annabeth auf die Klinik zu. Das Auto heulte wiederholt laut auf, wenn sie den Gang zu früh wechselte. Das Lenkrad vibrierte unter ihren Händen und brachte ihre Arme zum Beben. Annabeth hatte keine Ahnung, wie sie dieses Fahrzeug durch den TÜV bekommen hatte, denn es war die reinste Schrottkiste. Da sie das Auto jedoch nicht allzu oft benötigte, war es ausreichend. Zudem war sie nicht die beste Autofahrerin, weshalb es ohnehin ganz gut war, dass sie nicht regelmäßig im Straßenverkehr unterwegs war.

»Da vorne ist es«, murmelte sie vor sich hin und blickte nach rechts.

Sie riss das Lenkrad herum und fuhr mit laut brummendem Motor von der Hauptstraße ab. Eine lange Allee erstreckte sich vor ihr und führte geradewegs zu der Heilanstalt. Ihr Herz schlug mit jedem Meter schneller, den sie sich der Klinik näherte. So oft hatte sie sich vorgenommen, diese Straße mal entlangzufahren und ihre Freunde zu besuchen, und es dann doch nicht gemacht. Doch nun hatte sie keine andere Wahl. Sie wollte Antworten, und die würde sie nur dort bekommen.

Annabeth trat auf die Kupplung und versuchte den schwerfälligen zweiten Gang einzulegen. Sie reduzierte ihre Geschwindigkeit und musterte das Gebäude. Es sah um einiges neuer und moderner aus als ihre alte Klinik. Die Fassade war weiß gestrichen, und eine große, breite Treppe aus Sandstein führte zu der zweiflügligen Eingangstür hoch. Die Fenster waren hoch und warfen mit Sicherheit viel Licht in das Gebäudeinnere. Kleine Gitterstäbe vor den Fensterscheiben hinderten die Patienten vor dem Ausbruch in die Freiheit. Im Schritttempo näherte sich Annabeth dem Gebäude und steuerte ihr Auto auf den großzügigen Parkplatz, der sich rechts neben dem Gebäude befand. Sie parkte relativ weit hinten, wo kein anderes Auto in ihrer Nähe stand und sie ohne Probleme krumm in der Parklücke stehen bleiben konnte. Die Kunst des Parkens war genauso an ihr vorübergezogen wie die des Fahrens.

Mit einem lauten Knall schloss Annabeth ihre Autotür, nachdem sie ausgestiegen war, und steckte den Schlüssel ins Schloss, um den Wagen abzuschließen. Sie hatte bisher kein Auto besessen, das ihr den Luxus bot, per Knopfdruck abzusperren. Aber im Grunde brauchte sie diese Möglichkeit auch nicht. Sie war ein einfacher Mensch, was sollte sie mit so viel Schnickschnack?

Annabeth hängte sich ihre Seitentasche um die Schultern und ging die Treppen zu der Eingangstür hoch. Bereits auf dem Weg hierher hatte sie mit der Heimleitung telefoniert und ihren kurzfristigen Besuch angemeldet. Man hatte sie auf einen anderen Tag vertrösten wollen, doch Annabeth hatte all ihren Charme spielen lassen. Ihr lief die Zeit davon.

Noch während Annabeth die Tür nach innen öffnete, spürte sie ein Ziehen in ihrer Bauchgrube. Sie war eine Besucherin! Eine Journalistin! Sie war keine Patientin mehr! Sie versuchte, Mira zu sein, doch Annabeth kam immer mehr zum Vorschein. Sie erinnerte sich wieder daran, als sie das erste Mal die andere Klinik betreten hatte und noch nicht wusste, wie lange sie dort festgehalten werden würde. Sie hatte sie genauso unschuldig betreten wie nun dieses Gebäude, und dennoch war ihr alles zum Verhängnis geworden.

»Du bist Mira,« redete sie sich selbst ein.

Sie konzentrierte sich auf die Fragen, die sie sich überlegt hatte, und wollte keinesfalls an ihre Vergangenheit denken. Weder daran, dass sie damals genauso lange blonde Haare hatte wie heute, noch an den Zeitpunkt, als der Rasierer angesetzt wurde und sie mit einer Glatze leben musste. Unbewusst fasste sich Annabeth an die Haare, die über ihre Schulter hingen. Sie waren alle noch da, und sie waren lang. Und dieses Mal würde es auch so bleiben!

Annabeth ging auf die Rezeption zu, wo sie von zwei Frauen freundlich begrüßt wurde.

»Sie sind Frau Schwarz von der Presse, oder?«, fragte die kleine kräftige Frau, die vor dem rechten der beiden Monitore saß.

»Genau«, bestätigte Annabeth und holte ihren Presseausweis hervor, um sich auszuweisen.

Die Frau erhob sich von ihrem Stuhl, warf nur einen flüchtigen Blick darauf und nickte schließlich.

»Von Ihnen stammen doch die Berichte in der Samstagsausgabe über die Mordfälle und die Polizeiarbeit!«, sagte sie mit Begeisterung in der Stimme. »Ich freue mich jedes Mal aufs Neue, die Zeitung aufzuschlagen und zu lesen, was Sie diese Woche alles erlebt haben.«

Peinlich berührt über dieses Kompliment verfärbten sich Annabeths Wangen rot. Sie musste unbedingt lernen, mit Komplimenten umzugehen.

»Das freut mich zu hören«, meinte sie schließlich und packte ihren Ausweis wieder ein.

»Wo haben Sie den gut aussehenden Polizisten gelassen, der in Ihren Berichten vorkommt?«, fragte sie und lugte über Annabeths Schulter in Richtung der Eingangstür.

Erneut musste Annabeth feststellen, dass sie Jack in ihren Berichten definitiv zu oft und zu gut darstellte.

»Ich bin alleine hier. Ich möchte über das Feuer berichten, unabhängig von unserem aktuellen Fall.«

»Oh, okay«, gab die Frau zurück.

Sie war sichtlich enttäuscht darüber, dass Jack nicht dabei war.

»Ich hole meine Chefin, sie kann Sie dann herumführen und Ihnen alles zeigen.«

Die pummelige Frau stand von ihrem Stuhl auf und verschwand in einem Raum, der sich hinter der Rezeption befand. Annabeth nutzte die Möglichkeit, um sich im Eingangsbereich umzusehen. Nichts hier erweckte den Eindruck, dass es sich um eine psychiatrische Einrichtung handelte. Vielmehr wirkte es wie eine Hotellobby.

In unmittelbarer Nähe zur Rezeption befand sich ein kleiner runder Tisch mit Sitzgelegenheiten. Etliche Zeitschriften fanden auf dem Tisch ihren Platz und sahen ziemlich abgenutzt aus. Annabeth hatte keine Ahnung, ob hier die Angehörigen warten mussten, bis sie zu ihren Familienmitgliedern geführt wurden. Sie hatte damals nie Besuch bekommen, der ihr davon hätte berichten können. Auch war sie nie in die Nähe des Empfangsbereiches gekommen. Ihr Zuhause war ihr kleines Zimmer gewesen, das sie nicht allzu oft hatte verlassen dürfen.

Es dauerte nicht lange, bis die Frau mit einer etwas älteren Dame wieder zurückkam. Die Leiterin der Anstalt hatte kurze graue Haare und erinnerte Annabeth im ersten Moment an die Gerichtsmedizinerin. Ihr Gesicht wirkte jedoch fröhlicher und nicht ganz so eiskalt. Mit strahlenden grünen Augen und einem breiten Lächeln im Gesicht begrüßte sie Annabeth händeschüttelnd.

»Ich freue mich, Sie hier begrüßen zu dürfen«, sagte sie mit höflicher Stimme. »Ihr Anruf kam sehr spontan, aber immerhin haben Sie sich angekündigt. Seit dem Feuer kommen so viele Journalisten ohne Ankündigung vorbei, viele von ihnen musste ich wieder wegschicken, weil ich leider keine Zeit hatte.«

»Ich freue mich, dass es so kurzfristig geklappt hat«, sagte Annabeth und setzte ebenfalls ein Lächeln auf.
Die einzelnen Falten im Gesicht der Leiterin konnten ihrer natürlichen Schönheit nichts anhaben. Ihre Augen und ihr strahlendes Lächeln verliehen ihr eine positive, attraktive Ausstrahlung.

»Ich hoffe nur, dass es sich für Sie rentiert, über uns zu schreiben. Wir hatten schon so viele Journalisten da, die über das Feuer berichtet haben, dass es mit Sicherheit nichts Interessantes mehr gibt, worüber noch niemand geschrieben hat.«

Annabeth schüttelte dezent den Kopf.

»Mir geht es nicht nur um das Feuer. Mir geht es eher um Ihre Patienten. Ich habe schon gehört, dass leider ein paar ums Leben gekommen sind, und ich finde, diese Menschen haben ein wenig Aufmerksamkeit verdient. Viele Menschen sehen in den Patienten, die hier sind, Geisteskranke, und ich finde es wichtig, klarzustellen, dass es einfach nur Menschen mit Problemen sind. Jeder Mensch hat Probleme.«

Überrascht zog die Frau ihre Augenbrauen hoch und setzte ein breites Grinsen auf. Annabeths Einstellung gefiel ihr. Annabeth wusste nur zu gut, wie die meisten Menschen, die von außerhalb dieses Gebäude betraten, darüber dachten. Für sie waren hier drinnen hauptsächlich gestörte Personen unterwegs, die eine Gefahr für die Außenwelt darstellten.

»Ich kann Sie zu dem abgebrannten Gebäudeflügel führen, und Sie können mir währenddessen alle Fragen stellen, die Sie interessieren!«, schlug die Frau vor und ging voran.

Sie ging rechts an der Rezeption vorbei in einen langen Gang. Wie Annabeth bereits angenommen hatte, war das Gebäude lichtdurchflutet. Als sie am Ende des Ganges angekommen waren, zog die Frau einen Schlüssel hervor und schloss die Tür auf, die ihnen den Weg versperrte.

»In diesem Teil des Gebäudes haben wir unsere ‚Spezialfälle‘ untergebracht. Es handelt sich um Personen, bei denen es kaum Aussichten auf Heilung oder Besserung gibt. Aus diesem Grund ist die Tür abgeschlossen«, informierte sie und hielt die Tür auf, damit Annabeth hindurchgehen konnte.

»Wie viele Personen befinden sich aktuell in diesem Gebäudetrakt?«, erkundigte sie sich.

»Siebzehn. Vor dem Feuer waren es vierundzwanzig.« Annabeth holte aus ihrer Tasche ihr Notizbuch und einen Bleistift heraus und begann sich Notizen zu machen. Sie war schließlich als Journalistin in diesem Gebäude unterwegs und musste sich somit auch wie eine benehmen.

»Ich habe mich im Internet schon ein wenig über diese Einrichtung schlau gemacht und bin dabei auf einen Bericht gestoßen, in dem stand, dass vor längerer Zeit Patienten aus einer anderen Klinik bei Ihnen aufgenommen wurden.«

Annabeth stellte es bewusst geschickt an. Sie schnitt langsam das Thema an, das sie interessierte, und wirkte dabei nicht allzu neugierig. Annabeth sprach den Satz sogar mit einer solchen Gleichgültigkeit aus, als hätte sie diese Bemerkung nur nebenbei gemacht und würde im Grunde nicht einmal eine Antwort darauf erwarten.

»Das stimmt«, ging die Leiterin auf Annabeths Aussage ein. »Die andere Klinik wurde damals umgehend geschlossen, nachdem man auf unmenschliche Umgangsweisen mit den Patienten gestoßen ist. Das Ziel der anderen Anstalt war nicht unbedingt die Heilung, sondern das Wegsperren der Patienten, die dort wie Abschaum behandelt wurden. In einigen Fällen wurden sogar Heilverfahren getestet, die schon längst verboten sind. Auch wurden ihnen Medikamente verabreicht, die nicht einmal auf dem Markt zugelassen waren. Viele der Patienten weisen immer noch Verhaltensstörungen aus dieser Zeit auf.«

Annabeth nickte betrübt und notierte sich diese Information in ihrem Notizbuch. Sie schlenderten einen langen Gang entlang, auf dem sich links und rechts mehrere Zimmer erstrecken. Einige Patienten liefen frei im Gang umher und musterten Annabeth von oben bis unten, andere zogen sich eingeschüchtert in ihre Zimmer zurück, als sie Annabeth entdeckten.

»Das hört sich ziemlich schrecklich an«, sagte Annabeth und schaute zu einem gebisslosen alten Mann, der in seinem Rollstuhl saß und Annabeth mit großen Augen anschaute.

Als sie an ihm vorbeilief, öffnete und schloss er seinen Mund monoton. Er gab Geräusche von sich, als würde er etwas kauen, doch das tat er nicht. Ihm ging es hauptsächlich darum, ihr Angst zu machen, doch Annabeth verzog keine Miene. Sie kannte Männer wie ihn und schreckte daher nicht zurück.

»Ignorieren Sie die Patienten einfach«, gab die Frau Annabeth einen Tipp.

»Wieso bewegen sich hier viele frei herum?«, erkundigte Annabeth sich.

Sie kannte es aus ihrer alten Einrichtung nicht, dass man als Patient so viel Freiheit hatte.

»Wir halten nicht viel davon, unsere Patienten wegzusperren. Bei einigen geht es leider nicht anders, doch wir versuchen mit anderen Methoden, ihnen zu helfen und sie dabei nicht zu sehr einzuschränken.«

Verständnisvoll nickte Annabeth. Wäre sie damals in einer solchen Klinik untergekommen, dann wäre ihr Leben mit Sicherheit um einiges besser verlaufen.

»Brenn, Mädchen, brenn«, drang eine lachende Stimme an Annabeths Ohr.

Für einen kurzen Moment blieb ihr Herz stehen und sie schnappte nach Luft. Es war dieselbe Stimme von damals.

Geschockt schaute sich Annabeth in alle Richtungen um und konnte ihn schließlich sehen. Der Feuerteufel stand in einem der Türrahmen und schaute sie mit spitzen, schmalen Augen an. Er hatte ein grimmiges Lächeln aufgesetzt und musterte sie eingehend. Ein kalter Schauer lief Annabeths Rücken hinunter. Er konnte sie unmöglich erkannt haben! Sie war nicht mehr dieselbe wie damals, es war zu viel Zeit vergangen.

Falten zogen sich über das Gesicht des Mannes, und er lächelte Annabeth mit seinem lückenhaften Gebiss an, als sie an ihm vorbeiging. Er hatte sie eindeutig wiedererkannt. Der Ausdruck in seinen Augen war nicht anders zu interpretieren. Er wusste ganz genau, wer sie war. Annabeths Blicke wanderten zu der Frau, die von all dem nichts mitbekommen hatte und schnurstracks geradeaus weiterlief.

Mit gerunzelter Stirn schaute Annabeth wieder den Mann an, der ihr damals das Leben zur Hölle gemacht hatte. Er hatte sich kaum verändert, bis auf die Tatsache, dass seine Haare nun grau waren. Nie im Leben hätte sie damit gerechnet, hier drinnen jemanden anzutreffen, der sie erkennen könnte.

Annabeth schob sich mit ihrer rechten Hand ihre Haare nach hinten über die Schulter. Sie war keine Patientin mehr, sie war frei! Sie ließ einen letzten Blick über den Feuerteufel schweifen und drehte sich schließlich wieder nach vorne um. Sie war nicht mehr dieselbe! Sie war Mira! Annabeth existierte nicht mehr.

»Wir kommen gleich zu dem Gebäudeteil, der abgebrannt ist. Glücklicherweise zahlt die Versicherung den Schaden«, meinte die Leiterin und katapultierte Annabeth zurück in die Realität.

Sie war als Journalistin hier und würde auch als solche dieses Gebäude wieder verlassen!

»Weiß man mittlerweile, weshalb es gebrannt hat?«

»Man geht von einem technischen Defekt aus. Der Brand ist nachts ausgebrochen. Die Patienten, die in diesem Gebäudeteil ihre Zimmer hatten, sind wahrscheinlich an einer Rauchvergiftung gestorben, bevor die Flammen sie überhaupt erreichen konnten. Wir haben versucht, so schnell wie möglich zu handeln, doch kamen leider zu spät«, sagte die Frau betrübt.

Sie hatten eine weitere abgeschlossene Tür mit Glasfenstern erreicht. Der Gang dahinter war kohlrabenschwarz. Die Flamen mussten bis zur Decke gestiegen sein, denn die Umrisse waren unschwer an den Wänden zu erkennen. Der Boden war bedeckt mit Ruß, ebenso wie die Fenster, die aufgrund der Hitze gesprungen waren und nun als Scherben auf dem Boden verteilt lagen. Die Türen hingen angekokelt noch in ihren Verankerungen.

Annabeths Blick wanderte zu Boden. Vor der abgeschlossenen Tür waren etliche Rosensträuße niedergelegt worden. Selbstverständlich waren die Dornen von jeder einzelnen Rose entfernt worden, schließlich waren sie ziemlich spitz und somit potenziell gefährlich und hier verboten. Auch lagen Kuscheltiere neben den Blumen am Boden. Es war ein Gedenken an die Opfer. Annabeth spürte ihr Herz in der Brust schneller schlagen.

»Dürfen Sie die Namen der Opfer herausgeben?«, erkundigte sich Annabeth.

»Leider nicht, aus Datenschutzgründen. Wir haben von den Hinterbliebenen kein Einverständnis erhalten.« Annabeth nickte. Sie verstand. Doch im Grunde wusste sie bereits, welche Namen mit Sicherheit unter ihnen waren. Ihre Freunde mussten das Feuer gelegt haben, oder sie hatten einfach nur die Situation genutzt, um zu entkommen. Sie spürte es hier drinnen noch mehr als vor ihrem Computer im Büro: Ihre Freunde waren am Leben. Sie waren irgendwie entkommen.

»Dürfen Sie mir verraten, ob unter den Opfern auch Patienten aus der alten Einrichtung dabei sind?« Die Leiterin nickte betrübt.

»Ja, leider. Wir haben gehofft, ihnen hier weiterhelfen zu können. Zwar konnten ein paar nicht mehr austherapiert werden und hätten dieses Gebäude wahrscheinlich niemals mehr verlassen, doch wir hätten ihnen hier ein schönes Leben bereiten können. Ich bin nur froh, dass niemand leiden musste.«

Ihre Stimme war betrübt und ihr Kopf gesenkt. Annabeth hatte zwar nicht allzu viele Informationen erhalten, doch sie war sich dafür umso sicherer, dass ihre Freunde da draußen waren und mordeten. Sie hatten jahrelang in diesem Teil des Gebäudes gelebt. So schlimm die Vorstellung auch war, dass sie nie so frei sein konnten wie Annabeth, wusste sie, dass das hier der richtige Ort für ihre Freunde war. Sie gehörten hierher, und nicht in die Welt da draußen. Annabeth musste sie so schnell wie möglich finden, bevor sie noch jemanden töten konnten.

»Gut, danke, ich hätte dann eigentlich all meine Fragen gestellt«, meinte Annabeth und wandte ihren Blick von den Blumen und Kuscheltieren zu der Leiterin. »Darf ich Sie anrufen, falls mir noch etwas einfallen sollte?«

»Selbstverständlich«, entgegnete die Frau und setzte ein dezentes Lächeln auf.

In ihren Augen hatten sich Tränen gesammelt. Annabeth musste unbedingt in Erfahrung bringen, wo ihre Freunde sich versteckt hielten.

Ein Klingeln ertönte aus Annabeths Tasche. Schreckhaft warf sie einen Blick hinein und sah ihr hell aufleuchtendes Handydisplay. Jack. Peinlich berührt blickte Annabeth zu der Frau, die ihr nur zunickte: »Gehen Sie ruhig ran.«

Annabeth schmunzelte dankbar, griff in die Tasche und zog ihr Handy heraus.

»Was ist los?«, fragte sie nach.

»Du warst vorhin ziemlich aufgelöst, weshalb ich noch mal nach dir schauen wollte, aber du warst nicht in deiner Wohnung. Als ich bei dir im Büro angerufen habe, sagte deine Kollegin, dass du bei einer Heilanstalt in der Nähe bist. Ist wirklich alles gut bei dir?«

Jacks Stimme klang besorgt. Annabeth wusste, dass sie ihn nicht noch viel länger anlügen konnte. Sobald sie wusste, wo ihre Freunde waren, würde sie ihm die Wahrheit erzählen.

»Ja, alles gut. Ich recherchiere nur ... für einen anderen Bericht«, log sie.

»Achso ... ok«, stotterte er ins Telefon. »Bei welcher Klinik bist du eigentlich?«

Verwundert über diese Frage ging Annabeth ein paar Schritte von der Klinikleiterin weg. Annabeth wollte nicht, dass sie Einzelheiten von diesem Gespräch mitbekam.

»Sie heißt August-Wilheld-Heilanstalt«, flüsterte sie ins Telefon. Annabeth wartete auf eine Antwort von Jack, die allerdings nicht kam. Es herrschte lange Stille in der Leitung. Schließlich meinte sie: »Bist du noch dran, Jack?«

Dann vernahm sie ein Räuspern. Annabeth legte ihre Stirn in Falten und drückte ihr Handy fester ans Ohr. Jack war kein Mensch, der am Telefon still war, außer er dachte nach.

»In dieser Klinik war unser erstes Opfer eingewiesen, und unser zweites war dort mal für ein Praktikum tätig«, sagte Jack schließlich.

»Echt?«, fragte Annabeth verwundert.

Die angeblichen Zufälle häuften sich und bestätigten ihren Verdacht. Ihre Freunde mussten hier ihre Opfer ausgesucht haben. Sie waren denselben Gang wie sie entlanggelaufen und hatten sich vielleicht schon darüber Gedanken gemacht, wen sie mal umbringen könnten. Gänsehaut breitete sich auf Annabeths Armen aus. Ihre Freunde waren brutale Killer.

»Ja, ich wollte später sogar dort noch anrufen und einen Termin vereinbaren.«

»Das ist echt verrückt«, murmelte Annabeth. »Soll ich hier auf dich warten und du kommst dazu?«
Annabeth drehte sich zu der Klinikleiterin um und schenkte ihr ein dezentes Lächeln. Mit einem aufgesetzten Lächeln schaute die Frau zurück. Sie hatte wohl gedacht, dass es sich um ein überaus kurzes Telefonat handeln würde.

»Nein, das ist nicht nötig. Ich kann mit Hugo vorbeischauen. Mir wäre es, um ehrlich zu sein, lieber, wenn du dich etwas ausruhen würdest.«
Jacks Stimme klang fürsorglich und besorgt. Annabeth hatte sich schon gedacht, dass er mit ihrem Ausflug nicht wirklich zufrieden sein würde.

»Ok, dann sehen wir uns aber morgen«, flüsterte sie liebevoll ins Telefon.
Jack verabschiedete sich von ihr und legte auf.

In Gedanken versunken packte Annabeth ihr Handy wieder zurück in die Tasche und drehte sich zu der Frau um. Annabeth hätte sie selbst gerne auf ihren Patienten und ihre ehemalige Praktikantin angesprochen, doch sie war wegen einer anderen Reportage hier. Sie durfte diese zwei Punkte nicht miteinander verschmelzen lassen, so schwer es ihr auch fiel. Im Grunde wusste Annabeth aber auch schon alles, was sie herausfinden wollte. Ihre Freunde waren aus dieser Klinik entkommen und haben Personen getötet, die sie hier kennengelernt hatten. Jack hatte mit Sicherheit zwischenzeitlich auch schon über das Feuer recherchiert und ihr nichts darüber erzählt. Im Grunde wussten Jack und Hugo die ganze Zeit mehr als Annabeth, doch nun war sie diejenige mit neuen Informationen. Sie musste ihre Freunde finden, bevor es Jack und Hugo tun konnten. Es war nur eine Frage der Zeit, bis auch sie das Feuer nicht mehr als Zufall ansehen würden und die Namen der angeblichen Opfer mitgeteilt bekommen würden. Annabeth durfte keine Zeit verlieren! Sie wollte Jack nicht verraten, doch es ging hier um ihre Freunde. Sie hatte keine andere Wahl.

»Der Anruf kam von einem Polizisten aus dem Morddezernat. Er wird sich gleich persönlich noch einmal bei Ihnen melden, da er mit einem Kollegen gern einmal hier vorbeischauen würde«, informierte Annabeth die Frau. Neugierig zog diese ihre Augenbraue hoch und ging ein paar Schritte auf Annabeth zu.

»Worum geht es denn genau?«, fragte sie nach.

»Ich weiß nicht, ob ich das ohne Anwesenheit der Beamten preisgeben darf. Ich wollte Sie nur darüber in Kenntnis setzen, dass Sie bald einen Anruf bekommen werden.« Die Frau nickte verwundert, akzeptierte aber Annabeths Verschwiegenheit. Schweigend schlenderten sie den Gang entlang. Wieder bekamen sie die vollständige Aufmerksamkeit der Patienten. Sie wurden mit musternden Blicken bei jedem einzelnen Schritt beobachtet. Annabeth hatte sich darauf eingestellt, wieder den Feuerteufel zu sehen, doch er hatte sich anscheinend in sein Zimmer zurückgezogen. Es fiel ihr regelrecht ein Stein vom Herzen, als sie ihn nicht mehr im Türrahmen entdecken konnte. Sie konnte nur hoffen, dass er schweigen würde. Er war nun die einzige Quelle, die Annabeth mit ihrer Vergangenheit in Verbindung bringen konnte.

»Darf ich Ihnen noch eine allerletzte Frage stellen?«, fragte Annabeth, bevor sie den Eingangsbereich erreicht hatten. Die Frau nickte.

»Was haben die Patienten, die aus der alten Klinik kamen und bei dem Feuer gestorben sind, so über die Zeit aus der alten Klinik berichtet? Mich interessiert ihre Geschichte.« Die Frau blieb stehen und dachte einen Moment lang nach. Sie blickte zu Boden und hielt ihren Kopf leicht schräg.

»Sie haben nicht wirklich viel davon erzählt. Viele haben wie gesagt ein großes Trauma davongetragen. Sie meinten allerdings einmal, dass keiner in dem Gebäude vor Vergewaltigung und Mord zurückgeschreckt wäre. Angeblich waren die Suizidfälle, die in dem Gebäude passiert waren, in Wirklichkeit keine. Man hat allerdings beschlossen, dieser Tatsache nicht mehr auf den Grund zu gehen und die Vergangenheit ruhen zu lassen. Und ich muss sagen, diese Ansicht teile ich. Am Ende kommen Erlebnisse wieder hoch, die einige mit der Zeit vergessen hatten. Mir geht es hier um die Heilung und nicht um das Aufreißen von längst verheilten Narben meiner Patienten.«
Verständnisvoll nickte Annabeth. Ihr ging es auch besser, wenn sie alles, was ihr passiert war, verdrängte. An manchen Tagen sehnte sie sich zwar nach einem Gespräch mit einem Therapeuten, doch wer konnte ihr schon zusichern, dass es ihr danach wirklich besser gehen würde? Sie hatte

ihre eigene Methode gefunden, um mit allem klarzukommen, und war mit dieser relativ zufrieden. Sie hatte Erfolg in ihrem Job und führte ein glückliches Leben.

Indem ihre Freunde jedoch versuchten, in Kontakt mit ihr zu treten, war es, als würde ihre heile Welt langsam zu bröckeln beginnen und Risse bekommen. Es wurde eine Tür zu ihrer Vergangenheit geöffnet, die sie eigentlich geschlossen halten wollte.

»Ihre Patienten können dankbar sein, bei Ihnen in der Einrichtung zu sein«, sagte Annabeth mit einem ehrlichen Lächeln auf den Lippen.

»Das freut mich zu hören«, entgegnete die Frau und nickte Annabeth dankbar zu.

Annabeth verabschiedete sich von ihr und machte sich auf den Weg zu ihrem Auto. Sie legte ihre Tasche auf der Beifahrerseite ab und warf durch den Rückspiegel einen letzten Blick auf das Gebäude hinter ihr. Etliche Gedanken schossen durch ihren Kopf und sie versuchte sie irgendwie zu sortieren. Sie wusste nicht genau, was, doch irgendetwas hatte sie übersehen. Ihre Freunde konnten doch unmöglich die ganze Zeit nur über Leichen mit ihr kommunizieren? Wieso machten sie sich nicht die Mühe, persönlich mit ihr zu sprechen? Oder wollten sie sie erst testen? Annabeth wusste zwar nicht, wieso ihre Freunde ihre Loyalität infrage stellen sollten, doch irgendetwas war passiert, weshalb sie noch keinen persönlichen Kontakt zu ihr wollten. Oder … Es hatte durchaus schon Kontakt gegeben! Der Einbruch in ihre Wohnung und das Telefonat in der Bar!

»Der Einbruch«, murmelte Annabeth leise vor sich hin und nahm ihren Blick vom Rückspiegel. »Irgendetwas haben sie in meiner Wohnung gemacht. Sie hätten sie nicht ohne Grund aufgebrochen, wenn sie gemerkt hätten, dass ich nicht da war.«

Annabeth riss die Augen auf. Ihr Herz schlug erneut schneller. Der nächste Hinweis oder die nächste Nachricht befand sich definitiv in ihrer Wohnung. Sie musste sich unbedingt auf die Suche begeben!

Sofort startete Annabeth den Motor, legte den Rückwärtsgang ein und fuhr aus dem Parkplatz heraus. Etwas schneller als gewohnt machte sie die Straße unsicher und fuhr mit ihrem brummenden Auto zurück in die Stadt. Annabeth, die sich normalerweise strikt an alle Verkehrsregeln hielt, hielt sich heute nicht unbedingt daran. Sie trat aufs Gas, wenn sie sah, dass eine Ampel umsprang, und fuhr gerade so bei Gelb über die Ampel. Es war ihr egal, ob eine Fußgängerin am Zebrastreifen wartete, denn sie durfte keine Zeit verlieren. Sie hatte es mit drei sehr guten Mördern zu tun, die vielleicht kurz davor waren, ihren nächsten Mord zu planen oder sogar schon in die Tat umzusetzen.

Anstatt ihr Auto in die Tiefgarage des Wohnhauses zu fahren, ließ Annabeth es am Straßenrand stehen und rannte so schnell sie konnte die Treppenstufen zu ihrer Wohnung hinauf. Sie war sich nicht einmal sicher, ob sie ihr Auto abgeschlossen hatte, doch das war Nebensache. Sie öffnete die Tür zu ihrer Wohnung, schaltete das Licht ein und blickte sich um. Wo sollte sie das Suchen anfangen? Nach einer kurzen Verschnaufpause rannte sie zu den Schränken im Wohnzimmer und durchsuchte die Regale. Sie hob jeden noch so kleinen Zettel hoch und prüfte, ob darauf irgendetwas notiert war.

Nachdem sie im Wohnzimmer nichts Verdächtiges gefunden hatte, stürmte sie ins Schlafzimmer. Mit prüfenden Blicken scannte sie das kleine Zimmer. Es befanden sich nur das Bett und ein Kleiderschrank darin. Sie legte sich auf den Boden und schaute unter dem Bett nach. Anschließend hob sie die Bettdecke und das Kopfkissen hoch und durchwühlte ihren Kleiderschrank. Nichts. Nirgends war eine Nachricht zu finden. Annabeth entfernte sogar ihr Spannbettlaken in der Hoffnung, dass darunter Zettel versteckt war, doch alles war unberührt.

In Gedanken versunken ließ sie sich auf ihr Bett fallen, stützte sich mit ihren Händen auf der Matratze ab und dachte nach. Hector war ein Mensch, der tatsächlich am ehesten über Leichen mit ihr kommunizieren würde. Wahrscheinlich war er derjenige, der in der Bar angerufen hatte und dann doch keinen Ton herausbrachte. Und Eleonore? Wenn sie in Annabeths Wohnung gewesen wäre, dann hätte irgendein Spiegel kaputt sein müssen, was nicht der Fall war. Also blieb nur noch Ralf übrig. Er war schlau. Er hatte immer so viel mit ihr geübt und sie zum Schreiben angehalten. Plötzlich dämmerte es Annabeth. Ihr Blick wanderte von der halb offenen Schlafzimmertür in ihren Gang zu den Zeitungsberichten. Wenn Ralf ihr eine Nachricht hätte hinterlassen wollen, dann nur dort!

Ein Lächeln breitete sich auf Annabeths Lippen aus und sie rannte in den Gang. Sie überflog jeden einzelnen Zeitungsbericht. Sie war sich sicher, dass irgendwo dort die Antwort sein musste. Annabeth streckte ihre Hand nach den Zeitungartikeln aus und hakte sie in Gedanken ab, wenn sie nichts Auffälliges entdecken konnte. Doch da war es plötzlich! Ein eingekreister Buchstabe! Und noch einer!

Annabeth lief zum Schrank, holte sich einen Block mit Stift heraus und stellte sich wieder vor die Wand. Sie schrieb die eingekreisten Buchstaben, die versteckt in einzelnen Zeitungsberichten zu finden waren, auf. Wie konnte ihr das nur entgangen sein?

»Ach, Ralf«, schmunzelte sie zufrieden und blickte auf die Buchstaben auf ihrem Block. »Wir holen dich ab, zur gewohnten Uhrzeit.«

Es hatte sich tatsächlich fast nichts geändert. Annabeth musste daran denken, wie sie hellwach in ihrem Bett saß und nur darauf gewartet hatte, bis Hector ihre Tür aufgeschlossen hatte und sie mitnahm. Sie erinnerte sich noch genau an den Tag, als Hector das erste Mal nachts zu ihr gekommen war. Damals hatte sie ihn noch nicht wirklich gut gekannt. In den Tagen zuvor hatte sie in ihrem Essen heimliche Nachrichten gefunden, die er irgendwie darin versteckt hatte. Er wollte sie testen, ob sie jemandem davon erzählte. Nachdem sie sich in seinen Augen als würdig erwiesen hatte, kam er vorbei und schenkte ihr jede Nacht die Freiheit. Anstatt Essen nutzte er jetzt Leichen. Und anstatt ihre Verschwiegenheit gegenüber dem Klinikpersonal zu testen, prüfte er sie gegenüber den Beamten. Möglicherweise interpretierte sie zu viel hinein, doch für sie klang es nur logisch.

Je mehr Annabeth über alles nachdachte, desto bewusster wurde ihr, dass der Anruf in der Bar zu der Uhrzeit gekommen war, zu der sie normalerweise abgeholt worden wäre. Vielleicht hatten ihre Freunde am gestrigen Tag schon geplant gehabt, sie abzuholen, doch sie war nicht zu Hause gewesen.

Annabeth blickte von den Worten auf ihrem Block zur Wand. Die Zeitungsartikel hatten schon immer große Bedeutung für sie gehabt, doch nun drückten sie noch so viel mehr aus. Sie ließ ihren Blick über die Berichte schweifen. Ralf hatte sie alle gesehen! Ob er stolz auf sie war? Sie würde es bald erfahren.

Im nächsten Moment klingelte Annabeths Handy und riss sie aus ihren Gedanken.

»Schwarz«, meldete sie sich.
Sie hatte gar nicht nachgeschaut, wer anrief.

»Ich bin zufällig bei dir in der Gegend unterwegs. Kann ich vorbeikommen?«
Es war Jack. Seine Stimme ließ Annabeths Herz sofort schneller schlagen.

»Wolltest du nicht zu der Klinik?«, fragte sie verwundert nach.

»Hugo ist mit einer anderen Kollegin hingefahren, ich habe für meinen Bericht doch etwas länger gebraucht als gedacht. Mein Chef wollte eine Zusammenfassung über die bisherigen Mordfälle haben«, meinte Jack.

Annabeths Blick wanderte zu ihrer Küchenuhr. Überrascht riss sie die Augen auf und musterte die Zeiger der Uhr. Seitdem sie von der Klinik zurück war, war mehr Zeit vergangen, als sie gedacht hatte. Hatte sie wirklich so lange gesucht und nachgedacht?

»Mira?«, fragte Jack nach, als er keine Antwort von ihr bekam.

»Oh, Entschuldigung. Ich habe nachgedacht. Du kannst gerne vorbeikommen, aber ich würde herunterkommen und wir könnten spazieren gehen! Ich könnte frische Luft vertragen«, stammelte sie.

Annabeth hatte noch Zeit. Sie wollte Jack jedoch nicht in ihre Wohnung lassen, damit er nicht auf die Idee kam, allzu lange zu bleiben. Sie würde mit ihm spazieren gehen und dann immer noch genügend Zeit haben, bis ihre Freunde kommen würden.

»Das hört sich gut an. So blass, wie du vorhin aussahst, tut dir frische Luft mit Sicherheit gut.«

Seine liebevolle Stimme löste ein Stechen in Annabeths Brust aus. Hinterging sie ihn, indem sie ihre Vergangenheit und die Wahrheit über ihre Freunde verschwieg?

»Da hast du recht", sagte Annabeth mit leiser Stimme. „Also dann, bis gleich.«

Sie drückte den roten Hörerknopf auf ihrem Display und legte ihr Handy zur Seite. Sie durfte nun nicht sentimental werden und alles zu sehr an sich heranlassen. Jack bedeutete ihr viel, doch ihre Freunde waren schon immer wie eine Familie für sie gewesen. Während der vergangenen zehn Jahre hatte sie tief in ihrem Inneren immer gehofft, sie irgendwann wiederzusehen, und nun bot sich die Gelegenheit. Sie würde Jack irgendwann alles erzählen, doch zuerst musste sie allein mit ihnen sprechen.

Annabeth ging zu dem Kleiderhaken hinter ihrer Tür und griff nach einer einfachen schwarzen Jacke. Sie schlüpfte hinein und zog den Reißverschluss zu. Ihr Blick wanderte erneut zu der Küchenuhr. In der nächsten Stunde musste sie versuchen, sich ihre Freunde aus dem Kopf zu schlagen und sich auf Jack zu konzentrieren. Annabeth holte tief Luft und verließ ihre Wohnung. Sie ließ sich Zeit. In ihren Gedanken versuchte sie eine Art Wand zu ziehen. Sie freute sich auf Jack, und das war alles, woran sie jetzt denken wollte.

»Jack, jetzt zählt nur Jack«, murmelte Annabeth sich selbst zu, als sie die Haustür öffnete und nach draußen trat. Eine kalte Brise blies ihr ins Gesicht. Annabeth atmete tief ein und genoss den Moment, als sich ihre Lungen mit der kühlen Luft füllten. Ein Lächeln breitete sich auf ihren Lippen aus. Sie war bereit für ihn. Sie schaute die ganze Straße nach ihm ab und konnte schließlich die Scheinwerfer seines Autos am Ende der Straße entdecken. Freudig lief sie nach rechts, ihm entgegen. Es hatte bereits zu dämmern angefangen. Lediglich ein paar noch orange gefärbte Wolken zogen sich über den Himmel, der immer dunkler wurde. Ein aufregender Tag ging zu Ende, und vor allem brach eine noch aufregendere Nacht an. Festgesteckt zwischen diesen beiden Tageszeiten befand sie sich nun und blickte zu Jack, der aus seinem Auto stieg. Er lächelte sie an, als er sie entdeckte.

Mit funkelnden Augen ging Annabeth auf ihn zu und schenkte ihm ihr schönstes Lächeln. Für sie zählte nur noch das Hier und Jetzt. Ihre Gedanken galten nur noch ihm.

»Du siehst schon besser aus als vorhin«, lächelte er und schloss sein Auto ab.

»Mir geht es auch schon etwas besser«, sagte sie und legte ihren Kopf leicht schräg.

Ohne es zu wollen, fiel ihr Blick auf seine Lippen. Der Duft seines Parfüms stieg ihr in die Nase und ließ ihr Herz schneller schlagen. Sie wollte ihn ganz nah bei sich haben. Sie war bereit, den Rest der Welt für die nächste Stunde zu vergessen. Sie gehörte ihm, nur ihm.

Jack hob seine Hand und fuhr ihr sachte durchs Haar. Sanft streichelte er mit seinem Daumen über ihre Wange, was ein leichtes Prickeln an dieser Stelle verursachte. Annabeths Atem wurde flacher, und sie schloss für einen kurzen Moment die Augen, um seine Berührung noch mehr zu genießen. Als sie ihre Augenlider wieder geöffnet hatte, war Jacks Kopf ihrem bereits um einiges näher. Er vergrub seine Hand in ihren Haaren und zog ihren Kopf näher an sich heran. Er beugte sich zu ihr herunter und drückte ihr einen leidenschaftlichen Kuss auf die Lippen. Jack legte seine andere Hand auf Annabeths Taille und zog sie näher zu sich heran. Er wollte sie spüren, genauso wie sie ihn. Ihr Kuss wurde immer leidenschaftlicher und das Verlangen nach dem anderen immer größer. Annabeth konnte ihren Herzschlag in jedem Glied ihres Körpers spüren, doch vor allem wurde ihr bewusst, wie weich ihre Beine wurden. Sie drückte Jack noch einmal einen Kuss auf die Lippen, bevor sie sich leicht von ihm löste und ihm tief in die Augen schaute.

»Wo wollen wir entlanglaufen?«, hauchte sie.

»Sicher, dass du noch laufen möchtest?«, fragte Jack mit einem Schmunzeln auf den Lippen.

Annabeth zögerte einen Moment. Sie hätte ihn so gerne mit zu sich hoch in ihre Wohnung genommen und seinen Körper auf ihrem gespürt. Jedoch wusste sie, dass sie wahrscheinlich nicht mehr aus dem Bett kommen würden, sobald sie einmal darin lägen. Auch wenn sie gerade nicht an ihre Freunde denken wollte, waren sie dennoch der Grund, warum Annabeth leicht zu nicken begann.

»Ja, die frische Luft tut gut.«

Jack nickte ebenfalls, auch wenn er mit ihrer Antwort nicht wirklich gerechnet hatte. Er hatte ihr angemerkt, dass sie mehr wollte, doch er gab ihr die nötige Zeit. Er wollte sie unter keinen Umständen überfordern oder unter Druck setzen. Annabeth war etwas ganz Besonderes für ihn.

»Gut, dann laufen wir«, murmelte er und griff nach ihrer Hand.

Er hielt sie fest und gab ihr ein Gefühl von Sicherheit und Wärme. Für Annabeth war die gesamte Situation vollkommen neu, noch nie hatte sie jemanden so nah an sich herangelassen.

Händchenhaltend schlenderten sie die Straße entlang. Beide strahlten vor Glück und Zufriedenheit. Annabeth streichelte mit ihrem Daumen sanft Jacks Finger.

»Was hast du eigentlich genau in der Heilanstalt gemacht? Hätte der Bericht nicht bis morgen warten können?«, erkundigte sich Jack und drehte seinen Kopf zu ihr um.

Das soeben noch vorhandene Herzrasen bei Annabeth veränderte sich und galt nicht länger Jack, sondern seiner Frage.

»Meine Chefin wollte, dass der Bericht heute noch in den Druck geht. Es ging um die Einrichtung an sich und das Feuer, das dort vor kurzem ausgebrochen ist«, log sie und mied sämtlichen Augenkontakt.

Sie war eine schlechte Lügnerin. Wahrscheinlich hatte sie sich diese Lüge so lange selbst eingeredet, während sie die Treppe im Haus hinuntergelaufen war, dass sie sie schon fast selbst glaubte.

»Ja, ich habe davon auch schon gehört«, murmelte Jack und griff noch fester nach Annabeths Hand.

»Aber lass uns heute mal Abstand nehmen von Leichen und der Arbeit«, wechselte Annabeth bewusst das Thema. »Erzähl mir etwas über dich, was ich noch nicht weiß!«

Jack begann zu lachen. Mit seiner freien Hand kratzte er sich nachdenklich am Kopf und dachte nach.

»Ich bin eigentlich ein offenes Buch«, meinte er schließlich. »Das Einzige, was vielleicht nicht allzu viele Leute wissen, ist, dass ich den schwarzen Gürtel in Karate habe.«

Annabeth zog die Augenbrauen nach oben und schaute ihn überrascht an.

»Davon musst du mir mehr erzählen!«

»Ich habe ihn als Kind gemacht. Meine Eltern haben mich zweimal die Woche zum Training in die Stadt gefahren. Ich habe nämlich vorher auf dem Land gelebt und wir hatten über eine halbe Stunde Fahrtzeit. Ich bewundere sie heute noch dafür, dass sie das einfach so durchgezogen haben und sich nie beschwert haben.«

Ein sanftes Lächeln wanderte über Annabeths Lippen. Jacks Familie klang wie eine Familie aus dem Bilderbuch. Wenn er über sie erzählte, klang es so, als wäre immer alles harmonisch gewesen. Ein wenig beneidete sie ihn dafür.

»Das hört sich wirklich toll an. Ich wollte immer Gitarrenunterricht haben, aber der Musiklehrer in unserer Straße wollte mich nicht bei sich aufnehmen. Er hatte zuvor meinen Bruder unterrichtet, und der hat ihn so viele Nerven gekostet, dass er es mit mir gar nicht erst versuchen wollte.«

Annabeth zuckte mit den Schultern. So sah ihr Leben aus. Mal wieder war es das komplette Gegenteil von seinem.

»Das ist echt schade, ich glaube, du wärst mit Sicherheit richtig toll darin gewesen. Vielleicht wärst du dann als Musikerin anstatt als Journalistin durchgestartet!«

Annabeth konnte sich ein Lachen nicht verkneifen.

»Das glaube ich nicht, denn das Schreiben ist meine Leidenschaft. Ich kann den Rest der Welt vergessen, wenn ich mich komplett auf die Worte in meinem Kopf konzentriere.«

Jack blieb abrupt stehen, legte seine freie Hand um Annabeths Hüfte und zog sie ganz nah an sich heran. Anschließend drückte er ihr sanft einen Kuss auf die Lippen. Er wollte sie spüren und ihr zeigen, dass er sie liebte. Annabeth erwiderte seinen Kuss.

»Wofür war das denn?«, schmunzelte sie.

»Einfach nur so«, entgegnete Jack. »Ich finde dich perfekt, so wie du bist. Nur dass du das weißt.«

Solche Worte hatte Annabeth noch nie in ihrem Leben gehört. Sie klangen wie Musik in ihren Ohren und wirkten wie eine Droge auf ihre Gefühle. Sie fühlte sich lebendig, hellwach und schwebte im siebten Himmel.

»Das ist schön zu hören«, lachte sie verlegen und wischte sich eine einzelne Haarsträhne aus dem Gesicht.

Jack ließ ihre Hand los und legte seine Hände sanft auf ihre Wangen, die sich rot gefärbt hatten. Mit einem Blick, der verliebter nicht hätte sein können, schaute er sie an. Er sagte nichts. Er genoss einfach ihre Nähe und betrachtete ihr Antlitz. Annabeth hob ihren Kopf leicht nach oben an und setzte ihre Lippen sanft auf seine. Es war eine so zärtliche Berührung, dass sie kaum zu spüren war.

»Sie wurden ermordet«, murmelte Annabeth schließlich. Sie konnte ihm nicht über alles die Wahrheit erzählen, doch sie fand, dass es an der Zeit war, ihm wenigstens ein bisschen von sich preiszugeben.

»Wer wurde ermordet?«, hakte Jack nach.

»Meine Eltern.« Jacks Hände ließen ihre Wange los und er legte sie auf ihre Schultern ab. »Mit ihrem Tod hat alles angefangen. Ich war damals elf Jahre alt. Mich hat deswegen auch niemand als vermisst gemeldet. Meinem Bruder war ich vollkommen egal.«

Jack schwieg. Er fühlte Mitleid. Es zerbrach ihm regelrecht das Herz, diese Worte zu hören. Dass ihre Eltern nicht mehr lebten, damit hatte er irgendwie gerechnet, aber nicht mit der Tatsache, dass sie ermordet wurden.

»Mein Leben war nie wirklich perfekt«, murmelte sie. Jack schaute ihr tief in die Augen und schluckte. Er hatte den ersten Schock überwunden.

»Du warst dreizehn, als du bei der Polizeiwache aufgetaucht bist. Was ist in der Zeit dazwischen passiert?« Seine Stimme klang traurig, aber neugierig.

»Die Polizei nahm an, dass ich dreizehn sein müsste. Ich war aber vierzehn. Mein Alter stimmt heute also immer noch nicht. Sie trugen in meinen Personalausweis als Geburtsdatum den Tag ein, an dem ich bei ihnen aufgetaucht bin, und rechneten dreizehn Jahre zurück.« Sie legte ihren Kopf zur Seite und schaute Jack an. »Ich weiß, dass ich sie hätte verbessern können, aber ich wollte mich nicht an meine Vergangenheit erinnern. Ich glaube, ich hätte ein glücklicheres Leben, wenn ich mich tatsächlich an nichts erinnern könnte. Aber es ist egal. Es ist alles Vergangenheit.«

Sie küsste ihn. Sie wollte verhindern, dass er noch weitere Fragen stellen konnte. Annabeth wusste, dass diese Informationen noch mehr Fragen bei ihm hinterließen, aber sie wollte ihm zeigen, dass sie versuchte, sich ihm anzuvertrauen. Der Versuch und der Wille allein zählte!

Als der Kuss zu Ende war, schaute Jack lange in Annabeths Augen. Er akzeptierte die Tatsache, dass sie nicht weiter über ihre Vergangenheit reden wollte, und war froh, dass sie ihm überhaupt irgendetwas anvertraut hatte.

»Danke«, murmelte er schließlich.

»Wofür?«, hauchte Annabeth.

»Dafür, dass du mir vertraust, und ich verspreche dir, dass du niemals einen Grund haben wirst, es nicht zu tun.«

Annabeth holte tief Luft. Für einen kurzen Moment bereute sie es, ehrlich gewesen zu sein. Sie hatte plötzlich den Drang, ihm alles zu erzählen. Da sie sich auf andere Gedanken bringen musste, küsste sie ihn erneut.

Jack fuhr mit seiner Hand durch ihre Haare und erwiderte ihre Küsse. Er fühlte sich Annabeth so nah wie nie. Ihre Gedanken galten nur dem anderen und dem Augenblick, in dem sie ihre Lippen aufeinander spürten.

»Ich mag dich«, flüsterte Jack, als er sie wieder losließ. »Du stellst irgendetwas mit mir an, was ich nicht erklären kann.«

Ein verliebtes Lächeln tauchte aufs Annabeths Gesicht auf.

»Ich mag dich auch, Jack Trimberg.«

Sie sprach seinen Namen betont und sorgfältig aus, während sie ihn mit funkelnden Augen anstrahlte. Sie griff nach seiner Hand, und gemeinsam schlenderten sie die Straße entlang. Die Dunkelheit hatte sich mittlerweile ausgebreitet und die Straßenlaternen erleuchteten ihnen den Weg. Annabeth lehnte ihren Kopf gegen Jacks Schulter und blickte zum Himmel, wo bereits der Mond zu erkennen war. Er strahlte in seiner vollen Pracht und erleuchtete den Nachthimmel.

»Manchmal denke ich, dass meine Eltern irgendwo da oben sind und auf mich herabschauen«, flüsterte Annabeth. Sie wechselten die Straßenseite und bogen nach links in eine kleine Seitenstraße ein.

»Das denke ich mir auch manchmal bei meinem Opa. Er war der tollste Mann, den man sich nur vorstellen kann. Ich habe von ihm so viel beigebracht bekommen und mit ihm ziemlich viel erlebt. Dank ihm habe ich mir aber auch mal meinen Arm gebrochen.«

Jack lachte.

»Oh, was ist denn passiert?«, erkundigte sich Annabeth.

»Wir haben zusammen Fußball gespielt und mein Opa war darin sehr engagiert. Er war wirklich ein Profi. Ich habe mich ins Tor gestellt und versucht, seine Bälle abzufangen. Er hat einen ziemlich harten Schuss draufgehabt, und der Ball ist so blöd gegen meinen Arm geprallt, dass er dann tatsächlich gebrochen war. Meine Mutter war natürlich total außer sich, als sie mich nach dem Wochenende bei ihm abgeholt hat und ich mit Gips auf seinem Sofa saß. Mein Opa und ich hingegen haben es gefeiert und den Gips bunt angemalt mit sämtlichen Filzstiften, die wir finden konnten.«

Jacks Augen funkelten, als er an seinen Opa dachte. Annabeth fragte sich, ob sie auch so aussah, wenn sie von ihren Eltern erzählte.

»Hört sich wirklich nach einem tollen Opa an«, stellte Annabeth fest. »Ich habe meine Großeltern leider nie kennengelernt. Ich weiß nicht einmal, wie sie aussehen oder was sie so im Leben gemacht haben. Meine Eltern haben mir nie wirklich von ihnen erzählt. Ich stelle mir manchmal vor, dass sie Abenteurer waren oder bekannte Schriftsteller und ich mein Schreibtalent von ihnen habe.«

Annabeths Blick wanderte zum Vollmond und dem dunklen Nachthimmel. Irgendwo da oben war jemand, der auf sie herabschaute und auf sie aufpasste, da war sie sich sicher. Dieser Gedanke hatte sie schon als Kind glücklich gemacht und tat es bis heute.

»Vielleicht ist das gar nicht einmal so abwegig. Viele Menschen treten in die Fußstapfen ihrer Vorfahren. Mein Uropa war auch Polizist. Vielleicht war es sozusagen Schicksal, dass ich kein Bauarbeiter geworden bin!«

Jack grinste Annabeth an und zuckte mit den Schultern. Annabeth schmunzelte. Sie mochte Jacks Humor. Er schaffte es tatsächlich, sie öfters zum Lachen zu bringen, als irgendjemand anders es jemals geschafft hatte.

»Und was ist, wenn meine Großeltern Musiker waren und ich es verpasst habe, in ihre Fußstapfen zu treten, weil ich keinen Gitarrenunterricht bekam?«

Annabeth blickte Jack mit einem frechen Grinsen an.

»Dann fängst du einfach jetzt an, Gitarrespielen zu lernen, und merkst, wie talentiert du darin bist!«

Jack legte seinen Arm um Annabeth und drückte sie fest gegen seine Schulter. Sie schlenderten von einer kleinen schmalen Gasse in eine etwas größere, in der das Licht der Laternen leicht flackerte. Obwohl es noch gar nicht so spät am Abend war, war es hier ziemlich ruhig. Niemand kreuzte ihren Weg, und kein Lärm konnte ihr Gespräch stören. Sie waren ganz für sich allein.

»Vielleicht sollte ich es wirklich mal ausprobieren«, gab Annabeth zu. »Und wenn ich mich als schlecht erweise, dann habe ich es wenigstens ausprobiert.«

»Genau«, stimmte Jack zu. »Ich habe als Kind mal versucht, Geige zu lernen. Nachdem die Katze bei meinen Versuchen allerdings immer die Flucht ergriffen hat und auch meine Eltern alle Türen schlossen, damit sie mich nicht zu laut hören mussten, habe ich es aufgegeben. Ich habe sozusagen das Geigespielen für das Allgemeinwohl aufgegeben.«

»Wie gnädig von dir«, lachte Annabeth und schüttelte den Kopf.

»Machen Sie sich etwa über mich lustig, Frau Schwarz?«, scherzte Jack und gab Annabeth einen Kuss auf die Stirn.

»Niemals«, entgegnete sie und drückte ihre Lippen auf seine.

Gerade als Jack ihren Kuss erwidern wollte, ertönte der Klingelton seines Handys. Genervt gab er ein Brummen von sich und rollte mit den Augen. Er wollte nicht rangehen. Das Klingeln hörte allerdings nicht auf, also zog Jack es aus seiner Jackentasche. Er warf einen Blick auf das leuchtende Display.

»Es ist Hugo«, murmelte er.

»Na dann geh ran«, meinte Annabeth mit auffordernden Blicken.

Jack nickte und nahm das Gespräch an.

»Wieso arbeitest du noch?«, meldete sich Jack leicht verwundert und blickte auf die Uhrzeit auf seiner Uhr, die sich am linken Handgelenk befand.

Er lauschte Hugos Worten und nickte in regelmäßigen Abständen. Hin und wieder gab er merkwürdige Laute von sich.

»Ja, Mira ist bei mir«, meinte er mit Verwunderung in der Stimme.

Jacks Gesichtsausdruck veränderte sich und wurde immer skeptischer. Mit runzelnder Stirn warf er immer wieder Blicke zu Annabeth. Schließlich wandte er sich ein paar Schritte von ihr ab. Er wollte unter keinen Umständen, dass sie mitbekam, was er mit Hugo zu bereden hatte. Verwundert beobachtete ihn Annabeth beim Telefonieren. Was war los? Normalerweise hatte Jack nichts dagegen, wenn sie zuhörte. Dieses Verhalten kannte sie nicht von ihm und konnte es nicht recht zuordnen. Seine gesamte Körperhaltung wirkte plötzlich ziemlich angespannt und distanziert. Die Blicke, die er immer wieder zu ihr rüber warf, waren kälter geworden. Annabeth fühlte sich immer unwohler in ihrer Haut. Was besprachen sie?

Annabeth hatte versucht zu lauschen, doch Jack hatte genügend Abstand zu ihr und flüsterte so leise, dass sie kaum ein Wort verstehen konnte. Sie nahm allerdings wahr, dass seine Hände leicht zu zittern begannen. Irgendetwas musste vorgefallen sein! Anders hätte es sich Annabeth nicht erklären können.

»Ich rede mit ihr«, sagte Jack so laut, dass Annabeth den Satz mit rasendem Herzen verstehen konnte.

Es ging um sie! Hatte der Feuerteufel doch etwas in der Klinik verraten? Wusste Hugo alles über sie, und nun auch Jack? Ihr Herz pochte immer schneller in ihrer Brust. Sie versuchte, Ruhe zu bewahren, doch ihr Atem ging immer unkontrollierter.

Schließlich steckte Jack sein Handy zurück in seine Tasche und wartete lange, bevor er zu Annabeth zurückging. Seine Blicke waren auf den Boden gerichtet, als würde er sich nicht trauen, ihr in die Augen zu schauen. Er wirkte traurig und betrübt. Jack verschränkte die Arme vor der Brust, um selbstbewusster und überlegener zu wirken.

»Was hat Hugo gesagt?«, fragte Annabeth schließlich nach.

Jack trippelte unruhig mit den Füßen auf dem Boden und versuchte sich zu sammeln.

»Willst du mir vielleicht irgendetwas erzählen?«, stellte Jack eine Gegenfrage.

Annabeths Augen wurden zu schmalen Schlitzen. Wusste er tatsächlich alles? Oder war das nur ein Test? Er wirkte so distanziert auf sie, dass sie unmöglich diese Seite von ihm an ihrem größten Geheimnis teilhaben lassen wollte. Er konnte definitiv nicht alles wissen, da war sich Annabeth sicher.

»Nein«, murmelte sie schließlich, traute sich aber nicht, ihm in die Augen zu schauen.

Diese Antwort enttäuschte Jack. Er ließ betrübt seinen Kopf hängen. Zwischen ihnen schien eine unsichtbare Wand gezogen worden zu sein. Sie wirkte kühl und abweisend.

»Hugo hat die ersten Fingerabdrücke auf den Zetteln identifizieren können. Es sind deine! Du hast aber nie das Original in den Händen gehalten! Also, wie kommen deine Fingerabdrücke darauf? Bist du die Mörderin?«

Entsetzt von seiner Anschuldigung schnappte Annabeth fassungslos nach Luft. Sie riss ihren Mund auf und blickte Jack mit Tränen in den Augen an. Er traute ihr tatsächlich einen Mord zu! Im ersten Moment machte sie sich keine Gedanken über die Fingerabdrücke. Als sie damals gefunden worden war, wurden ihr welche abgenommen, weshalb sie im System hinterlegt waren. All ihre Enttäuschung richtete sich auf Jacks Unterstellung.

Er hätte verschiedene Thesen darüber aufstellen können, wie ihre Fingerabdrücke darauf gelandet sein könnten, doch er entschied sich für eine Variante, die einen stechenden Schmerz in Annabeths Herzen hinterließ. Annabeth hatte gedacht, dass er sie mittlerweile gut genug kannte, um zu wissen, dass sie niemals zu einem Mord in der Lage wäre.

»Ich rede nicht mit dir, wenn du so etwas denkst!«, platzte es aus Annabeth heraus.

»Deine Fingerabdrücke sind darauf, was soll ich denn sonst denken? Hugo hat sogar einen Spezialisten über die Zettel schauen lassen, vor allem über den, auf den mehrere Dinge geschrieben worden sind. Er meinte, dass der Satzbau derselbe ist wie der, den du in deinen Berichten verwendest! Also, was ist deine Erklärung dafür?«
Annabeth holte tief Luft. Ihr Kopf war vollkommen leer. Sie hatte keine Ahnung, was sie sagen sollte. Sie war enttäuscht und fühlte sich zugleich ertappt.

»Ich habe niemanden ermordet«, stammelte sie und blickte mit Tränenschleiern vor den Augen zu Jack.

Sein Blick wirkte nach wie vor hart. Er glaubte ihr nicht. Annabeth war nicht bereit, länger mit ihm zu reden. Sie schnappte nach Luft, und ohne genauer über ihr Handeln nachzudenken, rannte sie fort. Sie bereute es schon, als sie die ersten Schritte gemacht hatte, doch es gab kein Zurück mehr. Sie wollte einfach nur noch weg von Jack und seinen Anschuldigungen. Sie wollte weg von einem Menschen, der ihr kurz zuvor noch die Liebe gestanden hatte. Weinend rannte Annabeth über den Asphalt und wechselte ohne zu schauen die Straßenseite. Sie war komplett überfordert. Auch wenn es nicht unbedingt klug war, rannte sie zu ihrer Wohnung. Sie hörte, dass Jack ihr folgte.

»Bleib stehen, Mira!«, rief er wütend.

Seine Schritte wurden immer schneller. Adrenalin schoss durch Annabeths Körper, und sie dachte gar nicht erst daran, stehen zu bleiben. Ihr war bewusst, dass Jack sie irgendwann einholen würde, doch vielleicht schaffte sie es noch rechtzeitig, sich in ihre Wohnung einzusperren. Sie handelte einfach, genauso wie damals, als sie von der Klinik weggerannt war. Sie wollte unter keinen Umständen geschnappt werden.

Außer Atem erreichte sie ihr Wohngebäude. Sie drückte hastig die Eingangstür auf und stolperte so schnell sie konnte die Treppenstufen nach oben. Ab und zu stürzte sie, doch sie musste vorankommen und stand ohne zu zögern wieder auf.

»Mira!«, rief Jack erneut und stürmte ebenfalls in das Gebäude.

Seine Stimme klang immer wütender. Annabeths Herz raste ihr bis zum Hals. Sie bekam kaum noch Luft, schaffte es aber irgendwie, vorwärtszukommen. Mit zitternden Händen griff sie in ihre Jackentasche, um den Wohnungsschlüssel herauszuholen. Sie wollte ihn griffbereit haben, damit sie gleich in ihr Reich flüchten konnte.

Jack lief ihr hastig die Treppen zu ihrer Wohnung hinterher. Sie versuchte schneller zu laufen, doch seine Beine waren um einiges länger als ihre und somit war ihr Fortschritt nicht gerade sonderlich groß gewesen. An ihrer Tür angekommen, steckte sie hastig den Schlüssel ins Schloss und drehte ihn um. Doch ehe sie die Tür öffnen konnte, stand Jack bereits neben ihr. Er griff nach ihrem Arm und hielt ihn fest.

»Rede mit mir!«

»Was soll das bringen?«

»Ich will Antworten! Wieso sind deine Fingerabdrücke auf den Zetteln, und wieso deutet alles darauf hin, dass du sie angefertigt hast?«

Sie mied Augenkontakt und löste sich aus seinem festen Griff und lief in die Wohnung. Jack folgte ihr und knallte hinter sich die Wohnungstür zu.

»Wenn du mir keine Antworten gibst, dann muss ich dich verhören! Willst du das?«

Annabeth konnte schweigen, aber wollte sie das? Wollte sie noch mehr Leichen auf dem Obduktionstisch sehen? Sie wusste nur, dass sie ihre Freunde nie wieder eingesperrt sehen und vor allem nicht an ihrer Verhaftung schuld sein wollte.

»Weißt du, wie viele Menschen einen ähnlichen Schreib-stil haben wie ich und wie leicht es ist, einen Fingerabdruck zu fälschen? Du kannst mich gerne auf die Wache ziehen und behaupten, dass die Zettel von mir sind, sie müssen es erst einmal beweisen können.«

Jack war fassungslos. Er stützte sich an der Küchenzeile ab und wuschelte sich durch die Haare. Annabeth wusste, dass er gegen seine Tränen ankämpfte, gegen seine Enttäu-schung. Seine Augen wurden immer glasiger und sein Ge-sichtsausdruck immer blasser.

»Wenn du nicht die Mörderin bist, wie sind dann deine Zettel in den Leichen gelandet?« Jack versuchte Haltung zu wahren und näherte sich Annabeth an. »Bitte rede mit mir.«

Annabeth blickte betreten zu Boden. Ihn so verletzt zu se-hen, löste auch einen Schmerz in ihrem Herzen aus.

»Wieso warst du heute wirklich in der Heilanstalt?«

Annabeth merkte plötzlich, dass sie schwach wurde. Sie wollte nicht lügen und sie konnte auch nicht mehr länger vor ihm davonrennen. Ihre Beine fingen ungewollt an zu zittern.

»Du hast letzte Nacht Namen im Schlaf gemurmelt. Wenn du nicht den Mord begangen hast … bringen mich dann die Namen weiter, wenn ich sie im System eingebe?«, hakte Jack nach.

Annabeth setzte sich auf den Holzstuhl an der Wand, da ihr Zittern immer schlimmer wurde. Ihr Körper bebte. Sie fror und schwitzte zugleich. In ihrem Kopf spielten die Gedan-ken verrückt. Sie wollte etwas sagen, doch sie bekam keinen Ton heraus. Sie war in Gedanken verloren und begann zu weinen. Es war ein stummes Weinen, in dem nur ihre Tränen ihre Schreie zum Ausdruck brachten. Jack war ein guter Polizist, er hatte es tatsächlich geschafft, einen Teil des Rätsels zu lösen. Es wäre sinnlos, ihm weiterhin Dinge vorzuenthalten.

»Ich liebe sie.« Annabeths Stimme zitterte. »Sie sind kaltblütige Mörder, weil sie eine andere Vorstellung von Gut und Böse haben, aber dafür können sie nichts. Sie müssen bei dem Feuer irgendwie entkommen sein.«
Sie stützte ihre Ellbogen auf den Knien ab und vergrub ihr Gesicht in ihren Händen.

»Wie meinst du das?«, fragte Jack genauer nach.

»Sie sind irgendwie aus der Heilanstalt entkommen und haben versucht, mir über die Leichen Nachrichten zukommen zu lassen.«

»Wie lange weißt du schon, dass Patienten aus der Klinik die Morde begangen haben?«
Annabeth hob den Kopf, blickte Jack an und schwieg. Sie schämte sich. Für ihre Freunde würde sie jederzeit wieder schweigen. Sie hatte Gefühle für Jack, doch er war nur ein Kerl. Einer von vielen, der vielleicht irgendwann wieder gehen würde. Ihre Freunde waren immer für sie da gewesen, und sie wusste, wie schwierig es war, ohne sie leben zu müssen.

»Wie lange weißt du es schon?«, fragte Jack erneut nach. Er kniete sich vor ihr hin. Als er keine Antwort bekam, schlug er fest mit der Faust auf den Boden. Annabeth zuckte zusammen wie ein kleines ängstliches Mädchen. Mit einer solchen Reaktion hatte sie nicht gerechnet.

»Erst seit heute Morgen. Ich hatte vorher nicht einmal einen Verdacht gehabt, dass sie es hätten sein können. Ich bin deswegen zur Klinik gefahren, um Antworten zu bekommen.«

Sobald sie den Satz zu Ende gesprochen hatte, spürte sie das Klacken von Handschellen. Die eine Seite befand sich um ihr Handgelenk und die andere um das Stuhlbein. Annabeth wusste, dass er sie festnehmen würde. Sie hatte es verdient. Er holte eine zweite Handschelle hervor und befestigte sie an der anderen Hand und dem anderen Stuhlbein. Sie wehrte sich nicht.

»Ich lass dich frei, wenn du mir alles erzählst. Ich möchte wissen, in welcher Verbindung du zu diesen Menschen stehst!«

Jack holte sich einen Stuhl und setzte sich zwei Meter entfernt von ihr hin. Er konnte sie klar und deutlich erkennen, obwohl das Licht in Annabeths Wohnung ausgeschaltet war.

Die Straßenlaterne vor dem Fenster warf genügend Licht in das Zimmer. Annabeth hatte das Gefühl, als befände sie sich wieder auf dem dunklen Dachboden der Heilanstalt. Nur dass dieses Mal nicht einer ihrer Freunde Geschichten aus seinem Leben erzählte, sondern sie diejenige war, die zu erzählen begann. Ihr fiel es ungewohnt leicht, einen passenden Anfang zu finden und über die Ermordung ihrer Eltern zu reden. Sie erzählte, was für ein Psychopath ihr Bruder war und wie ihr Leben in der Klinik ausgesehen hatte. Mit einem Lächeln im Gesicht berichtete sie von ihren Freunden und senkte ihre Stimme wieder, als sie von ihrer Flucht erzählte. Sie ließ kein Detail aus. Es war das erste Mal, dass Annabeth ihre Geschichte jemandem anvertraute.

Mit jedem Satz, den sie vollendete, merkte sie, wie erleichternd sich die Wahrheit anfühlte. Es tat gut, sich all den Schmerz und die schlechten Erfahrungen von der Seele zu reden. Annabeth war immer der Ansicht gewesen, dass das Verdrängen die wahre Methode der Heilung wäre, doch nun stellte sie fest, dass das Gegenteil der Fall war und sie sich geirrt hatte. Das Reden tat ihr gut und nahm ihr eine gewisse Last von den Schultern.

»Kurz bevor ich geflohen bin, hat Hector mir geraten, ein neues Leben anzufangen. Er meinte, dass ich die Möglichkeit hätte, mich neu zu erfinden. Ich habe auf ihn gehört und nie über meine Vergangenheit gesprochen«, sagte sie schließlich am Ende ihrer Geschichte. »Mein richtiger Name ist Annabeth. Hector, Ralf und Eleonore haben mich aber oft nur Beth genannt.«

»Annabeth«, murmelte Jack leise vor sich hin.
Er hatte sie kein einziges Mal beim Erzählen unterbrochen. Er war wie gefesselt von ihren Worten und der Geschichte, die sie ihm anvertraute. Seine anfängliche Wut war verflogen und er empfand nur noch Mitleid mit ihr. Er hatte sich viele Gedanken darüber gemacht, was ihr damals passiert sein könnte, doch mit der Heilanstalt und ihren Freunden hatte er nicht gerechnet. Er verstand, dass sie eine Ersatzfamilie für Annabeth gewesen waren, und konnte zum Teil nachvollziehen, warum Annabeth ihn angelogen hatte.

»Und du hast noch nie zuvor jemandem davon erzählt?«, fragte Jack erstaunt.

»Nein. Ich wollte wirklich einfach nur Mira sein«, sagte Annabeth. »Ich wollte nicht, dass meine Freunde ausbrechen und morden.«

Jack glaubte ihr. Im Grunde konnte Annabeth nichts für das Verhalten dieser Mörder. Sie wurde in die ganze Sache hineingezogen und wollte alleine eine Lösung für dieses Problem finden. Annabeth verabscheute die Taten ihrer Freunde, daran gab es für Jack keine Zweifel.

»Ich glaube dir«, flüsterte Jack.

In der Ferne hörte man eine Kirchenglocke zwölfmal schlagen. Annabeth konnte sich kaum daran erinnern, jemals den Klang der Glocke so laut, klar und deutlich gehört zu haben. Sie blickte erstaunt zu der Uhr und konnte nur mit Mühe in der Dunkelheit die Zeiger erkennen. Es war Mitternacht. Sie hatte die Zeit vergessen!

»Jack, ich weiß, das kommt jetzt etwas plötzlich, aber du musst sofort die Handschellen entfernen«, forderte sie ihn auf.

Jack schaute sie verwundert an. Er war damit beschäftigt, ihre Geschichte zu verarbeiten.

»Sie werden kommen! Ich weiß nicht, was sie mit dir anstellen werden, wenn du dann noch da bist!«

Ihre Stimme klang immer energischer und besorgter. Ihre Freunde kamen selten zu spät. Es war Mitternacht, und es war nur noch eine Frage der Zeit, bis sie hier auftauchen würden. Hätte Annabeth während des Erzählens nicht vollkommen die Zeit vergessen, hätte sie Jack schon längst weggeschickt.

Annabeth zog an ihren Handschellen und versuchte sich irgendwie zu befreien. Sie machte ihre Hände so klein, wie es ging, und versuchte sie durch die Schellen zu ziehen, allerdings vergeblich.

»Jack, sie kommen gleich!«, meinte sie erneut und schaute ihn auffordernd an. »Ich habe leider vollkommen die Zeit vergessen!«

Wie aus einem Traum erwacht, hob Jack seinen Kopf und blickte Annabeth an.

Es herrschte Stille. Es war wie eine Taubstummenwolke, die beide einhüllte. Doch es sollte nicht lange so bleiben. Wenn man konzentriert hingehört hätte, dann hätte man sie draußen auf der Straße vielleicht schon hören können. Oder das Klacken des Schlosses, nachdem die Haustür wieder zugefallen war. Jack und Annabeth hörten sie allerdings erst, als der Klang ihrer Schritte auf den Stufen im Treppenhaus zu ihren Ohren vordrang. Die Schritte waren dumpf und langsam. Ohne Hektik liefen ihre Freunde die Treppe zu Annabeths Wohnung hoch.

»Jack, du musst dich verstecken!«

Annabeth wollte sich freuen, bald all ihre Freunde wiederzusehen, doch sie hatte Angst um Jack. Sie kannte ihre Freunde und wusste, dass sie ihr niemals etwas antun würden, doch sie traute ihnen durchaus zu, Jack zu ermorden. Genauso wie die anderen Opfer. Sie würden ihm brutal die Kehle aufschlitzen und beobachten, wie er langsam und qualvoll verblutete, bevor sie mit ihrer Leichenschändung weitermachen würden.

Die Schritte kamen näher.

»Ich habe keine Angst vor ihnen«, stellte Jack fest.

»Ich weiß, und deswegen will ich erst recht, dass du dich versteckst!«, entgegnete Annabeth.

Jack stellte sich vor Annabeth und legte seine rechte Hand auf die Waffe, die an seinem Gürtel befestigt war. Auch wenn er angeblich keine Angst hatte, konnte man ihm die Anspannung anmerken. Sie beide wussten, dass die Personen im Treppenhaus brutale und grausame Mörder waren.

»Ich lass dich nicht mit ihnen alleine. Ich werde nicht zulassen, dass sie dir wehtun«, seine Stimme wirkte stark und selbstbewusst, doch Annabeth wusste, dass ihm langsam flau im Magen wurde.

»Sie werden mir nichts tun, Jack! Sie sind meine Familie.« Er reagierte darauf nicht, Annabeth hörte nur das schwere Schnaufen, das er ausstieß. Auch wenn er verstand, welche Bedeutung diese Personen für Annabeth hatten, konnte er nicht verstehen, wie sie sie als Familie bezeichnen konnte. Für ihn waren sie Mörder, nicht mehr und nicht weniger.

Plötzlich wurde dreimal gegen die Tür geklopft. Das war ihr Zeichen, genauso wie damals in der Anstalt. Es hatte sich tatsächlich kaum etwas für sie verändert.

»Jack, versteck dich und mach mich frei«, flüsterte Annabeth so leise sie konnte.

Jacks Augen fokussierten die Tür und er schüttelte leicht seinen Kopf.

»Wenn sie kommen wollen, dann sollen sie kommen.«

Annabeths Freunde rüttelten an der Wohnungstür und versuchten sie zu öffnen. Als die Tür nicht aufging, wurde das Rütteln immer aggressiver. Annabeth hätte ihnen so gerne die Tür geöffnet, doch sie konnte sich ja nicht einmal bewegen. Solange Jack allerdings noch direkt bei ihr saß, war es ganz gut, dass sie die Tür nicht aufbekamen. Jedoch kannte Annabeth ihre Freunde gut genug und wusste, dass sie so schnell nicht aufgeben würden. Eine verschlossene Tür war für sie kein Grund, um wieder zu gehen.

Dann plötzlich hörte das Rütteln auf und Stille kehrte ein.

»Gehen sie?«, fragte Jack leise.

»Bestimmt nicht«, murmelte Annabeth und starrte zur Tür.

Im nächsten Moment wurde die Wohnungstür mit einem lauten Knall aufgestoßen. Drei Gestalten traten aus der Dunkelheit des Treppenhauses in die Wohnung ein und wurden von dem hellen Strahl der Straßenlaterne beleuchtet.

Sie sahen älter aus als damals. Auch grauer und faltiger. Doch die Härte in ihren Gesichtern war geblieben. Jack spürte unwillkürlich eine eisige Kälte. Die Augen dieser Personen waren kalt, ausdruckslos und mordlustig auf ihn gerichtet. Er hatte schon oft Mördern und Verbrechern gegenübergestanden, doch diese waren anders. Sie wirkten auf ihn unsagbar gefährlich und erbarmungslos. Ruckartig zog er seine Waffe aus der Gürteltasche und richtete sie auf Ralf.

»Einen netten Freund hast du da, Beth«, lachte Eleonore und schaute zu Annabeth. »Er kettet dich an deinen Stuhl und richtet seine Waffe auf deine Freunde.«

So angespannt die Situation auch war, kam ein schwaches Lachen über Annabeth Lippen. Sie blickte ihre Freunde liebevoll an.

»Tja, Eleonore, es sind halt nicht alle so lieb wie du. Du tötest ja lieber gleich deinen Ehemann und etliche Unschuldige.«

Annabeths Stimme klang stark und liebevoll zugleich.

Jack stand immer noch wie eine Wand vor Annabeth. Seine Hand begann leicht zu zittern. Annabeths freche Worte und der Klang ihrer Stimme hatten ihn schockiert. Diese Seite an ihr hatte er bisher nicht kennengelernt. Jack befürchtete zudem, dass Annabeth ihre Freunde gereizt hatte und Eleonore keinen Moment zögern würde, sie beide zu töten. Doch stattdessen begann sie zu lachen.

»Du weißt gar nicht, wie sehr du uns gefehlt hast.«

»Wir werden dich von nun an immer beschützen. Wir gehören zusammen«, sagte Eleonore.

Sie musterte Annabeth eingehend. Sie war traurig, das kleine Mädchen von damals nun als selbstbewusste wunderhübsche Frau vor sich zu sehen.

Hector ging einen Schritt näher auf Jack zu.

»Das Einzige, das uns nun daran hindert, endlich wieder zusammen zu sein, ist dein Freund!«

Die Stimmung kippte. Annabeth musterte jede noch so kleine Bewegung von Hector.

»Ich lasse nicht zu, dass sie sich eurem Mörderpakt anschließt!«, schrie Jack und erhob sich mit seiner Waffe in der Hand.

Annabeths Herz raste. Sie zerrte an den Handschellen, doch sie konnte sich nicht befreien. Das hier entwickelte sich in eine Richtung, die ihr überhaupt nicht gefiel.

»Hier wird niemand getötet.«

Sie ignorierten Annabeth, als wäre sie Luft. Ihre Freunde hatten nur Augen für Jack. Mordlustige Augen.

»Ralf, was sagen deine Stimmen zu dir, sollen wir ihn töten?«

Eleonore blickte neugierig zu Ralf. Dieser richtete seinen Blick wiederum auf Annabeth.

»Es tut mir leid, Annabeth, aber wir können ihn nicht am Leben lassen. Sie wollen es! Sie wollen ihn bluten sehen, und wir wollen es auch!«

»Er bringt uns alle in Gefahr!«, brummte Hector.

Zwischen Hector und Jack waren vielleicht zwei Meter Abstand. Annabeth zerrte wie wild an ihren Handschellen. Sie würde nicht zulassen, dass irgendjemand Jack etwas antat.

»Wir finden eine Lösung«, redete sie auf Hector ein.

Sie musste sich beherrschen, dass ihre Stimme nicht in ein Jammern überging.

Ihr Herz raste ihr bis zum Hals.

»Es tut mir leid, Kleines«, antwortete Hector und ging noch näher auf Jack zu.

Annabeth wusste sich nicht anders zu helfen und begann zu schreien. Sie wollte eigentlich nicht weinen, doch sie konnte nicht anders. Die Tränen traten ungewollt aus ihren

Augen und liefen ihre Wangen hinunter. Mit jedem Schritt, den Hector sich Jack näherte, schrie sie lauter. Und zwischen einem ihrer Schreie ertönte der Knall eines Schusses. Der Schuss kam von Jack.

Annabeth hielt den Atem an und zitterte am ganzen Körper. Sie hatte jegliche Kontrolle über ihren Körper verloren. Tränen liefen ihre Wangen hinunter und tropften von ihrem Kinn. Jack lag auf dem Boden. Bevor er den Schuss abfeuern konnte, hatte Hector Gewalt über seine Arme gehabt. Er hatte sich auf Jack geworfen, im selben Moment, in dem er abgedrückt hatte. Die Kugel blieb in der Wand stecken.

Jack rammte seine Ellbogen in Hectors Gesicht, doch Hector ließ sich davon nicht unterkriegen und schlug noch fester auf ihn ein. Ralf kam ihm zu Hilfe und beide prügelten auf den am Boden liegenden Polizisten ein. Annabeth schrie noch lauter. Mit einem Tränenschleier vor den Augen musste sie dabei zusehen, wie ihre besten Freunde auf den Mann einschlugen, den sie liebte.

Sie hörte Jacks Stöhnen und sah das Blut an den Fäusten ihrer Freunde. Sie versuchte mit aller Gewalt, sich aus den Handschellen zu lösen, so sehr, dass ihre Handgelenke blau wurden und zu bluten anfingen. Schmerzen spürte sie nicht. Alles, was sie spürte, waren Wut und Verzweiflung.

Ralf drückte Jack fest zu Boden und hielt seine Handgelenke fest. Hector hatte zwischenzeitlich ein Küchenmesser entwendet und es auf Jack gerichtet. Es war das größte und schärfste Messer, das Annabeth besaß. Das Licht der Straßenlaterne spiegelte sich in der Klinge wider und warf

Licht in die dunkelste Ecke der Wohnung. Hector setzte die Klinge an Jacks Hals an und blickte ihn mit eiskalten Augen an.

»Hört auf!«, weinte Annabeth. »Hört doch bitte auf!« Annabeth hatte es geschafft, Eleonores Aufmerksamkeit für sich zu gewinnen. Sie stürmte zur Annabeth und befreite sie von den Handschellen. Eleonore war geschickt und schnell, doch Annabeth kamen diese Sekunden vor wie eine halbe Ewigkeit.

»Ihr hört verdammt noch mal auf! Ich liebe ihn, und wenn ihr ihn tötet, werde ich euch das nie verzeihen!« Annabeth erhob sich von ihrem Stuhl und baute sich hinter den beiden Schlägern auf. Ihre Stimme tobte vor Wut. Hector hatte die Klinge bereits in Jacks Haut gedrückt. Es war ein kleiner Schlitz an seinem Hals zu sehen, an dem bereits das Blut hervortrat.

»Nimm sofort das Messer weg!« Hector hielt inne und blickte Annabeth an. Er hatte sie selten so aufgelöst und verzweifelt gesehen. Annabeth hielt den Blickkontakt. Plötzlich verlor sein Gesichtsausdruck an Härte, und der starre Blick in seinen Augen löste sich. Er blickte Annabeth an wie ein Vater, der einen schweren Fehler begangen hatte. Noch nie in seinem Leben hatte er das Gefühl gehabt, etwas falsch gemacht zu haben, doch jetzt spürte er dieses starke, überwältigende Gefühl in seiner Brust. Er sah sie genauso an wie damals, bevor er ihr zur Flucht verholfen hatte. Er löste das Messer von Jacks Hals. Annabeth hatte es anscheinend wirklich geschafft.

Während sie erleichtert aufatmete, rammte Hector plötzlich ohne zu zögern die Klinge durch Jacks rechte Hand und spießte ihn damit auf dem Boden auf. Ein langer, quälender Schrei entwich seiner Kehle.

»Hector!«, brüllte Annabeth außer sich.
Sie stand unter Schock. Ihr Herz raste ihr bis zum Hals. Panisch schnappte sie nach Luft.

»So kann er uns wenigstens nicht folgen!«, brummte Hector.
In seiner Stimme lag ein Hauch von Stolz. Offenbar fand er seine Notlösung ziemlich gelungen. Er blickte zu Eleonore und Ralf. Sie kommunizierten wortlos.

Hector schaute zu Jack und sprach auf einmal in einem außergewöhnlich ruhigen Ton: »Annabeths Freunde sind auch unsere Freunde. Deshalb werden wir dich nicht töten.«
Ralf und Eleonore bewegten sich zur Tür. Jack hatte mit allem gerechnet, aber nicht mit diesem Ausgang. Trotz all der Schmerzen faszinierten ihn diese Personen. Sie hätten ihn töten können, ja, sie hatten ihn töten wollen! Er hatte den Blick in ihren Augen gesehen. Sie waren Monster, und nur wegen Annabeth hatten sie von ihm abgelassen. Nicht nur Annabeths Freunde hatten einen großen Einfluss auf sie, sondern umgekehrt ebenso. Auch wenn es niemand in diesem Raum zugeben würde, war Annabeth das Bindeglied, das die Freundschaft zwischen ihnen allen zusammenhielt.

Hector stand auf und packte Annabeths Hand, um sie aus der Wohnung zu ziehen. Sie stand immer noch mit offenem

Mund da und starrte auf das Messer, das Jacks Hand komplett durchbohrt hatte.

Eine Träne lief erneut ihre Wange hinunter. Ihre Freunde hatten Grausames getan. Sie verabscheute sie dafür, und trotzdem wusste sie, dass es notwendig gewesen war. Sie würde mit ihren Freunden verschwinden, und Jack durfte ihr nicht folgen. Seine Hand war zwar am Boden aufgespießt, doch er lebte.

»Annabeth, kommst du?«, Eleonore stand im Türrahmen. Jack spürte den zerrenden Schmerz in seiner Hand, doch er vergaß ihn, sobald er Annabeth sah. Er konnte die Blicke ihrer Freunde nicht lesen, ihre jedoch schon. Er wusste, dass sie das Messer in seiner Hand als richtig empfand, denn anderenfalls hätte er sie niemals gehen lassen.

»Ich komme gleich nach«, murmelte sie und blickte Jack an.

Hector ließ ihre Hand los und verließ ebenfalls die Wohnung. Er wusste, dass Annabeth nachkommen würde.

Annabeth ging zu Jack, kniete sich neben ihn und wischte mit ihrem rechten Zeigefinger eine Träne aus seinem Gesicht.

»Sie brauchen mich.«

Er schaute ihr tief in die Augen. »Ich weiß.«

Er hatte es verstanden. Ihre Freunde waren auf sie angewiesen, denn nur Annabeth konnte es schaffen, das Menschliche in ihnen wieder zum Vorschein zu bringen. Und ihre Freunde wussten das auch. Sie liebten es, zu morden, sie empfanden es als richtig, doch tief in ihrem Inneren wussten sie, dass sie krank waren und dass nur Annabeth ihnen helfen konnte. Sie brauchten Annabeth, um ihre menschliche Seite wieder zu spüren. Sie waren ihre Familie.

»Du wirst mir folgen, wenn ich das Messer herausziehe, oder?«

Jack nickte.

»Sie sind Mörder, und auch wenn du bei ihnen bist, werden sie mit Sicherheit nicht aufhören zu töten.«

Annabeth drückte ihm einen Kuss auf die Wange und stand auf.

»Ich werde sie aufhalten ... versprochen.«

9. Kapitel

Sie fuhren durch die Nacht. Ralf saß am Steuer und lenkte den Wagen über die kaum befahrene Autobahn. Annabeth wusste nicht, wo sie das Auto herhatten, aber es war ihr auch egal. Sie saß in der Mitte auf der Rücksitzbank und hatte ihren Kopf auf Eleonores Schulter abgelegt. Sie beobachtete durch das Fenster den Himmel und die verschiedenen Sternkonstellationen. Annabeth wollte an nichts denken, sie wollte nur glücklich sein. Doch sie konnte den Anblick von Jack in ihrer Wohnung nicht vergessen. Er hatte sich genauso in ihren Kopf gebrannt wie die Leiche des Wärters. Dieses Bild würde sie niemals vergessen.

Als ihr Blick nach vorne wanderte, sah sie Ralfs Augen, der sie durch den Rückspiegel beobachtete. Sie grinste ihn kurz an und wandte ihren Blick dann wieder den Sternen zu. Annabeth nutzte die Zeit, um das Chaos in ihrem Kopf zu sortieren. In den letzten Stunden war so viel vorgefallen …

Irgendwann verließ Ralf die Autobahn und steuerte den Wagen durch Wälder und geschotterte Landstraßen. Sie waren bald da. Bald waren sie alle wieder zu Hause.

Annabeth nahm ihren Kopf von Eleonores Schulter und entdeckte das große Gebäude. Es war eingehüllt von der Nacht und sah genauso gruselig aus, wie sie es in Erinnerung hatte. Es war ein pompöses altes Gebäude, das sich über drei Stockwerke erstreckte. Es brannte kein Licht hinter den zum Teil eingeschlagenen Fenstern. Efeu rankte sich an den kalten grauen Steinen des Hauses hoch. Die Heilanstalt war in die Jahre gekommen, sie war verlassen und wirkte, als hätte man sie geradewegs aus einem Horrorfilm entnommen. In der Ferne war der Friedhof zu sehen. Alle, die in diesem Gebäude ihr Leben gelassen hatten, waren dort begraben worden. Annabeth hatte eine Zeit lang geglaubt, dass sie auch irgendwann dort beerdigt werden würde.

Das Auto hielt direkt vor der großen zweiflügligen Holzeingangstür. Sie stiegen aus und wirkten wie eine Familie, die nach einem langen Urlaubstrip nach Hause zurückkehrte. Sie alle hatten viel erlebt und freuten sich, in ihren gewohnten vier Wänden zurück zu sein. Sie öffneten die knarrende Tür und betraten das Haus. Die Sterne warfen Licht durch die Fenster, doch es war trotzdem so dunkel, dass man kaum etwas erkennen konnte.

Annabeth sah dennoch die Umrisse von Rollstühlen, die mitten im Gang standen. Sie nahm die Vorhänge wahr, die zum Teil nur noch als Fetzen neben den Fenstern hingen. Die damalige Rezeption befand sich immer noch direkt gegenüber von der Eingangstür. Spinnweben und Staub bedeckten die Theke, den dahinterstehenden Schreibtisch und den Drehstuhl. Zerrissenes und zerknülltes Papier lag auf der Theke, gemischt mit Glasscherben, die auf dem Boden verteilt lagen.

Entsetzt über den Zustand der Klinik schaute sich Annabeth verwundert um. Das Gebäude war zwar nie wirklich schön gewesen, dennoch hatte sie es in einem viel besseren Zustand in Erinnerung. Vor allem schockierte sie der Vandalismus.

»Die Klinik wurde vor etlichen Jahren geschlossen, irgendjemand hatte die schlechten Umstände bemängelt. Anschließend machten die Behörden alles dicht und ließen uns verlegen«, erklärte Eleonore, nachdem sie Annabeths Blicke bemerkt hatte.

»Das war vielleicht eine große Polizeiaktion«, lachte Ralf.

»Ich weiß, ich habe damals den anonymen Hinweis gegeben. Ich habe durch Zeitungsberichte den Sachverhalt dann verfolgt«, schmunzelte Annabeth.

Sie war stolz, ihren Freunden endlich mitteilen zu können, dass sie die Drahtzieherin gewesen war. Nur ihr hatten sie es zu verdanken, in der neuen Klinik besser behandelt worden zu sein.

Wenig überrascht von ihrer Aussage schauten ihre Freunde sie an.

»Ich habe es euch doch gleich gesagt!«, brach es aus Ralf heraus. »Ich habe von Anfang an gesagt, dass mit Sicherheit unsere Beth dahintersteckt!« Er lächelte Annabeth an. »Ich wusste, dass du immer auf uns aufpassen wirst. So sind wir einfach, nicht wahr? Wir sind füreinander da!«

Annabeth nickte. Ralfs Worte sprachen ihr aus der Seele. Dennoch verunsicherte sie seine Ausstrahlung. Er machte einen unruhigen und übereifrigen Eindruck. Normalerweise war Ralf immer die Ruhe in Person gewesen, ihn konnte selten etwas aus der Fassung bringen. Doch jetzt wirkte er durcheinander und bewegte sich hastig. Ihn mussten unzählige Stimmen quälen. Ralf war immer ihre engste Vertrauensperson gewesen, und nun war sie sich nicht einmal mehr sicher, ob er überhaupt zurechnungsfähig war. Wahrscheinlich würde er jeden Moment einen ungewollten Ausbruch haben, dessen Ausmaß sie nicht einmal ansatzweise einschätzen konnte.

»Er hat es wirklich oft gesagt«, brummte Hector mit einem leicht genervten Unterton in der Stimme.

»Er hat nie einen Zweifel daran gehabt«, ergänzte Eleonore. »Wir sind dir so dankbar dafür!«

Eleonore ging zu Annabeth und drückte sie fest an sich.

»Wie ging es euch in der neuen Klinik? Ich hätte euch so gerne mal besucht.«

Annabeth hatte ausgiebig über die Klinik, in der ihre Freunde untergebracht wurden, recherchiert. Sie wollte sichergehen, dass diesmal alles passte. Die meisten Berichte, die sie gefunden hatte, hatten einen guten Eindruck auf sic hinterlassen.

»Zum Glück hast du uns nicht besucht«, knurrte Hector. »Nur so konntest du zu dieser tollen Frau werden, die du jetzt bist.«

Hector war ein Mensch, der nur selten Komplimente machte, weshalb sich Annabeth umso mehr über seine

Worte freute. Eleonore hingegen warf Hector einen grimmigen Blick zu.

»Was habe ich denn jetzt schon wieder falsch gemacht?«, erkundigte er sich, als er ihre Blicke bemerkte.

»Nicht, dass du jetzt auf die blöde Idee kommst und uns Annabeth wieder wegnimmst, jetzt, wo wir sie endlich wiederhaben! Nur weil sie in dein blödes Beuteschema von damals passt!«

Hector gab ein tiefes Brummen von sich und verdrehte genervt die Augen. Niemals würde er auf den Gedanken kommen, Annabeth etwas anzutun.

»Wieso habe ich dich eigentlich in all den Jahren noch nicht umgebracht? Du treibst mich in den Wahnsinn!«

Seine Stimme klang tief und gereizt.

»Wenn du auch nur daran denkst, mir ein Haar zu krümmen, bis du der erste von uns beiden, der das Zeitliche segnet. Das sag ich dir!«, antwortete Eleonore schnippisch.

Annabeth schmunzelte belustigt. Es hatte sich kaum etwas geändert. Es wurden dieselben unnötigen Diskussionen geführt wie damals. Es fühlte sich an, als hätte jemand die Zeit zurückgedreht und sie könnten genau dort weitermachen, wo sie aufgehört hatten. Annabeth fühlte sich wie in einer Zeitmaschine. Selbst die Gedanken an Jack schienen kurzzeitig vollkommen vergessen.

»Themawechsel«, sagte Annabeth schließlich. »Ihr habt mir immer noch nicht auf meine Frage geantwortet! Wie war die neue Klinik?«

Hector schenkte Eleonore einen grimmigen Blick.

»Ganz in Ordnung. Wir durften oft frei durch das Gebäude laufen, und das Essen war auch um einiges besser.«

»Und sie haben versucht, uns wirklich zu helfen, ohne uns dabei zu foltern und Angst einzujagen«, ergänzte Ralf.

»Das hört sich doch gut an«, meinte Annabeth. »Aber wieso seid ihr abgehauen und habt wieder gemordet? Ihr wisst, was ich vom Morden halte! Ihr habt Jack in meiner Wohnung aufgespießt!«

Hector schmunzelte und stemmte seine Hände in die Hüfte. Er hatte Annabeth und ihre aufgebrachten Wutreden vermisst. Er brauchte manchmal jemanden, der in diesem Ton mit ihm redete und ihm die Augen öffnete.

»Lass uns das an unserem alten Ort besprechen! Ich hätte zudem Lust auf ein kleines Kartenspiel.«

Hector schaute in die Runde, und wie auf Kommando lächelten sie alle gleichzeitig. Die Entscheidung war gefallen! Das Thema wurde auf später verschoben und der Weg zum Dachboden war beschlossen.

Sie fanden ohne Probleme in der Dunkelheit nach oben. Die Fenster waren mit Holzbrettern zugenagelt, so dass kaum Licht in das Gebäude dringen konnte. Es erweckte den Anschein, als hätten sie dennoch den Gang deutlich sehen können, sie wussten zu jeder Zeit, auf welcher Höhe des Ganges sie sich befanden und wann die Treppe kam. Vor allem Hector fand sich in der Finsternis sofort zurecht.

Als sie sich schließlich hinsetzten, schien es, als wäre kaum Zeit vergangen. Annabeth und ihre Freunde saßen auf den Holzkisten und spielten Karten, während die Kerze

273

auf dem Tisch für das nötige Licht sorgte. Annabeth wusste noch, wie gruselig die Gesichter ihrer Freunde immer in diesem schwachen flackernden Licht gewirkt hatten, doch nun sah sie auch die Falten in ihren Gesichtern, die damals nicht da gewesen waren. Sie war glücklich, ihre verschrammten Gesichter wiederzusehen, ihre Geschichten zu hören und dabei Karten zu spielen. Allerdings wusste sie, dass es nicht mehr so war wie damals und auch niemals wieder so sein konnte. Sie waren alle älter geworden, und Annabeth war schlauer und selbstbewusster. Ihre Freunde hatten wieder einmal Menschen getötet, und Annabeth wusste, dass sie etwas unternehmen musste.

»Ich fand die Idee toll, deine Zettel in unseren Opfern zu verstecken!«, lobte sich Eleonore selbst.

»Das war alles meine Idee«, brummte Hector und legte zwei Karten auf dem Holztisch ab.

Er rieb sich seinen Bart und begutachtete die zwei Asse.

Annabeth blickte auf die Karten in ihrer Hand und anschließend auf die bereits abgelegten. Aus ihrer Mimik war nichts abzulesen, ihre Augen zeigten keinen Funken Freude oder Enttäuschung. Mit Ruhe und Gelassenheit rückte sie die Karten in ihrer Hand zurecht, sodass sie wie ein Fächer aussahen. Anschließend legte Annabeth sie auf dem Tisch ab und schmunzelte: »Straße. Gewonnen!«

Hector schmiss verärgert seine Karten auf den Boden und lehnte sich auf der Kiste zurück. Er war definitiv immer noch ein schlechter Spieler und ein umso schlechterer Verlierer.

»Weißt du, wie lange wir auf diesen Moment gewartet haben, Beth?«, schmunzelte Ralf überglücklich. »Es war ohne dich nicht mehr dasselbe. Es verging kein Tag, an dem wir uns nicht gewünscht haben, dass du bei uns wärst.«

Annabeth wurde warm ums Herz. Mit einem liebevollen Blick schaute sie in die Runde und schenkte jedem ihrer Freunde ein herzliches Lächeln.

»Wir haben auch jeden einzelnen Artikel von dir gelesen. Wir haben dir ja versprochen, dass wir immer ein Auge auf dich haben werden«, meldete sich nun auch Eleonore stolz zu Wort. »Und wir sind richtig glücklich, zu sehen, was für eine tolle Frau du geworden bist.«

Ein schweres Schnaufen war von Annabeth zu hören. Sie faltete ihre Hände in ihrem Schoß zusammen und starrte die Kerze auf dem Tisch an.

»Ich habe oft an euch gedacht«, gab Annabeth ehrlich zu. Es verging tatsächlich kaum ein Tag, an dem sie nicht an ihre Freunde dachte.

»Uns ist wichtig, dass du weißt, dass wir mit den Morden den Menschen einen Gefallen getan haben«, setzte Ralf zu einer Erklärung an.

Sein stoppeliger Bart kam durch das schwache Licht der Kerzen besonders stark zur Geltung. Ralf war einer der schlausten Menschen, denen Annabeth je begegnet war, doch in diesem Moment wirkte er wie ein verwahrloster alter Mann.

»Wie meinst du das?«

»Der Mann hatte schon mehrere Male Suizidversuche hinter sich. Er hätte es weiterhin probiert, wenn wir ihm bei seinem Sterbewunsch nicht geholfen hätten. Die Frau hingegen war an Krebs erkrankt, sie hätte nur noch ein paar Wochen zum Leben gehabt. Wir haben niemanden getötet, der nicht sowieso zeitnah gestorben wäre.«

Annabeth wusste nicht, was sie darauf antworten sollte. Sollte sie jetzt erleichtert sein, dass sie nicht wahllos gemordet hatten, oder änderte die Aussage nichts an der Tatsache, dass sie überhaupt gemordet hatten?

»Wieso seid ihr überhaupt abgehauen und habt danach nicht gleich Kontakt zu mir gesucht?«

Ein tiefes Raunen wanderte durch den Raum.

»Wir haben die Berichte von dir in der Zeitung gelesen«, begann schließlich Eleonore zu erzählen. »Als wir jedoch gesehen haben, dass du nun mit der Polizei zusammenarbeitest, hatten wir Angst, dass du dich verändert hast. Wir wissen doch, dass du nie gut auf die Beamten zu sprechen warst. Sie gehören schließlich zu dem ganzen System dazu, das uns hier eingesperrt hat! Wir haben schon lange mit dem Gedanken gespielt, mal nach dir zu schauen, und dein Bericht hat uns schließlich überzeugt, unser Vorhaben durchzuziehen.«

Annabeth schluckte. Im Grunde gingen die Morde also auf ihr Konto. Hätte sie sich nicht mit der Polizei zusammengetan, wären ihre Freunde immer noch in der Anstalt.

»Du hast so gut von diesem Polizisten geschrieben, dass wir uns unsicher waren, auf welcher Seite du nun stehst. Wir wollten wissen, ob du noch unsere alte Annabeth bist und ob wir dir nach wie vor vertrauen können. Deswegen haben wir beschlossen, dich erst einmal zu beobachten und auf einer anderen Weise mit dir in Kontakt zu treten.«

»Und wieso habt ihr das nicht über Briefe oder Anrufe gemacht? Wie normale Menschen!?«, fragte Annabeth nach und atmete tief durch.
Das mulmige Gefühl in ihrem Bauch verstärkte sich.

»Ja eben, das machen normale Menschen!«, lachte Ralf. »Wir sind nicht normal. Wir machen das auf unsere Weise, und weil wir so sind, wie wir sind, sind wir hier gelandet und haben uns doch überhaupt erst kennengelernt. Und aus diesem Grund sind wir auch wieder hier.«

»Außerdem haben wir dir damit einen Gefallen getan und dir genügend Stoff für deine Berichte geliefert«, badete sich Eleonore in Selbstlob. »Somit müsstest du uns eigentlich sogar dankbar sein!«
Annabeth ließ Eleonores Aussage einfach so im Raum stehen. All das hatten ihre Freunde nur für sie getan. Sie haben aus Liebe zur ihr gehandelt. So gerne sie auch wütend auf sie gewesen wäre, sie schafften es, ihr Herz zu erweichen. Sie haben in all den Jahren immer auf sie aufgepasst und wollten auch diesmal nur das Beste für sie.

»Wir haben relativ schnell gemerkt, dass du noch ganz die Alte bist. Ralf hat uns von deinen Zeitungsartikeln an der Wand berichtet«, sagte Eleonore stolz.

»Deswegen habe ich auch versucht, dir eine Botschaft zu hinterlassen. Doch du hast sie leider nicht gleich bemerkt, weshalb Hector dir in die Bar gefolgt ist«, sagte Ralf.
Er griff nach den Karten auf dem Tisch, schob sie zusammen und mischte sie einmal kräftig durch.

»Und der Schädel?«, fragte Annabeth nach.

Hector begann zu lachen. Es war ein komisches Lachen, das fast einem Grunzen ähnelte.

»Das war ich!«, sagte er stolz. »Du weißt, ich telefoniere nicht gerne, deswegen habe ich dir auf dieser Art und Weise gezeigt, dass wir alle bei dir sind und nur darauf warten, dich zu uns holen zu können. Die Leiche hatten sie damals auf dem Friedhof hinter der Anstalt vergraben, weshalb ich schnell hingefahren bin und sie ausgebuddelt habe.«

Annabeth nickte.

»Das ist schon ein bisschen krank«, meinte sie schließlich. Sie wusste, dass es ein sinnloses Unterfangen wäre, dieses Thema näher auszuführen. Ihre Freunde waren stolz auf sich und würden niemals verstehen, was sie falsch gemacht hatten. Sie feierten ihre Taten ja sogar. Annabeth wollte sich gar nicht vorstellen, wie Hector mit einer Schaufel in der Hand damit beschäftigt war, ein Grab frei zu schaufeln, nur um den Schädel zu entwenden und ihn ihr als Botschaft zu zuschicken. Er hätte auch einfach etwas in das Telefon sagen können, aber nein, er hatte sich für eine viel verrücktere Variante entschieden.

»Ich bin froh, dass du wieder bei uns bist«, teilte Ralf überglücklich mit, während er die Karten neu verteilte.

»Aber wie soll es jetzt weitergehen? Ihr seid gesuchte Verbrecher …«

Annabeth griff nach den Karten, die Ralf ihr zugeteilt hatte. Sie musste das Thema ansprechen. Sicherlich ging der Plan ihrer Freunde nicht weiter als bis zu diesem Augenblick.

»Wir werden uns jedenfalls nicht mehr wegsperren lassen«, brummte Hector. »Ich habe in letzter Zeit so sehr die Freiheit genossen, die will ich mir so schnell nicht mehr nehmen lassen.«

»Ihr habt aber wieder Menschen umgebracht«, bemerkte Annabeth.

Ralf holte tief Luft. Annabeth wusste, was er sagen wollte, weshalb sie ihm ins Wort fiel, bevor er etwas sagen konnte.

»Unabhängig davon, ob sie sowieso bald gestorben wären! Ihr habt sie ERMORDET!«

Ralf setzte zu einer Antwort an, schloss dann aber den Mund wieder. Annabeth hatte recht.

»Wir können auswandern«, warf Eleonore einen Vorschlag in den Raum.

Überglücklich setzte sie ein breites Lächeln auf und fuhr sich über ihr Haar.

»Ich war so lange schon nicht mehr in der Karibik. Die Sonne, das Meer und vor allem der Strand.«

Vor lauter Urlaubsgefühlen schloss sie ihre Augen, um sich das Ganze noch besser vorstellen zu können. Ihr Grinsen wurde dabei immer größer.

»Und wie wollt ihr über die Grenze kommen? Sobald ihr euch auch nur auf einem Flughafen herumschleicht, werdet ihr festgenommen. Es geht vielleicht eine Weile gut, aber früher oder später werden sie euch erwischen.«

Annabeth wollte nur ungern die Blase zerstören, die sie sich aufgebaut hatten, doch sie mussten den Tatsachen in die Augen sehen. Egal wo sie hingehen würden, es bestände immer die Gefahr, geschnappt zu werden.

»Du bist eine Spaßverderberin«, motzte Eleonore und öffnete ihre Augen.

Eingeschnappt schaute sie Annabeth von der Seite an und schlug ihre Beine übereinander.

»Sie hat aber recht«, meldete sich Hector einsichtig zu Wort. »Wir haben keine Chance, zu entkommen, und wenn wir ehrlich sind, hatten wir doch unseren Spaß in letzter Zeit. Ich bin nach so langer Zeit mal wieder auf den Geschmack gekommen.«

Er griff in seine Hosentasche und holte einen Zahnstocher hervor. In aller Ruhe schob er sich diesen in den Mund und begann lässig darauf herumzukauen.

»Danke für deine Ehrlichkeit! Auch wenn ich in dir jetzt sogar noch eine größere Bedrohung für alle jungen Frauen da draußen sehe als sowieso schon!«, äußerte sich Annabeth.

Sie war ein ehrlicher Mensch und musste vor allem ihren Freunden gegenüber immer die Wahrheit sagen. So war es schon immer gewesen und so würde es auch immer sein.

»Da hast du recht, Beth! Als ich einen Moment mal nicht aufgepasst hatte, war er schon wieder dabei gewesen, das Herz der Frau herauszuschneiden. Ich musste ihn zwingen, es wieder zurückzulegen! Ich weiß nicht, was der alte Narr mit seinen Herzen hat. Du kannst dir nicht vorstellen, was das für eine lange Diskussion mit ihm war, bis er ohne Herz die Wohnung wieder verlassen hat«, meldete sich Eleonore zu Wort.

»Er meinte, dass wenn ich dabei gewesen wäre, er sogar darüber hätte abstimmen wollen, ob es mitnehmen darf.

Zum Glück konnte Eleonore ihn überreden, einfach so zu gehen. Ich hätte jedenfalls dagegen gestimmt«, bemerkte Ralf.

Annabeth atmete tief aus und rollte theatralisch die Augen. Ihre Freunde waren krank! Definitiv krank! Sie durfte nicht zulassen, dass auch nur einer von ihnen dieses Gebäude wieder verließ.

»Über solche Sachen stimmt man nicht ab!«, platzte es aus ihr heraus. »Das Leben eines Menschen ist das höchste Gut, wieso versteht ihr das denn nicht?«

Sie war nicht mehr das kleine Mädchen von damals! Es hatte sich in der Zwischenzeit so viel verändert. Doch ihre Freunde hatten immer noch dieselbe Einstellung wie damals! Sie waren jahrelang in Behandlung gewesen und hatten nichts dazu gelernt!

»Ralf, was ist mit dir? Ich weiß, du nimmst deine Medikamente aktuell nicht, aber verstehst du, was ich damit sagen möchte?«

Nachdenklich begann Ralf, sich aufrecht hinzusetzen. Er legte seine Stirn in Falten und schaute Annabeth in die Augen.

»Tief in mir weiß ich, dass du recht hast. Aber die ganzen Stimmen um mich herum versuchen mich vom Gegenteil zu überzeugen. Ich weiß nicht, auf wen ich hören soll.«

»Hör auf mich! Du hast doch schon immer auf mich gehört!«

Annabeth nickte ihm zu. So oft hatte sie sich in den vergangenen Jahren ein Treffen mit ihren Freunden gewünscht, und nun stellte sie fest, wie viel Kraft es sie tatsächlich kostete. Sie liebte sie, doch sie war mit ihnen vollkommen überfordert.

»Wollen wir nicht einfach weiter Karten spielen?«, knurrte Hector und starrte auf die Karten in seiner Hand. »Ich weiß, dass ich Probleme habe, aber die müssen wir jetzt nicht zusammen erörtern!«

Alle nickten und wendeten sich ihren Karten zu. Annabeth hätte gerne noch weiter mit ihnen geredet, doch sie wusste, dass das zu nichts führen würde. Sie waren nun mal, wie sie waren. Also rückte sie die Karten in ihrer Hand zurecht und versuchte sich auf das Spiel zu konzentrieren. Das andere Thema würde schon früh genug wieder angesprochen werden.

In aller Ruhe legten sie der Reihe nach die Karten auf den Tisch. Eleonore gab des Öfteren einen schnippischen Laut von sich, wenn sie eine schlechte Karte zog, und Hector kaute weiter auf seinem Zahnstocher herum.

»Was ist damals eigentlich hier los gewesen, nachdem ich weg war und sie die Leiche gefunden hatten?«, unternahm Annabeth den Versuch, ein weiteres Gespräch aufzubauen. Ralf zuckte mit den Schultern.

»Eigentlich nicht viel. Sie haben den Tod des Wärters verschwiegen und ihn auf dem Friedhof hinter dem Gebäude bestattet, wie Hector ja schon sagte. Allen in diesem Gebäude haben sie versucht weiszumachen, dass es sich um deine Leiche handelte, die in einem Leichensack verpackt herausgetragen wurde. Eleonore und ich haben ihnen am

Anfang auch geglaubt, bis Hector uns am Abend die Wahrheit erzählte.«

Gespannt hatte Annabeth seinen Worten gelauscht. Im Grunde hatten die Angestellten das Problem gut gelöst. Sie waren einfach schon zu gut im Vertuschen gewesen.

»Niemand von ihnen hat nach dir gesucht, genau so, wie ich es vorhergesagt habe«, lobte Hector sich selbst.

»Auf der Polizeiwache ist dann auch alles nach Plan gelaufen«, berichtete Annabeth.

Sie legte eine Karte auf dem Tisch ab und schaute in die Runde.

»Eine Frage hätte ich noch. Woher wusstet ihr, dass die Artikel von Mira Schwarz in Wirklichkeit von mir sind?«

Ihre Freunde hatten all die Jahre keine Ahnung gehabt, unter welchem Namen sie nun lebte. Sie hatte ihnen keinen einzigen Hinweis zugeschickt, der darauf hätte schließen können.

»Weil wir dich kennen«, schmunzelte Ralf schließlich und schaute sie liebevoll an. »Dein Schreibstil hat sich in all den Jahren nicht verändert. Du hast viele Sätze verwendet, die du damals schon geschrieben hast. Ich habe gleich von Anfang an einen Verdacht gehabt. Eleonore durfte hin und wieder einen überwachten Computer benutzen und hat daraufhin mal recherchiert. Nach kurzer Suche ist sie dann auf ein Bild von dir gestoßen, und daraufhin wussten wir, dass du nun nicht mehr unsere Beth, sondern Mira bist.«

»Einen schönen Namen hast du dir ausgesucht«, lobte Eleonore sie mit ihrer aufgeweckten, fröhlichen Stimme.

Annabeth nickte. Ihr gefiel der Name ebenfalls. Ihre Mutter hieß so. Es war der einzige Name, der ihr damals in den Sinn gekommen war. Sie fand den Gedanken schön, so einen Teil von ihr immer bei sich zu haben.

Die anderen legten der Reihe nach ihre Karten auf den Tisch ab und schauten sich fröhlich an. Es war wie in einer richtigen Familie: Man konnte sich streiten, doch danach versöhnte man sich wieder. Und genau darauf kam es an.

Annabeth schaffte es jedoch nicht, ihre Gedanken auf das Kartenspiel zu lenken, sie kreisten viel zu sehr um Jack und darum, wie es hier weitergehen würde. Die Tatsache, dass sie Jack verlassen hatte, hinterließ in ihr ein genauso großes Loch wie damals, als sie ihre Freunde verlassen musste. Sie hasste dieses Ziehen im Herzen, das manchmal so stark war, dass es ihr die Luft zum Atmen raubte. Sie konnte und wollte das Thema ihren Freunden gegenüber nicht ansprechen, sie wünschte sogar, dass sie die Zeit mit ihnen mehr genießen könnte, doch leider war dem nicht so. Sie wusste, dass früher oder später eine Entscheidung getroffen werden musste.

»Du kannst noch gewinnen!«, brummte Hector an Annabeth gewandt, die als Einzige mit ihm noch im Spiel war.

»Ich kann nicht nur gewinnen, ich habe gewonnen!«, schmunzelte sie und breitete ihre letzten Karten auf dem Tisch aus.

»Unsere Beth, ein Unikat! Ich kann das Spiel nach all den Jahren immer noch nicht wirklich«, meinte Eleonore und schob die Karten zusammen.

»Und das, obwohl du genügend Zeit zum Üben hattest!«, schnauzte Hector sie an. »Ich habe es dir so oft erklärt und dir Tipps gegeben. Ich glaube, du willst es einfach nicht verstehen!«

Annabeth schmunzelte. »Ach Hector, du kennst doch Eleonore ... Sobald zu viele Zahlen im Spiel sind und man rechnen muss, ist sie raus.«

Eleonore gab einen schnippischen Ton von sich.

»Was willst du damit sagen? Etwa, dass ich dumm bin?« Kaum hatte sie die Worte ausgesprochen, begann Ralf laut loszulachen. Breit grinsend sah er Eleonore an.

»Endlich hast du es erraten. Du bist nicht immer das hellste Köpfchen!«

Fassungslos drehte Eleonore sich von ihm weg. Sie saß aufrecht da, wie eine Dame von Anstand. Elegant hatte sie ihre Hände vor ihrer Brust verschränkt und würde mit Sicherheit noch eine Weile das Schweigen bevorzugen.

»Eleonore, so hat Ralf das doch nicht gemeint. Es war nur Spaß«, versuchte Annabeth sie zu besänftigen.

Eleonore drehte ihren Kopf leicht über ihre Schulter und lugte zu Annabeth.

»Er macht immer nur Spaß. Viel zu lange musste ich jetzt schon die zwei Narren ohne zusätzliche weibliche Unterstützung aushalten. Es ist schön, dass du wieder da bist.«

Annabeth setzte ein sanftes Lächeln auf und nickte. Sie fand es auch schön, wieder bei ihren Freunden zu sein, auch wenn sich in der Zwischenzeit viel verändert hatte.

»Ihr habt mir immer noch nicht erzählt, wie ihr aus der anderen Klinik entkommen seid. Ich weiß von dem Feuer, habt ihr das gelegt?«, kam Annabeth auf ihre Fragen am Anfang des Abends zurück.

»Nein, nicht wir!«, lachte Ralf. »Wir haben deinen alten Zimmernachbarn gefragt, ob er uns ein bisschen helfen könnte. Er kennt sich doch so gut mit Feuern aus.«

Sie sprachen vom Feuerteufel. Den Mann, den Annabeth überhaupt nicht leiden konnte.

»Der Depp hat es aber eigentlich komplett vermasselt«, brummte Hector.

»Da hat er recht! Es sollten nicht so viele andere Menschen sterben. Das Feuer hat irgendwie überhandgenommen. Wir hatten einige Zeit zuvor schon Atemmasken in die Klinik schmuggeln lassen und sie dort gut versteckt. Mit deren Hilfe konnten wir schließlich auch entkommen, ohne an dem Rauch zu ersticken«, informierte nun Ralf.

»Naja, die anderen waren ein Kollateralschaden. Ich habe sie jedenfalls nicht gemocht«, sagte Hector schulterzuckend.

Ihm war es also vollkommen egal gewesen, dass Personen umgekommen waren. Im Grunde wunderte es Annabeth nicht einmal. Sie kannte Hector gut genug, um zu wissen, wie kalt ihn der Tod ließ.

»Ich fand Lisbeth eigentlich ganz nett. Ich hätte sie gerne gerettet, wenn ich es gekonnt hätte«, meinte Eleonore.

»Ja, du mochtest sie aber auch nur deshalb, weil sie genauso eine Schreckschraube war wie du.«

Eleonore warf Hector einen wütenden Blick zu. Ihre Augen wurden zu schmalen Schlitzen.

»Nimm das zurück!«

Eleonores Stimme klang hoch und schräg. Sie musterte Hector von oben bis unten und wirkte dabei fast wie eine Schlange, die kurz davor war, ihr Opfer anzugreifen und zu beißen.

»Nein! Ich steh dazu. Du bist eine Schreckschraube.« Hector ließ sich nicht von ihr einschüchtern. Er war größer und stärker als sie und vor allem der grausamere Mörder. Sie hatte eher ihn zu fürchten als umgekehrt.

»Hört jetzt auf«, mischte sich Annabeth ein.
Beide schauten sie sofort an. Auch wenn Annabeth keine Mörderin war, war sie diejenige, die am meisten Respekt von allen entgegengebracht bekam. Annabeth wollte noch etwas dazu sagen, doch im nächsten Moment breitete sich ein mulmiges Gefühl in ihrer Bauchgegend aus. Sie konnte es nicht wirklich deuten, doch es konnte nichts Gutes bedeuten. Ihr Gesicht wurde bleich und ihr Magen begann sich zu drehen. Verängstigt schaute sie zu den anderen, bevor sie aufstand und geistesabwesend zum kleinen Fenster lief.

»Was ist los?«, fragte Ralf besorgt.

»Ich weiß es nicht«, murmelte Annabeth. »Aber irgendetwas in mir fühlt sich genauso komisch an wie in der Nacht, als ich euch verlassen habe.«
Kaum hatte sie das Fenster erreicht, konnte sie schon von Weitem die Polizeiautos sehen, die sich dem Gebäude näherten. Ihr blinkendes rot-blaues Licht strahlte durch die Dunkelheit der Nacht. Ihren Freunden wurde in diesem Moment bewusst, was draußen vor sich ging. Annabeths fahler Gesichtsausdruck sprach Bände. Sie würde ihre

Freunde schon wieder verlieren, obwohl sie sie doch gerade erst zurückbekommen hatte. Annabeths Herz begann zu rasen und sie schnappte panisch nach Luft. Sie wusste, dass sie kommen würden, doch sie hatte damit gerechnet, noch ein bisschen mehr Zeit mit ihren Freunden zu haben. Mit Tränen in den Augen beobachtete sie die Autos, die in wenigen Minuten die Klinik erreichen würden.

Traurig drehte sie sich zu ihren Freunden um und wisperte: »Was machen wir jetzt?«

Keiner sagte etwas. Pure Stille erfüllte den Raum. Jeder war in Gedanken versunken und versuchte sich an dem Augenblick, der eben noch vorgeherrscht hatte und indem sie glücklich beisammensaßen, festzuklammern.

Verzweifelt schaute Annabeth jeden von ihnen an. Was sollte sie nur tun? Sie fühlte sich genauso hilflos und überfordert wie damals. Panisch schnappte sie nach Luft. Tränen liefen ihre Wangen hinunter und verschleierten ihre Sicht. Hector stand gefasst von seinem Stuhl auf und ging zu ihr. Väterlich legte er seine Hand auf ihre Schulter und schaute ihr tief in die Augen.

»Wir haben noch etwas Zeit, Beth. Sie werden das gesamte Gebäude auf den Kopf stellen und erst ganz am Schluss den Dachboden finden.«

Annabeth hörte auf zu weinen und schaute ihn an.

»Wir müssen euch verstecken! Wir kennen das Gebäude besser als sonst jemand!«

Mit ihrem Handrücken wischte sie ihre Tränen weg und schaute in die Runde. Im Gegensatz zu ihr waren ihre Freunde eigentlich relativ gefasst. Sie hatten schon längst einen Plan gehabt, den sie Annabeth nicht anvertrauen wollten! Ihnen war klar gewesen, dass die Polizisten sie finden würden, vor allem nachdem sie Jack am Leben gelassen hatten. Sie hatten sich mit dieser Entscheidung wertvolle Zeit nehmen lassen. Annabeth wurde dies nun auch bewusst.

»Wir werden uns nicht verstecken! Wir werden auch nicht abhauen und wir werden uns nicht stellen!«, meinte Hector.

»Und was macht ihr dann?«, fragte Annabeth überrascht. Ralf, Eleonore und Hector tauschten wissende Blicke aus. Langsam gingen sie auf Annabeth zu und blieben kurz vor ihr stehen. Annabeths Herz schlug immer schneller. Aus irgendeinem Grund hatte sie Angst vor der Antwort. Sie kannte ihre Freunde gut genug, um zu wissen, dass sie nichts Positives zu sagen hatten.

»Wir werden sterben«, flüsterte Ralf.

»Wie … Wie meint ihr das?«, fragte Annabeth verwirrt. Wie erstarrt blieb sie stehen und versuchte seine Worte zu verarbeiten.

»Das ist sozusagen unser Plan Z gewesen«, ergänzte Eleonore mit einem traurigen Unterton. »Mir wäre Plan A mit der Karibik viel lieber gewesen.«

Sie konnten das doch nicht ernst meinen? Wie hatten sie sich das vorgestellt? Etliche Fragen und Gedanken schossen Annabeth durch den Kopf. Nach Luft schnappend schaute sie jeden von ihnen an.

»Ihr meint das doch jetzt nicht wirklich ernst?« Annabeth schaute fassungslos zu Hector. »Sag mir bitte, dass das nur ein Scherz ist!«

Hector atmete tief durch und griff nach der Kerze auf dem Tisch. Der Luftzug brachte die Flamme zum Flackern. Eine intensive Gänsehaut breitete sich auf Annabeths Körper aus. Ihre Beine begannen zu zittern und ihr Gesichtsausdruck wurde immer blasser.

»Weißt du noch, was ich damals zu dir gesagt habe, auf welche Weise ich mal sterben möchte?«

Annabeth schüttelte vehement den Kopf. In Wirklichkeit konnte sie sich noch an jedes einzelne Wort erinnern. Sie wollte es nur nicht aussprechen. Ihr Herz raste ohnehin viel zu schnell.

»Mein Wunsch war es schon immer, durch deine Hände zu sterben. Ich habe zu dir gesagt, dass wenn mich ein Engel, wie du, tötet, ich dann vielleicht doch Chancen habe, in den Himmel zu kommen. Ich möchte, dass wir alle in den Himmel kommen!«

Hector blickte zu Ralf und Eleonore. Gefasst standen sie im schwachen Licht der Kerze da und schauten zu Annabeth. Die Entscheidung stand fest. Ein stechender Schmerz wanderte durch Annabeths Herz. Es war ein starkes Ziehen, das ihr fast die Luft zum Atmen raubte. Sie öffnete leicht ihre Lippen und starrte geschockt zu Hector. Sie würden es wirklich durchziehen! Sie würden lieber sterben, als sich gefangen nehmen zu lassen! Ihre Freunde würden sie wieder verlassen, und dieses Mal endgültig! Und sie sollte dafür verantwortlich sein.

»Ich weiß, es ist viel von dir verlangt, aber ich habe diese Entscheidung schon seit Längerem für mich getroffen. Eleonore und Ralf wollen auch nicht mehr zurück!«

»Und da wollt ihr lieber sterben?«, wimmerte Annabeth. Sie war in diesem Moment so überfordert, dass keine einzige Träne aus ihren Augen trat. Sie schnappte stattdessen nach Luft und versuchte das Chaos in ihrem Kopf zu sortieren.

»Du vertrittst doch selbst die Ansicht, dass die Welt da draußen vor uns nicht sicher ist. Wir haben schon viel gesehen im Leben, und unser größtes und letztes Ziel war es, dich wieder bei uns zu haben. Somit haben wir alles erreicht, was wir uns vorgenommen haben. Wir lieben dich!«, sagte Ralf und ging näher auf sie zu.

Während Annabeth immer noch wie versteinert da stand, nahm Ralf sie liebevoll in den Arm und drückte sie fest an sich. Im Hintergrund konnte man hören, wie die Polizisten in das Gebäude stürmten und die Räume durchkämmten. Sie schmissen Gegenstände durch die Gegend und traten Türen ein. Es war nur noch eine Frage der Zeit, bis sie den Dachboden entdecken würden. Doch das Gebäude besaß glücklicherweise etliche Stockwerke und Zimmer. Niemand würde sofort auf die Idee kommen, eine alte klapprige Tür zu öffnen, bei der man nicht einmal wusste, was sich dahinter befand. Von daher hatten sie noch genügend Zeit.

Annabeth löste sich aus Ralfs Umarmung. Langsam sickerte in ihr Bewusstsein, was ihre Freunde ihr soeben mitgeteilt hatten. Im Grunde hatten sie recht. Sie waren nicht für die Welt da draußen geeignet, doch sie wollten sich nicht wieder einsperren lassen.

»Wie habt ihr euch das Ganze denn vorgestellt? Ihr wisst, ich bringe euch nicht um!«

Eleonore nickte Hector zu, der mit der Kerze in der Hand auf Annabeth zuging.

»Du musst nur ein Feuer legen«, teilte Hector mit und blickte auf die Kerze in seiner Hand.

Annabeth schaute die tanzende Flamme oberhalb des Dochtes an. Sie konnte ihren Blick gar nicht mehr von dem rot-goldenen Feuer abwenden. Ihre Freunde wollten bei lebendigem Leib verbrannt werden.

»Du legst ein Feuer und schleichst dich anschließend nach unten, wo du in Sicherheit bist«, murmelte Eleonore.

»Nein«, platzte es plötzlich aus Annabeth heraus. »Ich lasse nicht zu, dass ihr sterbt!«

Hector blickte betrübt drein und ging näher zu Annabeth. Er legte erneut seine Hände auf ihren Schultern ab und blickte ihr liebevoll in den Augen. Er spuckte seinen Zahnstocher auf den Boden.

»Unsere Entscheidung steht fest, Beth. Ich habe so viele Jahre meines Lebens damit verbracht, therapiert zu werden, und es hat keinen Erfolg gezeigt. Es wird auch nie Erfolg zeigen! Die Alternative zur Klinik wäre das Gefängnis, aber da möchte ich auch nicht hin.«

»Aber müsst ihr denn gleich sterben?«

»Vielleicht sind wir bessere Engel als Menschen«, murmelte Eleonore.

Annabeth schluckte die Spucke in ihrem Hals hinunter und versuchte die passenden Worte zu finden.

»Wir gehören zusammen, schon vergessen? Wenn ihr sterbt, dann sterbe ich auch!«

Sie hatte ihre Worte bewusst gewählt. Es waren ihre Freunde! Sie waren immer für sie da gewesen, und nun war sie nach so langer Zeit endlich wieder mit ihnen zusammen! Sie hatten all das hier nur in Kauf genommen, um bei ihr sein zu können, also war sie nun an der Reihe, ihrerseits ein Opfer für die Freundschaft zu bringen.

»Das machst du nicht!«, entgegnete Hector entsetzt.

»Du sollst für uns alle weiterleben«, ergänzte Ralf aufgebracht.

Keiner von ihnen hatte mit dieser Reaktion von Annabeth gerechnet.

»Wenn ihr geht, dann gehe ich auch! Ich lasse da nicht mit mir diskutieren!« Annabeth machte eine Pause und schaute in die Runde. »Ich habe außer euch niemanden, dem ich etwas bedeute.«

Die Worte kamen ihr nur schwer über die Lippen. Sie wusste leider viel zu gut, wie es sich anfühlte, allein zu sein. Es war eine innere Leere, die von Jahr zu Jahr immer größer wurde und einen fast verschlingen konnte.

»Du hast doch deinen Freund, den Polizisten?«, entgegnete Eleonore liebevoll und mit einem Schmunzeln auf den Lippen.

Zaghaft schüttelte Annabeth den Kopf.

»Du meinst den Polizisten, dessen Hand ihr auf meinem Fußboden aufgespießt habt? Ich weiß nicht, ob er jemals wieder mit mir überhaupt ein Wort reden wird, nach dem, was er alles weiß und meinetwegen durchgemacht hat.« Eleonore blickte betrübt drein. Sie wusste, dass sie an Annabeths gescheitertem Liebesglück die Schuld trug. Ohne ihre Freunde wäre mit Jack sehr wahrscheinlich noch alles in Ordnung gewesen. Doch nun konnte Annabeth es ihm nicht einmal verübeln, wenn er sie nicht mehr leiden konnte. Sie hatte ihn angelogen und ihn in Gefahr gebracht. Das würde sie sich niemals verzeihen. Sie hatte nie einer der Menschen werden wollen, der andere verletzte, und dennoch war sie es. Die Liebe zu ihren Freunden war einfach zu groß.

»Aber Beth, du hast eine gute Seele, du gehörst jetzt noch nicht in den Himmel«, murmelte Eleonore liebevoll. »Wir haben schon viel in unserem Leben erlebt und auch falsch gemacht. Für uns bleibt keine andere akzeptable Lösung als diese übrig. Für dich hingegen steht die Welt offen.« Eleonore versuchte, gut auf Annabeth einzureden, doch innerlich wusste sie, dass Annabeth sich nicht umstimmen ließ, wenn sie einmal eine Entscheidung getroffen hatte.

»Ich gehöre zu euch«, stellte Annabeth fest und atmete tief durch. »Und wenn ihr diesen Weg geht, dann gehe ich ihn mit euch!«
Lautes Geschepper drang an das Ohr der vier Freunde. Die Polizisten hatten das nächste Stockwerk erreicht. Man konnte ihre tiefen Stimmen durch die Wände hören. Der Ton ihrer Schritte hinterließ Gänsehaut auf Annabeths Armen. Es fühlte sich genauso an wie damals, als die Wärter nachts ihre Runden gelaufen sind. Annabeth hatte jedes Mal

Angst gehabt, dass ihre Treffen auf dem Dachboden entdeckt werden könnten. Doch nun stand noch viel mehr auf dem Spiel.

»Ich liebe euch«, flüsterte sie und streichelte Hectors Hand, die immer noch auf ihrer Schulter lag.
Sie nickte ihm liebevoll zu und nahm ihm die Kerze ab. Sie war bereit. Sie hatte in diesem Moment keine Angst vor dem Tod. Sie hatte nichts mehr zu verlieren.

»Wir lieben dich auch«, schmunzelte Ralf und grinste breit. »Ich bin froh, dass ich euch alle kennenlernen durfte. Ihr habt mein Leben bereichert.«

»Ihr habt meins auch bereichert«, schloss sich Eleonore freudig an.
Gespannt blickte sie zu Hector und erwartete auch von ihm liebevolle Worte. Doch stattdessen begann er zu knurren und blickte grimmig drein.

»Hector, willst du uns nicht auch etwas mitteilen?«, half ihm Eleonore auf die Sprünge. Sie zog eine Augenbraue hoch und blickte ihn auffordernd an. Genervt verdrehte er die Augen.

»Ich hätte mich schon geäußert, wenn du mich nicht immer so drängen würdest! Aber bald habe ich zum Glück meine Ruhe vor dir.«

»Was möchtest du mir damit sagen? Wir kommen zeitgleich in den Himmel, du glaubst doch wohl jetzt nicht, dass ich dich dann in Ruhe lassen werde, wenn ich die Wahl dazu habe!«

Eleonore lächelte ihn neckisch an. Annabeth musste sich jedes Mal aufs Neue über ihre Hassliebe amüsieren. Sogar in diesem Augenblick.

»Na dann brauche ich mich auch nicht zu verabschieden, wenn ich euch bald ohnehin wiederhabe«, meinte Hector und verschränkte seine Arme vor der Brust.

Er stand selbstbewusst da und ließ sich keinerlei Emotionen anmerken. Doch tief in seinem Innern war er längst nicht so hart, wie er von außen schien – harte Schale, weicher Kern. Er wusste, dass seine letzte Stunde geschlagen hatte, und das machte ihm genauso viel Angst wie seinen Freunden. Das Einzige, was ihn beruhigte, war die Tatsache, dass sie beisammen waren.

»Ich hoffe, es gibt einen Himmel«, murmelte Ralf nachdenklich.

»Natürlich gibt es den«, entgegnete Annabeth. »Wenn es ihn nicht geben würde, wo wären dann meine Eltern? Es muss ihn geben!«

Erneut drangen die Schritte der Beamten an ihre Ohren. Sie öffneten Türen und drangen von Raum zu Raum vor.

»Sie sind hier nicht!«, konnte man einen von ihnen rufen hören.

Eine Tür knallte zu und die Beamten liefen weiter.

Annabeth blickte zu ihren Freunden und hielt angespannt die Kerze in ihrer Hand. Allmählich rannte ihnen die Zeit davon. Die Freunde bildeten einen Kreis und schauten sich gegenseitig an. Als Annabeth an Jack dachte, durchzog ein Ziehen ihren Brustkorb. Sie hätte sich gerne von ihm verabschiedet, und vor allem hätte sie gerne mehr Zeit mit ihm verbracht. Was mochte er nach dem heutigen Tag wohl von ihr denken? Doch sie brauchte sich nicht mehr lange Gedanken darüber zu machen, denn bald war alles vorbei. Bald gehörte all das hier der Vergangenheit an. Sie wäre dann auf ewig mit ihren Freunden vereint und könnte Abstand von ihrem Leben auf der Erde nehmen. Sie hoffte, dass es den Himmel wirklich gab. Sie hatte die Hoffnung, dass dort alles besser war. Vielleicht würde sie sogar ihre Eltern wiedersehen.

»Es wird Zeit«, murmelte Ralf.

»Eine Sache würde ich gerne noch wissen«, sagte Annabeth und schaute zu Hector. »Wie lange hattest du damals schon den Universalschlüssel, bevor du beschlossen hast, uns alle mit hier aufs Dach zu nehmen?«

Hector hatte nie erzählt, wie er an den Schlüssel gekommen war. Sie hatten die Tatsache irgendwann einfach akzeptiert und sich gefreut, dass er sie befreite. Nun war der letzte Moment gekommen, in dem er die Möglichkeit hatte, einen Teil von diesem Geheimnis preiszugeben.

»Fast von Anfang an. Ich habe ihn ein paar Tage, nachdem ich hier angekommen war, von einem Wärter gestohlen. Sie haben damals das ganze Gebäude durchsucht, weil sie nicht wussten, wo der Schlüssel war. Ich hatte ihn heruntergeschluckt, damit sie ihn in meinem Zimmer nicht finden konnten. Ein bisschen später kam er dann wieder zum Vorschein, ihr wisst schon. Anfangs war ich immer alleine hier oben, aber irgendwann habe ich Ralf und dann Eleonore dazu geholt. Und irgendwann dann dich.«

»Wir haben ein Jahr lang hier zusammengelebt, bevor du mich auf den Dachboden geholt hast«, stellte Ralf fest. »Da hast du dir aber ziemlich viel Zeit gelassen!«

Hector zuckte mit den Schultern. Es war ihm egal, was Ralf sagte. Er hatte ihn dazu geholt, und das war das Einzige, was zählte.

»Danke, dass du uns dafür ausgesucht hast«, bedankte sich Annabeth mit einem Lächeln auf den Lippen.

»Das war die beste Entscheidung meines Lebens«, sagte Hector mit einem ungewohnt liebevollen Klang.

Seine Stimme klang so weich, wie sie Annabeth noch nie zuvor wahrgenommen hatte. Alle Freunde schauten sich gegenseitig an und trugen ein sanftes Lächeln auf den Lippen. Sie waren bereit, diese Welt zu verlassen.

Annabeth lief zu einem der Schränke, die knapp unter der Dachhaut standen, und öffnete ihn. Ihre Erinnerung hatte sie nicht getäuscht: Dort lag noch etwas Stoff. Sie nahm mehrere Tücher heraus und ging wieder zu ihren Freunden. Sie hatten ihren Kreis erweitert und jetzt mehr Abstand zueinander. Alle schauten gespannt zu Annabeth und verfolgten jeden ihrer Schritte.

»Will noch jemand etwas sagen?«, fragte Annabeth und stellte die Kerze auf dem Boden, in der Mitte des Kreises, ab.

Neben der Kerze verteilte sie die Tücher, wobei sie eins in ihren Händen behielt.

Das Licht tänzelte und strahlte Wärme aus. Bald wäre es genau diese Wärme, die jeden von ihnen das Leben kosten würde. Sie betrachteten alle still die flackernde Kerze und gingen in Gedanken ihr ganzes Leben durch. Annabeth dachte an ihre Eltern, ihren Bruder und den Tag, an dem sie eingeliefert worden war. Irgendwann wanderten ihre Gedanken zu Jack. Sie hatte ihn geliebt. Er war der erste Mensch nach so langer Zeit gewesen, dem sie vertraute und den sie wirklich an sich herangelassen hatte. Er befand sich wahrscheinlich auch irgendwo in diesem Gebäude und war auf der Suche nach ihr. Er würde sie allerdings erst finden, wenn ihr Körper verbrannt und das Leben aus ihr gewichen sein würde. Nicht jeder hatte das Glück, eine Liebesgeschichte mit Happyend zu erleben, und Annabeth war froh, überhaupt mal diese Art von Liebe gespürt zu haben.

»Ich liebe euch«, murmelte sie, blickte zu ihren Freunden und schmiss das Tuch, das sie noch in der Hand hielt, auf die Kerze.

Annabeth lief ein paar Schritte zurück und schaute dabei zu, wie das Tuch zu brennen anfing. Die Flammen hatten in kürzester Zeit den ganzen Stoff vereinnahmt und brannten ihn fast lichterloh ab. Alle Personen in diesem Raum waren hell erleuchtet von den Flammen, die immer größer wurden. Die Reste des Tuches waren mittlerweile von der Kerze auf den Boden gefallen und lagen nun auf den restlichen Tüchern, wo sich die Flammen verbreiteten. Der Geruch nach Verbranntem wurde immer stärker. Die Blicke der Freunde waren starr auf den Boden gerichtet. Sie schauten alle zu, wie die Flammen tänzelten und der Holzboden unter ihnen ebenfalls zu brennen anfing. Das Holz des Gebäudes war optimal für ein Feuer geeignet. Die Dielen waren so alt und brüchig, dass es nicht lange dauern würde, bis der komplette Dachstuhl in Flammen stehen würde.

Die Flammen breiteten sich immer weiter aus. Man konnte ihr Knacken hören und die Funken sehen, die in die Höhe stiegen. Eine ungeheure Hitzewelle traf die Freunde. Sie spürten die Wärme des Feuers auf ihrer Haut und merkten, wie die Flammen ihren Körpern immer näherkamen. Durch die Flammen hindurch schauten sie sich an. Hector und Eleonore schauten sich tief in die Augen, genauso wie Ralf und Annabeth. Ihre Blicke waren festentschlossen, niemand weinte auch nur eine einzige Träne.

Annabeth merkte, wie die Hitze ihren Körper immer mehr vereinnahmte und der Rauch die Sicht auf Ralf benebelte. Der ganze Dachstuhl war jetzt eingehüllt in Qualm. Sie alle begannen gleichzeitig zu husten. Ihre Lungen hatten sich schon mit der stickigen Luft gefüllt. Hector schnappte am meisten nach Luft, doch auch er wich nicht von seiner Position. Unter schweren Hustenanfällen sackte Annabeth schließlich auf die Knie. Sie stützte sich mit ihren Händen am Boden ab und versuchte frische Luft zu schnappen, doch davon gab es hier nicht mehr viel. Annabeth hörte die Schreie der Polizisten, die mit Sicherheit auch schon das Feuer bemerkt hatten.

Eingerollt in die Fötus-Stellung hustete Annabeth weiter und blickte ihre Freunde an. Hector lag bereits bewusstlos am Boden. Ralf war ein paar Schritte nach hinten gelaufen und lachte bei dem Anblick der Flammen. Er hatte seine Hände nach oben gestreckt und freute sich. Ja, er jubelte. Er war bereit zu sterben. Annabeth blickte in die andere

Richtung, wo eigentlich Eleonore stehen sollte, doch von ihr konnte sie aufgrund des Rauchs keine Spur ausmachen.

Annabeth presste sich eine Hand vor den Mund und blickte auf die Flammen. Das war ihr Ende. Die Zeit war gekommen, Abschied zu nehmen. Sie wusste, dass der Rauch ihre Lungen bereits komplett in Beschlag genommen hatte. Ihre letzten Sekunden waren angebrochen.

Sie schloss die Augen und dachte an ihre Freunde. Sie konnte hören, wie Ralfs Jubelschreie immer hysterischer wurden. Sie klangen nun gequält und schmerzerfüllt. Annabeth wollte die Augen nicht öffnen, aber sie konnte hören, dass die Flammen anscheinend auf ihn übergegangen waren. Er schrie so laut, dass er selbst das knackende Feuer übertönte. Noch ehe Annabeth an etwas anderes denken oder sich die Ohren zuhalten konnte, waren die Schreie schon verstummt. Sie hörte nur noch das Feuer.

Annabeth war bereit, alles für ihre Freunde zu tun. Ihre Freundschaft war vielleicht seltsam und außergewöhnlich, doch sie war stark. Jeder konnte sich immer auf die anderen verlassen. Sie waren immer füreinander da, sowohl im Leben als auch im Tod.

10. Kapitel

Annabeth hörte die Geräusche des piependen Monitors, der neben ihr stand. Schon seit längerer Zeit hatte sie diesen Ton wahrgenommen, konnte ihn aber zuvor nicht wirklich zuordnen. Ab und zu hörte sie auch Gespräche, doch es war irgendeine Fachsprache, die sie nicht wirklich verstand. Die ganze Zeit hatte sie schon versucht, ihre Augen zu öffnen, um nachzuschauen, wo sie war, doch ihr fehlte bisher die Kraft dazu. Sie schaffte es nicht, ihre Augenlider nach oben zu schlagen. Müde von diesen erfolglosen Versuchen war sie schließlich eingeschlafen. Sie hatte von ihren Freunden und von dem Feuer geträumt.

Annabeth versuchte erneut, ihre Augen zu öffnen. Helles Licht traf auf ihre Iris, weshalb sie sofort wieder die Augen schloss. Sie musste versuchen, langsam an die Sache heranzugehen. Also unternahm sie einen neuerlichen Versuch und öffnete ihre Augen Stück für Stück, so langsam, dass sie Zeit hatten, sich an den Lichteinfall zu gewöhnen.

»Du bist wach«, nahm Annabeth die vertraute Stimme von Jack wahr.

Sie versuchte, ihren Kopf leicht zu bewegen, um ihn im Raum ausfindig zu machen. Die Erschöpfung stand ihr ins Gesicht geschrieben. Dunkle Augenringe sammelten sich unter ihren Augen und ihr Gesicht wirkte ziemlich blass und eingefallen.

Als Annabeth sich im Raum umschaute, stellte sie irritiert fest, dass sie sich in einem Krankenhauszimmer befand. In ihrem Arm steckte eine Nadel, über die sie mit Kochsalzlösung versorgt wurde. Erschöpft blickte Annabeth zu dem Monitor direkt neben ihrem Bett, der ihren Herzrhythmus aufzeigte.

In diesem Moment fielen ihr auch die Handschellen an ihren Handgelenken auf, die mit der anderen Seite an den Bettpfosten befestigt waren. Annabeth versuchte, sich davon zu befreien, indem sie daran zog, doch sie hatte keine Chance. Die Handschellen saßen fest.

»Jack, wieso bin ich in Handschellen?«, fragte sie irritiert und versuchte, ihre Hand durch die Schelle zu ziehen.

»Du kannst dich nicht befreien«, meinte Jack und blickte auf sie herab.
Er hatte seine Hände hinter seinem Rücken verschränkt. Seine Mimik wirkte um einiges ernster und strenger als sonst. Er machte generell einen ziemlich distanzierten Eindruck. Lag das daran, weil sie ihre Freunde ihm vorgezogen hatte? Er war mit Sicherheit enttäuscht von ihr.

»Wieso bin ich festgekettet?«, fragte Annabeth erneut nach. »Und wieso ... lebe ich?«

Sie konnte sich an den Dachboden erinnern und an die Flammen, die sich in ihre Richtung weiter ausgebreitet hatten. Sie konnte auch immer noch den Rauch in ihren Lungen spüren und den abartigen Geruch an ihrem Körper wahrnehmen.

Annabeth erinnerte sich noch daran, dass sie auf dem Boden gelegen und keine Luft mehr bekommen hatte. Aber wie kam sie dann auf einmal in dieses Krankenhaus?

»Ich habe dich noch rechtzeitig retten können«, murmelte Jack. »Du warst bewusstlos, aber am Leben.«

Annabeth nickte mit einem liebevollen Blick in den Augen. Sie hatte also Jack ihr Leben zu verdanken. Nach allem, was zwischen ihnen vorgefallen war, hätte sie nicht damit gerechnet, dass er sich für sie in Gefahr begeben würde, um sie aus einem brennenden Dachstuhl zu retten.

»Danke. Und die anderen?«, fragte Annabeth hoffnungsvoll.

Vielleicht hatte Jack ja auch noch einen ihre Freunde retten können. Sie hatte Ralfs Schreie gehört, doch Hector und Eleonore könnten es geschafft haben. Sie könnten genauso am Leben sein wie Annabeth.

»Nein«, sagte Jack kurz und knapp und legte seine Stirn in Falten.

Er blickte sie ernst an und beobachtete sie dabei, wie ihr hoffnungsvoller Blick sich nach und nach in einen traurigen verwandelte. Tränen sammelten sich in ihren Augen und sie versuchte sie wegzublinzeln. Ihre Freunde waren tatsächlich tot. Es gab keine Möglichkeit, sie wiederzusehen.

Annabeth versuchte mit ihrer Hand ihre Tränen weg-
zuwischen, jedoch hinderten die Handschellen sie daran.

»Die Handschellen tun mir leid, aber sie müssen sein«,
stellte Jack fest, der Mitleid mit ihr bekam.

Ihm zerbrach es fast das Herz, sie so hilflos und traurig zu
sehen. Annabeth hatte das Gefühl, als würde ihr Herz in
tausend Einzelteile zerspringen. Sie hatte ihre Familie
verloren und würde sie nie wiedersehen. Doch vor allem
hatte sie als einzige überlebt.

»Wieso müssen die Handschellen sein?«, erkundigte sich
Annabeth und schaute Jack durch ihren Tränenschleier an.
Die einzige Erklärung, die sie für das Ganze hatte, war die
Tatsache, dass sie anstelle ihrer Freunde für deren Morde
verurteilt werden sollte. Sie hatte sich auf ihre Seite
gestellt, anstatt sie zu verraten.

»Du weißt es wirklich nicht«, murmelte er traurig.
Er senkte seinen Blick und löste seine strenge Körperhaltung.

»Was weiß ich nicht?«, fragte Annabeth verwirrt.
Weitere Tränen liefen ihre Wangen hinunter. Sie hatte ihre
Familie verloren. Der einzige Mensch, dem Annabeth nun
noch etwas bedeutete, war Jack. Doch statt sich zu freuen,
dass es ihr gut ging, wirkte er ziemlich traurig und
bedrückt. Er zog sich einen Stuhl in die Nähe ihres Bettes,
ließ sich darauf nieder und schaute sie an. Offenbar suchte
er nach den richtigen Worten.

»Deine Freunde sind nicht tot. Sie haben nie existiert.«

Seine Stimme klang ruhig und seine Worte betont, und dennoch ergaben sie für Annabeth keinen Sinn. Sie verstand nicht, was er ihr damit sagen wollte.

»Jack, ich verstehe nicht, was du mir damit sagen möchtest«, stammelte sie.

Er rutschte auf seinem Stuhl weiter nach vorne und schaute sie mit betrübten Blicken an. Sosehr er sich auch bemühte, enttäuscht von ihr zu sein, wirkten seine Blicke nach wie vor ziemlich verliebt und auch verletzt. Er schnappte nach Luft, und Annabeth hatte das Gefühl, als könnte jeden Moment sein Herz zerspringen.

»Du hast die Morde begangen, weil du krank bist«, weinte er.

Er versuchte, stark zu sein, doch er konnte es nicht. Annabeth war fassungslos.

»Nein, Jack. Ich weiß nicht, wieso du so etwas glaubst.« Ihre Stimme bebte. Seine Worte verletzten sie.

»Ich weiß nicht, wie man deine Krankheit nennt oder ob es dafür überhaupt einen Begriff gibt, aber du hast Halluzinationen. Deine Freunde existierten nur in deiner Fantasie«, meinte er traurig.

»Du warst letzte Nacht in meiner Wohnung und hast sie gesehen! Hector hat dir ein Messer in die Hand gerammt!«, sagte sie, empört über seine Vorwürfe.

Annabeths Blick wanderte zu Jacks Händen. Keine sah verletzt aus. Beide sahen aus wie immer.

Eine Träne der Verzweiflung lief Annabeths Wange hinunter und ihr Körper fing an zu zittern. Sie hatte keine Kontrolle mehr über sich. Sie schnappte nach Luft und starrte einfach nur auf Jacks Hand, die eigentlich verbunden und verletzt sein sollte.

»Ich habe dich das letzte Mal gesehen, als du vom Polizeirevier weggelaufen bist und ziemlich durch den Wind warst. Ich habe dich abends angerufen, aber du bist nicht an dein Telefon gegangen. Irgendwann, so gegen Mitternacht, bin ich an deiner Wohnung vorbeigefahren und habe gesehen wie du ziemlich geistesabwesend in dein Auto eingestiegen und weggefahren bist, zu dieser verlassenen Klinik.«

Jack machte eine Pause und versuchte seine Tränen und Gefühle in den Griff zu bekommen. Auch er zitterte jetzt. Seine Beine zappelten unkontrolliert, und er drückte sie mit den Händen nach unten, um sie still zu halten.

»Ich habe kurz darauf einen Anruf von Hugo bekommen, der dich mit allen Morden in Verbindung bringen konnte. Er ist anhand eines Fingerabdrucks von dir auch auf deinen richtigen Namen und deine Vorgeschichte aufmerksam geworden.«

Mit Tränen in den Augen blickte er Annabeth an. Diese wäre ebenfalls gerne in Tränen ausgebrochen, doch der Schock saß zu tief. Sie war nicht krank, da war sie sich ziemlich sicher. Sie hatte sich nicht eingebildet, dass Jack in ihrer Wohnung war! Aber wieso war dann nicht eine seiner Hände verletzt?

»Es tut mir leid«, murmelte Jack. »Der Staat hat in deinem Fall versagt, er hätte dich eher von deinen Eltern wegnehmen sollen.«

»Jack! Ich bin nicht krank.«

Ihr Puls raste.

»Die Krankheit konnte zuvor nicht bei dir diagnostiziert werden. Ich habe in deiner Wohnung ein Tagebuch gefunden, in dem du deinem Bruder die Schuld für den Mord an deinen Eltern gegeben hast. Du hattest aber nie einen Bruder. Er ist auch nur ein Produkt deiner Fantasie gewesen!«

Annabeths Körper zitterte immer mehr. Sie wollte Jack nicht länger zuhören. Sie war nicht bereit, sich noch mehr Vorwürfe und Lügen anhören zu müssen. Er behauptete tatsächlich, dass ihr gesamtes Leben eine Lüge war. Sie wusste, wie ihr Bruder aussah und wie ihre Freunde zu ihr gewesen waren! Sie konnte sich unmöglich all das eingebildet haben!

»Dein Vater hat dich als Kind missbraucht und deine Mutter hat nie etwas dagegen unternommen. Als Schutzmechanismus hast du dir einen starken älteren Bruder ausgedacht. Nachdem dein Vater dir wieder wehtun wollte, hast du ihn mit einem Küchenmesser erstochen und deine Mutter danach, weil sie dich nie vor ihm beschützt hat. Ich weiß, dass du dir immer eingeredet hast, dass dein Bruder die Morde begangen hat und er dich zum Schweigen verpflichtet hat. Da du nie von deinem Bruder erzählt hast, konnte deine Krankheit auch nie richtig erkannt werden. Aber Annabeth, du musst der Tatsache in die Augen sehen, dein Bruder und deine Freunde sind nie real gewesen.«

Annabeth schnappte nach Luft und schaute Jack fassungslos an. Er unterstellte ihr tatsächlich den Mord an ihren Eltern! Er gab ihr die Schuld für den Tod von fünf Menschen. Sie hatte immer versucht, alles richtig zu machen, und wurde nun mit solchen Aussagen und Beschuldigungen konfrontiert.

»Meine Freunde sind real.«

»Nachdem der Pfleger dich in der Klinik misshandelt hatte, hast du dir deine Freunde ebenfalls als Schutz ausgedacht. Du hast dir Menschen ausgedacht, die dich beschützen konnten. In deinem Leben ist so viel schiefgelaufen, dass man dir fast keine Vorwürfe für deine Taten machen kann. Deine Polizeiakte bei mir auf dem Schreibtisch muss deine ganzen Erinnerungen aufgefrischt haben und hat dafür gesorgt, dass deine Krankheit wieder schlimmer wurde. Es war wie ein Schub.«

Nun traten etliche Tränen aus Annabeths Augen. Sie wollte nicht auf Jack hören, und dennoch wurde ihr langsam bewusst, dass er recht haben könnte. Sie sah die Wahrheit verschwommen vor ihrem geistigen Auge. Sie sah, wie sie das Messer hielt und ihre Eltern tötete. Ihr wurde bewusst, dass sie diejenige war, die den Wärter nach seinem Übergriff gegen die Wand geschubst hatte, wo er schließlich gestorben war. Sie konnte sich mit einem schwarzen Mantel und Hut sehen, wie sie den ersten Tatort verließ und auf dem Weg zu ihrer Wohnung war, wo sie die Tür eintrat. Annabeth sah klar und deutlich, wie sie auf der Arbeit war und sich ganz normal mit Mona unterhielt, als wäre nie etwas gewesen. Sie hatte die Morde begangen, und dennoch war es nicht Annabeth gewesen. Es war ihr Körper und ihre Gestalt, doch ihre Seele war in diesem Moment nicht die ihre. Es war die von Hector, Eleonore und Ralf. Sie waren ein Teil von ihr und vielleicht mehr, als sie selbst zugeben wollte.

»Und der Anruf in der Bar? Ich habe mich doch nicht selbst angerufen?«, jammerte Annabeth.

Jack zuckte mit seinen Schultern.

»Ich weiß es nicht. Ich habe nur mitbekommen, wie du zu dem Barkeeper gegangen bist und er dir das Telefon gereicht hat. Vielleicht hast du ihn einfach nach dem Telefon gefragt und dir alles Weitere ausgedacht.«

Annabeth schüttelte weinend den Kopf. Sie konnte Realität und Fantasie nicht mehr auseinanderhalten. Ihre beiden Welten verschwammen miteinander. Ihr gesamtes Leben war eine Lüge. Sie besaß anscheinend mehrere Persönlichkeiten, die sie selbst nicht leiden und kontrollieren konnte. Oder es waren einfach nur Halluzinationen, und sie hat bewusst gehandelt und es anschließend verdrängt. Was konnte sie noch glauben?

»Du musst mich töten«, sagte Annabeth und schaute Jack flehend an. »Wenn das alles wahr ist, was du sagst, dann möchte ich dieser Mensch nicht mehr sein.«

Jack wischte sich die Tränen aus dem Gesicht und blickte Annabeth liebevoll an, was sie noch mehr verletzte. Sie hatte ihm sein Herz gestohlen. Er liebte sie und sie war eine Mörderin. Sie wollte einfach nur sterben.

»Das kann ich nicht«, schluchzte er. »Ich werde aber für dich da sein. Ich werde dafür sorgen, dass du in einer guten Psychiatrie unterkommst.«

»Nein, Jack! Du musst mich töten! Ich habe meine Freunde getötet, damit sie nicht mehr eingesperrt sein müssen.

Wenn ich dieses Monster bin, das ich immer in ihnen gesehen habe, dann ist es das Beste, wenn du mich gehen lässt. Ich muss sterben.«

Annabeths Stimme bebte. Die Traurigkeit, die sie tief in ihrem Inneren spürte, war nicht zu beschreiben. Die Verzweiflung trieb sie in den Wahnsinn.

»Ich werde dich nicht töten«, sagte er und erhob sich aus seinem Stuhl.

Weinend blickte er ein letztes Mal zu Annabeth, bevor er ihr Zimmer verließ. Er drehte sich nicht noch einmal zu ihr um, da er den Schmerz nicht ertragen konnte. Schluchzend blieb Annabeth zurück. Sie konnte ebenfalls all den Schmerz nicht mehr ertragen. Die Wahrheit vernichtete sie. Sie hatte es nicht verdient zu leben.

Durch ihren Tränenschleier konnte sie plötzlich drei Personen erkennen, die direkt vor ihrem Bett standen und auf sie herabschauten. Annabeth blinzelte ihre Tränen weg und schaute zu ihnen. Es waren vertraute Gesichter, die sie in diesem Augenblick eigentlich nicht sehen wollte. Sie konnte ihre Anwesenheit spüren und wollte nicht wahrhaben, dass sie sie atmen hören konnte. Sie konnte ihre Gesichter sehen und ihren Körpergeruch wahrnehmen.

»Wir haben doch gesagt, dass wir dich niemals verlassen«, sagte Hector und grinste Annabeth an.

»Ihr seid nicht real«, sagte sie weinend.

»Das mag sein«, gab Ralf schulterzuckend zurück. Er legte seine Hände auf dem Bettgestell ab.

»Aber wir gehören zusammen.«

»Wir sind eine Familie«, lächelte Eleonore.

Annabeth atmete tief durch und blickte ihre Freunde an. Sie wusste nicht, was wirklich real war, doch ihr wurde bewusst, dass jedes einzelne von diesen Gesichtern auch ihres war.

Diese Romanwelt ist frei erfunden und basiert auf keine wahren Ereignisse oder Begebenheiten. Die Charaktere und Orte sind ebenfalls meiner Fantasie entsprungen. Sollte jemand Ähnlichkeiten mit sich festgestellt haben, ist dies nicht beabsichtigt gewesen.

Alina Heller

Danksagung

Ich möchte mich bei allen Menschen bedanken, die mich unterstützt haben. Ihr habt mich immer wieder aufs Neue motiviert und inspiriert.

Ein großes Dankeschön geht daher an meine Eltern, an meine Schwester Maja und den Rest meiner Familie. Auch möchte ich mich bei Paulina, Johanna und Steffi bedanken. Ihr habt immer an mich geglaubt und mir dadurch unglaublich viel Kraft gegeben. Ohne euch wäre die Geschichte nicht so gut geworden, wie sie nun ist.

Des Weiteren möchte ich mich bei Mentorium für das tolle Lektorat bedanken und vor allem bei Markus für das anschließende Korrektorat. Deine Änderungen haben der Geschichte noch einmal den letzten Feinschliff verpasst. Auch bin ich dir unglaublich dankbar, dass ich mich mit sämtlichen Rechtschreibfragen an dich wenden durfte.

Vielen Dank für eure Unterstützung.

Alina Heller ist im Dezember 1998 geboren und in einem Dorf im Norden Bayerns aufgewachsen. Ihre Leidenschaft für das Schreiben hat sie schon in frühen Kindheitsjahren entdeckt.

Der Thriller „Annabeth" ist ihr Debütroman.

Wenn sie nicht gerade schreibt, liebt sie es zu reisen und dabei die Welt zu entdecken.